GUIDE DES
FORMES
DE LA MUSIQUE OCCIDENTALE

CLAUDE ABROMONT
EUGÈNE DE MONTALEMBERT

GUIDE DES FORMES
DE LA MUSIQUE OCCIDENTALE

Ouvrage publié avec le concours
du Centre national du Livre
et de la Sacem

FAYARD • LEMOINE

ISBN : 978-2-213-65572-7
© Librairie Arthème Fayard et Éditions Henry Lemoine 2010

*« Les humeurs d'un génie
se transforment souvent
en lois pour la postérité. »*

Carl Czerny, à propos des
Variations Diabelli
de Beethoven, 1823

Sommaire

Préambule 11

Présentation 15

Lexique 19
Les formes A B A 21
La forme aria da capo 22
La forme aria dal segno 31
La forme bar 31
Les formes binaires 34
Les formes des chansons,
  des mélodies et des Lieder 37
La forme concerto à ritournelles 58
Les formes contrapuntiques 64
Les formes cycliques 90
Les formes durchkomponiert 92
Les formes en arche 92
Les formes différées
  et les formes kaléidoscopiques 93
La forme lied 97
Les formes madrigalesques 102
Les formes narratives 114
Les formes ouvertes 115
Les formes à processus 117
Les formes rhapsodiques 118
La forme rondo 119
La forme rondo-sonate 125
Les formes sonate baroques 129
La forme sonate classique 142
La forme sonate de concerto 174
Les formes sonate monothématiques 178
La forme sonate-rondo 179
La forme sonate de Scarlatti 181
La forme sonate sans développement 188
Les formes de la suite de danses,
  le menuet et le scherzo 190
Les formes unitaires 195
La variation 196

Annexes 219
Bibliographie 221
Renvois des formes aux genres 228
Remarques sur l'utilisation
  de lettres dans l'analyse musicale 229
Index des principales formes 230
Index des œuvres commentées
  ou analysées 232

Table des matières 237

Préambule

Répertorier les formes musicales, n'est-ce pas céder à une certaine facilité intellectuelle, au besoin de classer, à la peur face à l'inconnu, à la liberté? Chaque œuvre, chaque musique n'est-elle pas unique? Existe-t-il des organisations types que la plupart des compositeurs – comme par un instinct grégaire – respecteraient aveuglément, toute œuvre s'en évadant devenant exceptionnelle, voire déstabilisante pour un confort de la pensée et de la perception?

Depuis la division en neuf périodes du motet à cinq voix *In me transierunt* de Lassus par Burmeister en 1606, l'étude de la forme est pourtant une composante importante, bien que parmi d'autres, de la pratique musicale. Certes, il ne s'agissait pas encore de formes identifiées et nommées, comme la *forme sonate* ou la *forme lied*, mais de questions de rhétorique et de modalité. Une voie avait tout de même été ouverte, voie qui fut ensuite suivie par de nombreux auteurs, qu'ils soient théoriciens, compositeurs, philosophes ou interprètes. Souvent de première importance, de nombreux écrits ont jalonné cette route, comme le *Dictionnaire* (1703) de Sébastien de Brossard, celui (1768) de Jean-Jacques Rousseau, le *Traité de haute composition musicale* (1824-1826) d'Anton Reicha, *Die Lehre von der musikalischen Komposition* (1837-1847) d'Adolf Marx, le *Cours de composition musicale* (1899-1900) de Vincent d'Indy, les *Fundamentals of musical composition* (1937-1948) d'Arnold Schoenberg, et bien d'autres encore. Plus près de nous, rendons également hommage aux *Formes de la musique* (1951, qui en sont déjà à leur 15e édition) d'André Hodeir, au *Manuel d'analyse musicale : les formes classiques simples et complexes* (vol. 1, 1996, vol. 2, 2000) d'Ivanka Stoïanova ou au *Musik Formen* (1999) de Diether de la Motte.

L'existence d'une littérature aussi riche que prestigieuse n'interdit pas de se demander quelle peut bien être l'utilité de formes musicales identifiées, ou – autre question – quel peut être l'intérêt de les connaître et de les reconnaître.

L'origine des formes est multiple. L'Antiquité en a pratiqué de nombreuses. Les trois premières qui furent dites *fixes*, celles du rondeau, de la ballade et du virelai gothiques, sont nées de la poésie, et notamment de la mise en musique d'un ou plusieurs vers refrain. D'autres formes proviennent plutôt de la danse, de sa symétrie, et selon nous de l'envie de refaire vers la gauche les pas précédemment effectués vers la droite, aboutissant tout naturellement à des formes en deux volets complémentaires. La liturgie, le commentaire religieux, l'exégèse, ont conduit de leur côté à des formes fondées sur la paraphrase, la variation de mélodies de référence, que ce soient des thèmes grégoriens, des mélodies de choral ou des chansons populaires profanes. Enfin, le plaisir de l'improvisation, et quelquefois de la virtuosité, ont donné tout leur sens à des pièces plus imprévisibles, libres et d'esprit rhapsodique.

Ce n'est qu'avec le baroque italien que de grandes formes spécifiquement musicales voient le jour, aiguillonnées par la naissance successive de trois genres phares : la sonate, le concerto et la symphonie. Apparus au sein de contextes précis (une *sinfonia* peut ouvrir un opéra, une sonate être jouée pendant la messe, etc.), ces genres s'en sont finalement détachés, destinés alors au seul concert. Un défi nouveau fut posé aux compositeurs : comment, sans le secours du moindre texte, maintenir l'attention d'auditeurs pour des œuvres, certes initialement de moins de dix minutes, mais progressivement de plus en plus longues, pouvant couramment dépasser une heure chez les derniers compositeurs romantiques ? Une réponse simple a consisté à conjuguer de la diversité (des tempos lents ou rapides, des mesures binaires ou ternaires, du majeur ou du mineur) et de l'unité (partager des motifs ou des thèmes entre mouvements ou sections, présenter des séquences harmoniques ou des profils mélodiques communs, etc.). La variété pouvait également provenir de l'écriture elle-même, avec l'alternance de sections harmoniques et d'autres contrapuntiques, l'utilisation d'un langage tantôt diatonique, tantôt chromatique, stable ou modulant, lyrique ou rythmique, savant ou populaire.

Les réponses à de tels choix constituent le cœur de l'histoire des genres musicaux, qui permettent de différencier une symphonie d'une fugue ou d'une suite de danses, mais également un motet de l'époque gothique d'un motet renaissance ou baroque. Le *Guide des genres* les détaille et s'intéresse en profondeur à leurs fonctions, leurs typologies et leur histoire. La question de la forme reste indissociable de ces interrogations. Elle propose simplement sa propre perspective. Un genre implique l'existence d'un certain nombre de formes, soit dans son ensemble, comme un thème et variations, soit localement, par mouvement, comme pour un quatuor à cordes. Inversement, une forme implique un genre : chez les classiques, une forme rondo ne se trouve pas dans un premier mouvement, mais dans un finale, et ceci vaut pour une sonate, un concerto et encore bien d'autres cas.

Tout au long de ce volume, nous renvoyons donc systématiquement aux genres musicaux et à l'histoire de la musique, aucune forme n'existant dans l'absolu, chacune participant à l'évolution des genres et des styles, et se trouvant donc susceptible de présenter une très grande variété. Même sujet, autre point de vue : architecture, nombre et type d'articulation des parties, mais également principes dynamiques mis en jeu, contrastes, tensions, voire humour...

Le lecteur devine probablement déjà notre réponse à la seconde question, celle de savoir connaître et reconnaître les formes. Certes, dire A B A pour une valse de Chopin peut sembler dépourvu d'intérêt, tant une telle musique, non seulement se suffit à elle-même, mais dépasse de toute sa musicalité ce type de description. Il n'en va toutefois pas de même pour une symphonie de Bruckner, la *Sonate en si mineur* de Liszt ou le *Premier Quatuor* de Schoenberg. Ultime étape de l'évolution des formes classiques, le raffinement de telles œuvres est extrême, les catégories s'enchevêtrent et se ramifient, tandis que les proportions deviennent titanesques. Ne pas s'appuyer sur le simple en amont du complexe, ne pas identifier les principes formels élémentaires ou métissés mis en jeu, risque de transformer l'écoute *in extenso* en épreuve insurmontable, tant la forme constitue cette fois une composante à part entière et participe pleinement au projet artistique. La même œuvre, une fois sa grande forme dégagée, pourra sembler étonnamment brève lors d'une seconde écoute !

Sur un plan plus directement pratique, la compréhension des formes musicales épaule également la pratique de l'interprète et lui permet de faire de nombreux choix en connaissance de cause, tout en simplifiant l'étape de mémorisation.

En plus d'être une aide précieuse pour l'interprétation et pour la compréhension des œuvres du romantisme tardif, percevoir la diversité des principes formels existant permet de mettre en lumière les enjeux compositionnels si divers qui ont parcouru l'histoire de la musique. Limité dans cet ouvrage à la musique occidentale, le champ brassé reste considérable, depuis les formes des chansons médiévales jusqu'à celles de la comédie musicale américaine, de celles d'une sonate de Gabrieli à celles des mouvements d'une sonate de Bartók, de l'aria da capo, des danses, des thèmes et variations aux formes ouvertes ou kaléidoscopiques. Si la plupart ont déjà été décrites, quelques-unes sont plus rarement abordées, comme la forme concerto à ritournelles, la forme sonate de concerto, la forme sonate de Scarlatti ou les formes différées. L'approche des formes contrapuntiques a également été développée plus que de coutume, et enfin est introduite une forme qui nous semble assez fréquente pour mériter d'être isolée : la forme sonate-rondo.

Afin de compléter les présentations générales, de nombreuses sections sont consacrées à l'analyse musicale d'œuvres, le plus souvent avec la reproduction des partitions. Nous n'avons néanmoins pas l'ambition d'écrire un traité d'analyse. Seule l'analyse formelle est privilégiée dans cet essai et, la plupart du temps, les autres méthodes d'analyse (fonctionnelle, sémiologique, schenkérienne, etc.) sont de ce fait mises de côté. Le lecteur intéressé trouvera la plupart des informations sur ce sujet dans l'excellent ouvrage intitulé *L'Analyse musicale, histoire et méthodes* de Ian Bent (Éditions Main d'œuvre, 1987, traduction d'Annie Cœurdevey et Jean Tabouret, 1998). Nous supposons également connus – ou au moins intelligibles pour l'intuition du lecteur – les termes simples de l'analyse musicale, comme thème, motif, section, partie, etc. Pour leurs définitions, il est possible de se reporter au *Vocabulaire pratique d'analyse musicale* de Philippe Gouttenoire et Jean-Philippe Guye (Éditions Delatour, 2006). Les questions concernant le langage musical (mode, tonalité, série, chiffrage, cadence, etc.) peuvent à leur tour être découvertes à l'aide de notre propre *Guide de la théorie de la musique* (Fayard-Lemoine, 2001).

Enfin, nous ne revendiquons pas l'objectivité. Évidemment, lorsque plusieurs terminologies alternatives existent, nous nous sommes efforcés de les indiquer. Mais nous n'avons pas hésité à trancher, proposant la solution qui nous semble la meilleure. De même, certaines analyses nous sont personnelles et quelquefois divergent avec celles pratiquées ailleurs (*9ᵉ Sinfonia* de Bach, *Sonate piano et violon en mi mineur* de Mozart, *Symphonie pastorale* de Beethoven, *Erlkönig* de Schubert, *Symphonie fantastique* de Berlioz, etc.).

Surtout, tout en évitant, nous l'espérons, le dithyrambe intempestif, nous n'avons pas souhaité masquer notre enthousiasme. Après tout, si nous avons embrassé le métier de musicologue, ce n'est pas pour traquer les « A B C B A », mais bien happés par le plaisir de la musique !

Un tel projet, pour être mené à son terme, nécessite de nombreux soutiens et encouragements. Que soient remerciés Jean Nithart, pour l'avoir initié, Sophie Debouverie et Pierre Lemoine pour lui avoir permis de passer du rêve à la réalité, d'innombrables auteurs et pédagogues pour nous avoir fourni une base pour commencer à entrevoir l'univers des formes musicales, Philippe Fourquet pour avoir créé la maquette et imaginé l'illustration de couverture, et enfin les très nombreux relecteurs attentifs et inspirés, au premier rang desquels Valérie Alric, Anne Apicella, Stéphane Bortoli, Jean-Yves Bosseur, Sophie Debouverie, Sylvie Lannes, Jean-Philippe Guye et Isabelle Rouard.

Présentation

Qu'est-ce qu'une forme musicale, cet étrange organisme appelé selon les cas *forme lied*, *variation*, *fugue*, *rondo*, etc.? Il s'agit à chaque fois d'une structure relativement bien définie, qui peut être décrite par la façon dont elle met plusieurs parties en relation. Une approche d'une telle nature ne donne cependant qu'une faible idée de ce qu'est une forme et de sa richesse. En effet, si une *forme allegro de sonate*, par exemple, présente à chaque fois un découpage semblable, qu'il s'agisse de débuter une sonate, de conclure une symphonie ou d'ouvrir un opéra, dans chacun des cas, son esprit est profondément différent. Une *forme* n'existe réellement que par la *fonction* qu'elle remplit au sein d'un *genre* : il devrait donc être possible de parler de «fonction formelle», critère qui permet de préciser la dimension dynamique ou statique de telle ou telle partie et, partant, son caractère, son expressivité, son rôle, toutes choses qui contribuent à dessiner le visage de l'œuvre entière, telle que cette dernière est en définitive perçue, reçue par l'auditeur.

Avant tout, il est essentiel de ne pas concevoir les formes comme des recettes de cuisine, ou pire comme des récipients dans lesquels on verserait, *a posteriori*, un contenu musical. Un finale de symphonie reste un finale, qu'il soit traité comme un *rondo* ou comme une *fugue*. La forme n'y est déterminante qu'en tant qu'elle articule et structure temporellement le finale, ce dernier visant un objectif précis, en l'occurrence celui de conclure l'ensemble du cycle d'une œuvre. L'évolution des différentes formes est à situer dans cette perspective : il ne faut jamais oublier qu'elle est motivée par une autre évolution, celle des genres auxquels elles participent. Quand Mendelssohn donne une structure de type *allegro de sonate* au 3e mouvement de son *Octuor* (1825), le caractère de ce mouvement, tout comme sa place dans l'ensemble des quatre mouvements, l'identifient sans conteste comme le *scherzo* de l'octuor, et cela, bien qu'un scherzo présente habituellement une structure tout à fait différente, avec notamment un *trio* central. Dans ce cas précis, Mendelssohn a souhaité un scherzo inhabituel, à deux temps et d'esprit développant, tout en conservant d'autre part le caractère d'un scherzo. La forme du mouvement n'offre en elle-même aucun caractère exceptionnel : seule la perspective générale permet de découvrir ce qui fait la fantaisie et la nouveauté de cette page.

Pour être perçues de la façon la plus juste, les formes doivent donc être vues en regard des genres. Mais cela ne suffit pas : il faut, de façon encore plus large, les placer par ailleurs dans leur contexte historique. Revenons un instant sur la forme *allegro de sonate*. Y compris sur le plan de la structure, il s'agit d'un organisme différent selon les générations, depuis celles qui l'élaborent (C.P.E. Bach, Haydn), celles qui la confortent (Haydn, Mozart et partiellement Beethoven), celles pour qui elle devient une référence (Schumann, Chopin), ou celles qui l'élargissent (Berlioz, Liszt, Bruckner, Schoenberg), sans oublier celles qui la décrivent pour la première fois (Reicha, A. Marx). En donner une définition une fois pour toutes n'aurait tout simplement aucun sens.

Bien qu'il s'agisse d'une démarche indispensable, percevoir les liens des formes avec les genres et les générations historiques n'est encore pas suffisant... Ce qui constitue peut-être le « moteur » des formes semble relever d'une autre nature. Pour le dégager, il est nécessaire de s'intéresser au langage général d'une époque. Les formes médiévales, par exemple, sont pensées dans un contexte modal : les formules « ouvert-clos » des mélodies d'un *Bar* ne trouvent leur sens que dans cette perspective. Il en va de même pour les formes classiques dont la dynamique est en rapport direct avec le système tonal. Quelques formes contemporaines enfin, dites *à processus*, ne peuvent être abordées que dans le cadre de l'atonalité, parfois avec des polarités ou, pour les répétitifs, dans celui de la modalité. Le champ abordé étant immense, nous ne disposons évidemment pas de l'espace nécessaire pour développer ici l'ensemble de ce versant technique, nous nous permettons donc de renvoyer le lecteur à des ouvrages plus spécialisés, comme l'excellent *Que sais-je ?* sur l'*Histoire du langage musical occidental* d'Annie Cœurdevey.

Les différentes formes peuvent par ailleurs être réparties en grandes familles : celles plutôt architecturales s'appuient sur la notion de contraste, tandis que les formes organiques apparaissent comme sous-tendues par la notion de développement. À plus petite échelle, chaque section d'une forme remplit une fonction particulière dans l'économie de l'ensemble. Au fil des différentes formes seront abordées des sections à fonction de contraste, d'exposition, de réexposition, de variation, de développement, d'autres servant d'introduction, de transition, de pont, de retransition, de codetta, de coda, voire de parenthèse ou d'insert. Une fois ces fonctions dégagées, les formes pourront être situées selon les architectures les plus générales, c'est-à-dire distinguer les formes à partie unique des formes binaires, ternaires, à refrains, *durchkomponiert*, contrapuntiques, à variation, en arche, et jusqu'aux formes d'esprit rhapsodique.

Il reste encore à présenter le point névralgique, celui que, selon les époques, on nomme intention, dessein, idée, thématique, sujet ou, plus généralement, matériau. Ce dernier s'avère profondément différent, ici encore, selon les systèmes musicaux, les genres, les styles, les époques et les pays : il peut porter sur des éléments aussi disparates que des centons grégoriens, de brefs motifs, des mélodies fortement charpentées, des cellules mélodiques destinées à se combiner contrapuntiquement, des spectres instrumentaux, voire des sons concrets – comme le grincement d'« une porte et un soupir ». La règle d'or consiste à ne jamais se poser de questions de structure avant d'avoir perçu la nature et l'esprit même du matériau d'une pièce ; ce qui implique de vivre pleinement la musique d'une œuvre avant de l'analyser, d'être réceptif à son individualité, sa spécificité, conditions indispensables pour mettre en lumière les passionnantes originalités qui peuvent la caractériser.

Il arrive aussi trop souvent que la présentation des formes et des genres soit abordée comme s'il s'agissait d'entités abstraites, conçues dans un univers à part, représentant ce qu'on qualifie parfois de « musique pure ». Il semble que cette dernière notion soit en réalité rarement applicable telle quelle, et que l'abstraction musicale représente un cas extrême, un choix esthétique qui relève de l'exception. Une œuvre peut en effet être reliée de mille et une façons au monde « réel », par exemple par le jeu des références ou des connotations, qu'il s'agisse d'un texte chanté, d'un argument narratif, de figures expressives ou d'allusions à des styles précis (par exemple au Moyen Âge au début du *Pelléas et Mélisande* de Debussy, ou aux opéras de Mozart dans le *Rake's Progress* de Stravinsky). Les références peuvent également relever de la citation, comme celles d'un hymne national, d'un thème connu, de la contrafacture d'une œuvre, sans oublier l'allusion à la structure d'œuvres antérieures, sur le modèle des *Six Quatuors dédiés à Haydn* (1782-1785) de Mozart, lesquels répondent aux *Six Quatuors* de l'*op. 33* (1781) de Haydn. La même œuvre, qui peut déjà être aimée spontanément, pourra voir s'élargir sa résonnance expressive au fur et à mesure de l'enrichissement de sa perception comme participant à un riche réseau d'interconnexions...

C'est pourquoi, au fur et à mesure des définitions de formes, nous avons tenté de ne pas masquer cette grande diversité, combinant présentation générale, technique, historique, stylistique, références précises et exemples pratiques. La confrontation directe de toutes ces notions avec le corpus d'œuvres le plus large et le plus varié possible permettra de dessiner progressivement le relief véritable de ces dernières, de même que l'approche d'une œuvre deviendra une aventure intelligible sans cesser pour autant de représenter un enchantement artistique.

Lexique

Les formes A B A

Enchaîner une idée musicale (désignée par A) avec une seconde (désignée par B), puis reprendre la première, forge l'équilibre formel probablement le plus fréquent de tous. Cette symétrie existe dans le répertoire grégorien avec l'*antienne* chantée avant, puis après le *psaume*, dans l'*aria da capo*, ou encore dans l'alternance d'un *menuet* et d'un *trio*, mais aussi lorsque le *2ᵉ Nocturne* pour orchestre de Debussy présente un climat de fête interrompu par le passage d'un cortège, avant de brusquement réapparaître.

Du point de vue des proportions, un A B A peut articuler :

- une grande forme en trois parties (soit avec une partie centrale contrastante, comme pour la *forme lied*, soit avec une partie centrale développante, comme pour certaines *arias da capo*),

- ou une phrase en trois membres (dans ce dernier cas, on utilise plutôt les minuscules a b a).

A contrario, en élargissant d'un étage le principe d'alternance, on aboutit à A B A C A, schéma de base et extensible du *rondo* ou à A B C B A, principe des *formes en arche*. L'équilibre ternaire est ainsi à l'origine de très nombreuses formes, y compris de la forme *Allegro de sonate*, bien que celle-ci s'en échappe pour tendre vers l'organicité.

Dans la pratique, le second A est souvent différent du premier. Lorsque l'écart entre les deux n'est que décoratif (ajout d'ornements, doublures par des tierces ou des sixtes, invention de contrechants, etc.), cela ne remet pas en cause la logique A B A (à l'image, pour la musique vocale, des *da capo* des arias où le chanteur improvise des ornements ou, pour les œuvres instrumentales, des reprises enrichies, comme pour le *Nocturne en mi♭ majeur* op. 9 n° 2 de Chopin). Par contre, lorsque la transformation est plus profonde (suppression ou ajout d'idées, modification du plan tonal, insertion de sections développantes, changement de caractère, etc.), on parvient alors au schéma A B A' (*Nocturne en do mineur* op. 48 n° 1 de Chopin où le thème initial de caractère lyrique revient héroïque, passionné, ou encore la *Scène d'enfants n° 12, Kind im Einschlummern* de Robert Schumann, berceuse où le retour de la première partie est transfiguré, puis interrompu par l'endormissement de l'enfant). À partir de la fin du xixᵉ siècle, le sens du second A tend à se transformer : de simple retour de la première partie, il devient plutôt réminiscence de celle-ci – les motifs peuvent alors prendre de nouvelles apparences (*Children's Corner n° 3, Serenade for the Doll* de Claude Debussy), des bribes de B subsister (1ᵉʳ *Nocturne* pour orchestre, *Nuages* de Debussy), ou encore les nuances ou l'orchestration être profondément remaniées (*Gavotte* de la *Symphonie classique* de Prokofiev).

Présentées au sein d'une coupe binaire à reprises (voir *Les formes binaires*), les phrases ternaires a b a (ou a b a') se transforment en a-a/ba-ba (ou a-a/ba'-ba'), schéma très important et particulièrement fréquent. Un thème peut être composé selon cette coupe (*Scène d'enfants n° 1, Von fremden Ländern und Menschen* de Robert Schumann), tout autant que de nombreuses danses (par exemple un menuet ou un scherzo et leurs trios), ou encore le refrain et les couplets d'un rondo (*finale du Quatuor op. 33 n° 4* de Haydn).

Remarque : le *b* des phrases ternaires à reprises semble parfois plus proche d'un commentaire du *a* que d'une réelle seconde idée. Généralement, on le désigne quand même par *b* afin de mettre en évidence sa fonction de centre de la phrase, souvent qualifiée de fonction de « milieu ».

En définitive, l'intitulé A B A constitue une terminologie très – voire trop – générique, qui n'est utilisée qu'à défaut d'une meilleure, souvent possible. Par exemple, on donne nettement plus d'informations en parlant d'un *menuet avec trio* qu'en disant *forme A B A*. Cette information, redondante, découle de la première, tandis que *menuet-trio* implique des notions stylistiques de tempo, de mètre, de genre... Les nombreux A B A des notices suivantes sont donc chaque fois replacés dans leurs terminologies respectives (aria da capo, forme lied, menuet-trio, scherzo-trio, etc.).

À partir de la génération romantique, la coupe A B A devient particulièrement fréquente au sein d'une abondante production de pièces brèves : valses, moments musicaux, nocturnes, études, mazurkas... Cette fois également, il est possible d'éviter la froideur d'une sempiternelle désignation des parties par A et B. Il suffit pour cela d'utiliser les terminologies d'époque. Schumann, notamment, qualifiait usuellement la partie centrale d'une forme ternaire d'*intermezzo* ou de *trio*, éclairant ainsi le caractère fréquemment plus simple et chantant du milieu par rapport aux parties extrêmes. Pour la musique romantique, on remplacera donc souvent avec bonheur « partie A et partie B » par quelque chose comme : « *Nocturne* et *Intermezzo* » ou « *Valse* et *Trio* ».

La forme aria da capo

PRÉSENTATION GÉNÉRALE

Bien que souvent utilisée en tant que synonyme d'aria, l'expression *aria da capo* ne désigne qu'un type particulier d'aria parmi de nombreux autres. Son importance pendant la 1ʳᵉ moitié du XVIIIᵉ siècle est telle que le raccourci semble tout de même partiellement justifié.

Auparavant, pendant la 2ᵈᵉ moitié du XVIIᵉ siècle, les coupes internes des arias restent assez diversifiées : A B, A B B, A B A, A A B B..., témoignant des différentes façons possibles de chanter une ou plusieurs fois les vers composant le texte. Ce n'est qu'au début du XVIIIᵉ siècle que le schéma A B A finit par supplanter les autres. Le second A, généralement non réécrit, constitue un *da capo* – « depuis la tête » – ce qui signifie une reprise depuis le début, de la musique comme du texte, d'où le nom de la forme. Chez Alessandro Scarlatti (1660-1725) et ses successeurs, il s'agit quasiment du seul type d'aria en vigueur. Indissociable des grands chanteurs qui l'interprètent, l'*aria da capo* est le moment attendu de la vocalité, du *bel canto*, voire de la virtuosité – et ce d'autant plus que dans l'interprétation baroque d'une *aria da capo*, l'ornementation improvisée du troisième volet de la pièce (c'est-à-dire la reprise du premier) est normalement plus luxuriante que celle du début (attention, les arias sacrées échappent en partie à cette tradition). Le schéma des arias s'est progressivement stéréotypé, contrairement à l'invention touchant à leurs caractères qui semble être restée inépuisable : citons à titre d'exemple l'*aria cantabile*, l'*aria di bravura*, l'*aria di portamento*, l'*aria di furore* ou même l'*aria di baule* (« air de malle ») que le chanteur peut insérer dans l'opéra de son choix.

La gestation de la forme fut assez longue. Les arias des premiers opéras et oratorios composés autour de 1600 se différencient encore assez peu du récitatif. Elles sont généralement de composition continue (*Plorate colles* du *Jephté* de Carissimi, vers 1650), strophiques variées (*Possente Spirto* de l'*Orfeo* de Monteverdi, 1607), ou sur basse obstinée (comme les variations sur un tétracorde descendant, diatonique du *Lamento della Ninfa* de Monteverdi, 1638, ou chromatique pour le *Ground* qui conclut *Didon et Énée* de Purcell, 1689). Vers la 2de moitié du XVIIe siècle, le couple récitatif-aria acquiert une dimension presque « institutionnelle », tant dans l'opéra que dans la cantate ou l'oratorio. Le récitatif italien, devenu plus fonctionnel, fait désormais avancer l'action, tandis que l'aria approfondit une ou deux idées : les *affects* (*affetti*) du texte chanté. Notons en outre qu'il peut exister des arias de concert indépendantes de tout opéra.

Après une période presque exclusive, l'*aria da capo* passe de mode, puis – sous sa forme stéréotypée – finit par disparaître à l'époque classique remplacée notamment par la forme sonate (voir plus loin). C'est la raison pour laquelle un maître du genre tel que Johann Adolph Hasse (1699-1783), après avoir été fêté et adulé, a terminé son existence dans la misère, complètement oublié de tous. Toutefois, comme pour de nombreux autres genres, les compositeurs néoclassiques revisitent au XXe siècle l'*aria da capo*, Stravinsky en tête – pensons simplement à *Œdipus Rex* ou au *Rake's Progress*.

L'écriture et le style de l'aria peuvent quelquefois être évoqués au sein de la musique instrumentale, bien que de réelles *arias da capo* instrumentales comme la *Sarabande* de la *Suite HWV 454* de Haendel soient assez rares. Le second A, dans un tel contexte, est le plus souvent profondément remanié, à l'image du mouvement initial de la *Sonate pour flûte en si mineur* BWV 1030 de Bach. En définitive, la plupart des arias instrumentales reprennent l'esprit de l'aria plus que sa forme (*Prélude* en mi♭ mineur du premier livre du *Clavier bien tempéré* de Bach, ou le mouvement central de son *Concerto italien*).

LA FORME ARIA DA CAPO EN DÉTAILS

La forme *aria da capo* est constituée :

- ▶ d'une première partie (A) qui présente la 1re strophe du texte et qui conclut au ton principal par une cadence surmontée d'un point d'orgue,
- ▶ et d'une seconde partie (B) avec la 2de strophe du texte, suivie de l'indication *da capo* désignant une reprise de la première partie (A) jusqu'au point d'orgue, et donc une redite de la 1re strophe.

Cette description donne le cadre général, mais non l'articulation interne, passée par plusieurs étapes avant de se stabiliser en une coupe stéréotypée. Pour les premiers opéras, les trois parties sont notées, ce qui signifie que le *da capo* est à cette époque réécrit et non signalé par une consigne d'interprétation, à l'image de l'aria d'Amor au 1er acte ou de celle de Dema au 2e acte de l'*Egisto* de Cavalli (1643). Ces deux arias sont de plus écrites dans la continuité, sans être articulées par les ponctuations ou les ritournelles orchestrales usuelles au sein des arias plus tardives. Dans cet opéra, l'orchestre se voit certes attribuer quelques ritournelles, mais leur rôle consiste à séparer les différentes scènes d'un acte et non les parties d'une aria. La situation s'avère différente pour la plupart des arias contemporaines ou postérieures à l'*Egisto*. En effet, ces dernières insèrent généralement des ritournelles, sans que ce soit nécessairement dans un *da capo* mais plutôt au sein d'une coupe en deux épisodes chantés – dont le matériau musical est voisin – encadrés par trois ritournelles (Cavalli, *La Calisto*, *Verginella io morir vo'*, 1651).

L'étape suivante, l'association du principe des ritournelles avec le *da capo*, aboutit à la forme dénommée *aria da capo à ritournelles*, fondée sur une double alternance :

- ▶ celle de la partie A avec la partie médiane B,
- ▶ mais également celle des ritournelles orchestrales et des épisodes chantés qu'elles encadrent (intitulés solos), témoignant d'un lien appelé à devenir de plus en plus étroit entre le genre de l'aria et celui du concerto.

Les parties B des deux arias da capo déjà citées de Cavalli étaient respectivement au relatif mineur et au second degré mineur. Comme les arias à ritournelles du milieu du XVIIe siècle privilégient plutôt la dominante pour la partie B, le schéma suivant synthétise ce qui constitue le premier type d'aria da capo à ritournelles un peu « standardisé » :

A		B		A da capo (mais notée)		
Ritournelle	Solo 1	Ritournelle	Solo 2	Ritournelle	Solo 1	Ritournelle
I	I	V	V	I	I	I

L'influence réciproque des genres de l'aria et du concerto telle qu'elle a été signalée plus haut éclaire quelques points de l'évolution de l'écriture des arias. Si celles-ci sont partiellement liées à la naissance du genre concertant, ce dernier, particulièrement après l'apparition du concerto de soliste, a stimulé la virtuosité croissante des arias. L'écriture vocale et instrumentale est même quelquefois devenue si proche que Vivaldi a pu utiliser son *Concerto pour basson PV 50* comme base d'un air de son opéra *Griselda* (1735). La présence fréquente d'instruments concertants *obbligato* semble encore renforcer la parenté entre aria et concerto. Le schéma suivant, extrait d'un article de J. E. Solie (« Aria structure and ritornello form in the music of Albinoni», *Musical Quarterly* XLIII, 1977, p. 31-47) résume – en les simplifiant quelque peu – les influences réciproques :

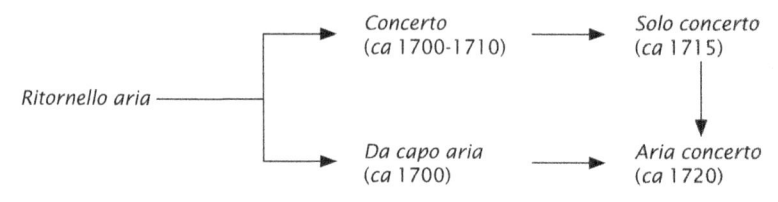

```
                          ┌──▶ Concerto          ──▶ Solo concerto
                          │    (ca 1700-1710)         (ca 1715)
  Ritornello aria ────────┤                                │
                          │                                ▼
                          └──▶ Da capo aria      ──▶ Aria concerto
                               (ca 1700)             (ca 1720)
```

Chez les maîtres de l'âge d'or de l'*aria da capo* (Scarlatti, Leo, Vinci, Hasse...), la partie A se complexifie et s'allonge. Elle présente désormais deux solos distincts. Le schéma suivant résume le second type standardisé d'aria da capo à ritournelles, celui qui a connu la plus grande fortune :

A					B	A da capo
Rit. 1	Solo 1	Rit. 2	Solo 2	Rit. 3	Solo 3 avec Rit. *ad libitum*	Idem A
R	A_1	R'	A_2	R ou R"	vi, vi-iii ou i, IV ...	
Majeur : I	I ▶ V	V	? ▶ I	I		
Mineur : i	i ▶ III	III	? ▶ i	i	III ou ton voisin	

L'enchaînement des deux solos de la partie A présente un équilibre équivalent à celui d'une phrase antécédent-conséquent A_1-A_2. Il est articulé par une ritournelle orchestrale plus ou moins brève. La tonalité du début du second solo (le conséquent dans l'analogie précédente) n'est pas stéréotypée, ce que signale le point d'interrogation du schéma. Comparer les débuts des seconds solos de quelques arias de l'opéra *Cléofide* (1731) de Hasse permet d'illustrer cette variété de possibilités :

- le second solo débute par une reprise à la dominante (ou au relatif) des premières mesures du solo A_1, avant la reprise de ces mêmes mesures à la tonique (aria n° 3 de Cléofide en *mi* mineur, *Che sorte crudele*) ;

- le second solo débute à la tonique par une reprise exacte du début du premier solo. La zone modulante qui suit est remaniée afin de ne pas quitter la tonique (aria n° 18 de Poro en *la* majeur, *Se possono tanto*, étudiée plus loin en entier). Dans ce second cas, c'est généralement la seconde ritournelle qui réintroduit le ton principal ;

- le second solo part de la dominante (voire du relatif, du second degré ou même d'une tonalité plus éloignée) et ne retrouve la tonique qu'en cours de route (aria n° 5 de Poro en *ré* majeur, *Vedrai con tuo periglio*).

La fonction de la partie centrale d'une aria doit également être précisée. En effet, il ne s'agit pas de la réduire – comme c'est parfois le cas – à celle de la partie centrale contrastante d'une forme lied. Une fonction contrastante est certes fréquente, comme pour l'aria n° 10 *Buß und Reu* de la *Passion selon saint Matthieu* (1727) de Bach, où l'enchevêtrement des deux flûtes évoque des larmes qui tombent, dessinant un épisode central très caractérisé. Mais ce n'est pas la seule possibilité. Quand le texte n'introduit pas d'idée neuve et préfère commenter celle déjà énoncée, la musique fait de même. L'aria avec violon concertant n° 47, toujours dans la *Passion selon saint Matthieu*, moment où Bach évoque le désespoir de Pierre qui réalise qu'il a par trois fois renié le Christ, constitue une formidable réalisation d'une aria dont la partie B n'apporte aucun changement musical significatif, qu'il s'agisse de la texture ou des éléments thématiques. Dans ce cas, ce sont l'apparition du texte de la 2de strophe et une certaine instabilité tonale (Bach explore alors essentiellement le relatif mineur et la dominante mineure du relatif) qui signalent la partie médiane. Pour les arias da capo non contrastantes, la partie B devient un petit commentaire modulant de la partie A, voire son développement. Mais, quelle que soit la typologie adoptée, la texture de la section centrale est généralement allégée, parfois jusqu'à évoquer un épisode arioso (air de Télaïre, *Tristes apprêts*, *Castor et Pollux*, Rameau, 1737).

Une technique introductive singulière mérite d'être signalée : comme pour une signature de l'aria, la voix énonce le motif principal (dénommé *motto*) au tout début de la première ritournelle, puis laisse l'orchestre poursuivre seul. Le solo suivant (donc, le réel premier solo complet) débute alors par une redite spectaculairement préparée du *motto*. Ce type original, appelé *motto-aria* ou *air à devise*, est notamment illustré par l'aria *La mia tiranna* de l'*Eraclea* (1700) d'Alessandro Scarlatti.

En se fondant sur les écrits de théoriciens tels que Mattheson (*Der Vollkommene Capellmeister*, 1739), il peut également être éclairant d'analyser les arias da capo baroques sous l'angle de la rhétorique. Une telle lecture faite à partir de l'art du discours est très convaincante dans le cas de nombreuses arias, en particulier celles dont la seconde partie est contrastante et où les deux solos de la première partie suivent la progression suivante : une brève présentation chantée des éléments thématiques, une ritournelle orchestrale, puis une reprise prolongée et élargie de la thématique initiale menant jusqu'à la phrase conclusive. Bach procède souvent ainsi, à l'image de l'aria *Bäche von gesalzen Zähren* de la cantate *Ich hatte viel Bekümmernis* BWV 21. Le centre de cette aria constitue par ailleurs le comble de l'idée de contraste, opposant à un *Largo* initial désolé un *Allegro* peignant une tempête.

Le tableau suivant illustre comment les composantes formelles d'une *aria da capo* peuvent être éclairées par les six étapes de la rhétorique selon Cicéron :

Exordium	Propositio	Narratio	Confutatio	Confirmatio	Peroratio
Première ritournelle	Premier solo	Second solo	Partie B	Reprise de la partie A	Dernière ritournelle
Moment où l'on mobilise l'intérêt de l'auditoire	Présentation des éléments de l'idée principale (thèse)	Élargissement et généralisation de cette première idée	Réfutation (antithèse) de la première idée	Dépassement de la contradiction et réaffirmation de la première idée	Conclusion, fin de l'argumentation, prise de congé de l'auditoire

LA FORME ARIA DA CAPO MODIFIÉE

Deux raisons principales peuvent conduire à une réécriture du second A plutôt qu'à un simple *da capo* :

- écourter la reprise (aria *Es ist vollbracht* de la *Passion selon saint Jean* de Bach, 1724, qui donne un sens profond à cette variante formelle : la seconde fois, les phrases de désespoir ne sont plus de mise, puisque « tout est accompli », et que l'objet de l'Espérance a été comblé) ;

- transformer la reprise quand le premier A était modulant, afin de conclure cette fois à la tonique (aria *Erbarme dich* de la *Passion selon saint Matthieu* de Bach).

Remarque : lorsque le second A est écrit, Bach utilise souvent une forme particulière d'*aria dal segno* (voir cette entrée) où la reprise concerne exclusivement la ritournelle (comme dans l'aria *Erbarme dich* que nous venons de citer).

À l'époque classique, la recherche de naturel et de continuité qui guide la plupart des compositeurs provoque une transformation encore bien plus profonde de l'écriture dramatique. L'*opera seria Idomeneo* de Mozart (1781) permet de bien cerner la nouvelle esthétique. Les arias et les très nombreux chœurs (ainsi qu'un ballet) surgissent de façon inattendue du récitatif, et ce dernier passe lui-même en permanence du style *recitativo secco* à celui du *recitativo accompagnato*, tout en comportant de nombreux changements de tempo. Le type *da capo* est très rare. Le plus souvent Mozart préfère une forme sonate, parfois avec une cadence vocale dans la coda, comme l'aria n° 10 d'Arbace *Se il tuo duol*, ou l'immense et très virtuose aria n° 12 d'Idoménée *Fuor del mar*. Les parties B de ce type d'aria sont plus ou moins développantes, mais se terminent presque systématiquement par une retransition conduisant à la réexposition. Il peut parfois n'y avoir aucun développement (forme sonate sans développement) comme pour l'impressionnante *aria di furore* n° 4 confiée à Electra (*Tutte nel cor vi sento*) qui est introduite par une page concertante sur pédale de dominante mettant en valeur les solistes de l'orchestre de Mannheim, créateurs de l'œuvre.

Une variante mozartienne du principe *da capo* paraît un peu plus déroutante : bien qu'on ait dans ce type formel un premier A qui finit à la tonique, un B différent, puis la reprise du A, la perception n'est pourtant pas celle d'une forme da capo baroque. Cela provient d'une conception du B articulé en deux sections : la première évoque un pont modulant et la seconde un second thème à la dominante. Cette originale forme da capo se perçoit donc comme une forme exposition-réexposition dont seul le premier thème serait réexposé (exemple l'aria n° 6 de Titus *Del più sublime soglio* dans *La Clemenza di Tito*, 1791).

Évitant le *da capo*, la plupart des arias de Mozart, comme celles des générations ultérieures, s'évadent souvent des schémas stéréotypés pour suivre de plus en plus librement le texte, parfois avec des tempos en paliers (lent, modéré, vif, très-vif...) ou des oppositions lent-vif. L'analyse d'une aria tardive doit de ce fait s'adapter au plus près à la réalité et à la vivacité de sa dramaturgie.

En pratique

La création de *Cléofide* de Hasse en 1731 à Dresde fut un événement d'une très grande importance – Bach, accompagné de son fils Wilhelm Friedemann, fit le déplacement pour y assister. À l'image de l'opera seria napolitain de son temps, *Cléofide* est essentiellement constitué de récitatifs et d'arias da capo. La partition suivante en est extraite. Écrite pour un rôle de castrat, il s'agit d'une brillante *aria di furore* qui exprime la jalousie.

LES FORMES DE LA MUSIQUE OCCIDENTALE

pos-so-no tan-to Due lu-ci vez-zo-ne son de-gne di pian-to le fu-rie ge-lo-se d'un — transition

al-ma in-fe-li-ce, d'un al-ma in-fe-li-ce, d'un po-ve-ro cor d'un- — b

po - ve - ro cor d'un-po - - - - ve - ro

unis

Ritournelle 2 Solo 2
a

cor. Se pos-so-no tan-to due-

forte unis piano

lu-ci vez-zo-ne, son de-gne di pian-to le fu-rie ge-lo-se se degne di pian-to le

28

Exemple 1 : Aria *Possono tanto* de l'opéra *Cléofide* de Hasse

Texte de l'aria : (A) « Se possono tanto due luci vezzose son degne di pianto le furie gelose d'un alma infelice, d'un povero cor. » (B) « S'accenda un momento che sgrida, chi dice che vano il tormento, che'in giusto'il timor ». *Traduction* : (A) « Si tel est le pouvoir que possèdent deux beaux yeux, il existe de bonnes raisons pour la jalousie d'une âme malheureuse, d'un pauvre cœur. » (B) « Laissez-le une seule fois tomber amoureux, lui qui s'exprime et souhaite dire que de tels tourments sont insensés et de telles peurs sans raisons. »

La brève ritournelle initiale, au ton principal *la* majeur, annonce *forte* le motif principal et prépare l'entrée du chanteur par une demi-cadence (4 mesures). Le premier solo A_1, *piano*, présente trois sections distinctes : (*a*) la reprise de la ritournelle (4 mesures), un épisode modulant qui s'achève par un arpège ascendant sur la dominante de la dominante (5 mesures) et enfin, au ton de la dominante *mi* majeur, une idée nerveuse portée par une cellule brève-longue (*b*), dont le début est accompagné en mouvement contraire par les violons unis dans le grave (5 mesures).

En tuilage, la seconde ritournelle *forte* (3 mesures), après avoir présenté le motif principal à la dominante, le reprend immédiatement au ton principal de l'aria, ton du second solo A_2. Celui-ci, *piano*, réexpose les mêmes trois idées que le premier solo, mais avec un plan tonal différent. Sa première section est identique. L'ajout d'une marche harmonique centrale allonge la seconde section qui occupe cette fois 7 mesures. Elle aboutit à une dominante qui permet la réexposition de l'élément *b* au ton principal, amputé d'une mesure. La dernière ritournelle *forte*, de 6 mesures, clôt la partie A par une gamme descendante énergique.

Très brève, la partie B n'introduit aucune idée nouvelle. Intégralement au relatif mineur, ses trois premières mesures sont une variante de l'idée *a*, et ses quatre suivantes, de l'idée *b*.

Selon l'usage, la reprise *da capo* de toute la partie A doit être prétexte à variantes et amples ornementations, certains points d'orgue (par exemple ceux des mesures 13 et 31) étant probablement conçus pour offrir au chanteur, lors de cette reprise, l'occasion d'improviser des cadences.

La filiation de cette aria avec le genre du concerto est flagrante, tant par les alternances de ritournelles et de solos que par les nuances *forte* ou *piano*. Quant à la brièveté de la partie B, bien que courante, elle ne constitue ni une règle ni une norme. Certaines arias de *Cléofide*, très développées, avec des ritournelles introduisant des instruments concertants (flûtes, cors *da caccia*, etc.), avoisinent au contraire les huit minutes et présentent d'amples sections centrales.

Remarque : le lien unissant les deux solos du volet A est particulièrement intéressant. Il n'est pas aventureux d'y voir l'ébauche du schéma exposition-réexposition de la future forme sonate bithématique (Rosen, dans son ouvrage *Formes sonate*, consacre dans cette optique un chapitre entier à l'aria da capo). De même, le B non contrastant, qui donne une vision différente des éléments du A, introduit quelques traits du futur développement central.

La forme aria dal segno

Variante de l'*aria da capo* (voir cette entrée), une *aria dal segno* (au signe 𝄋) comporte une reprise qui ne renvoie pas au début de l'aria (*da capo*), mais à l'endroit de la première partie où se trouve le signe (*dal segno*). La ritournelle introductive peut ainsi être élidée lors de la reprise, celle-ci débutant directement par le premier solo, ce qui raccourcit et dynamise la forme (Scarlatti, *La Griselda*, *Mi rivedi*, 1721). Second cas, la levée de la ritournelle étant déjà notée à la fin du B, la reprise n'est logiquement placée qu'à la première mesure complète du début qui en constitue la suite (Haendel, *Serse*, *Amor tiranno*, 1737-1738). Il ne s'agit alors que d'une simple convention de notation rythmique, et non d'une réelle transformation de la forme *aria da capo*.

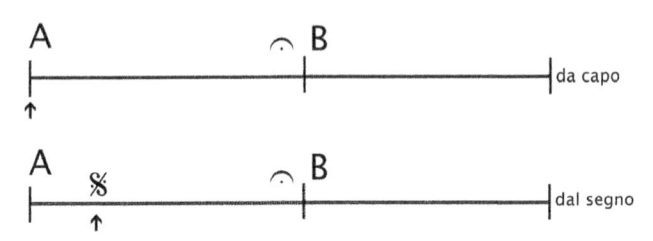

Exemple 2 : reprises *da capo* ou *dal segno*

Après 1760, la reprise de l'*aria dal segno* peut être plus considérablement abrégée en renvoyant directement au second solo du A, comme dans l'aria *Al destin che la minaccia* de l'opéra *Mitridate, re di Ponto* de Mozart (1770) : dans ce type d'aria, le premier solo n'est donc jamais repris.

La forme bar

PRÉSENTATION GÉNÉRALE

Dans son usage courant, l'expression *forme bar* désigne la forme d'une musique articulée selon le schéma A A B ou l'une de ses variantes, notamment la *forme bar à reprises* A A B A ou la *forme bar inversée* A B B.

Sur un plan historique, le genre du *Bar* relève d'une réalité assez surprenante. À l'époque où la plupart des compositeurs européens explorent les raffinements de la polyphonie, les *Meistersinger* allemands (maîtres chanteurs) qui succèdent aux *Minnesänger* – dans de nombreuses villes et particulièrement autour de Nuremberg, avec un âge d'or qui s'étend du XVe au XVIe siècle (marginalement jusqu'au XIXe) – se consacrent exclusivement à un genre poético-musical vocal sans accompagnement. Musiciens amateurs, souvent artisans, groupés en écoles de chant (*Singschulen*), ils se livrent à des joutes musicales qui suivent des règles rigoureusement codifiées. Les tournois sont jugés par des *Merker* («marqueurs», c'est-à-dire qui notent les fautes), au nombre de trois ou quatre, chacun sanctionnant un aspect spécifique de la création exécutée : qualité du sujet, beauté des rimes, exactitude de la prosodie et de la musicalité, propriété linguistique. Avec de telles exigences, l'art des *Meistersinger* devint rapidement rigide et figé. Lorsqu'il voulut brocarder le conservatisme du XIXe siècle, Wagner choisit cette corporation comme cadre général de son opéra-pamphlet (*Die Meistersinger von Nürnberg*, 1868).

Chez les Meistersinger, *Bar*, synonyme de *Lied*, désigne une création littéraire et musicale dans son ensemble, c'est-à-dire une pièce articulée en un nombre impair de strophes isométriques nommées *Gesätz* («loi»). Chaque strophe est constituée de deux *Stollen* (qu'on pourrait traduire par couplets) et d'un *Abgesang* (équivalent d'un envoi).

On voit donc que l'utilisation usuelle de l'expression *forme bar* résulte de deux simplifications :

- la substitution de l'expression désignant l'ensemble de la création (le *Bar*) à celle désignant une de ses strophes de structure A A B (*Gesätz*) ;
- la généralisation de l'usage musicologique du mot, qui désigne alors des répertoires n'ayant plus aucun rapport avec le genre poétique allemand – on utilise ainsi couramment l'expression forme bar pour la poésie chorale des Grecs anciens, des poésies de troubadours et la *ballata* de l'ars nova italienne (avec ses deux *ripresa* et sa *stanza* comme pour *Fenice fù* de Jacopo da Bologna). Le musicologue Schuh l'emploie également pour les œuvres de type *concertato* de Schütz. Enfin, il serait possible de dégager une forme bar à reprises de type A A' B A dans la *Mazurka op. 7 n° 1* de Chopin ou une forme bar inversée dans son *Prélude op. 28 n° 20* !

Il s'agit, bien évidemment, d'abus de langage. Tous ces cas n'ont que la structure comme lien avec le *Bar*. Par contre, la mélodie de choral *O Haupt voll Blut und Wunden*, si magnifiquement insérée par Bach dans la *Passion selon saint Matthieu*, ou le 5e mouvement de la *3e Symphonie* de Mahler, peuvent légitimement être rattachés respectivement à la forme bar et à la forme bar à reprises variées.

Toutefois, à l'image de l'approximation terminologique concernant les noms des modes (dorien, phrygien...) et passée dans l'usage, l'expression forme bar, devenue abstraction et désignant une simple structure, peut aujourd'hui être utilisée indépendamment de ses origines géographiques et esthétiques. Cela étant, l'utilisation de lettres plutôt que forme bar nous semble le plus souvent à privilégier.

En pratique

Le cordonnier Hans Sachs (1494-1576) est l'un des Maîtres chanteurs les plus célèbres ; c'est aussi un personnage important de l'opéra de Wagner déjà cité. Le *Bar* suivant illustre la qualité mélodique qu'il savait insuffler au genre. La ligne mélodique, élégante, le plus souvent en *sol* mode de *ré*, est articulée par une forme bar à reprises. Le texte traite de l'opposition entre Saül et David. L'*Abgesang* (fin du troisième système) semble surgir tout naturellement des *Stollen* (son début est comme un écho de la fin des strophes précédentes) et leur offre une convaincante phrase conclusive (cinquième système).

Exemple 3 : Hans Sachs, *Nachdem David war redlich*

(*Stollen* 1 : Comme David était honnête et candide en toutes choses pur comme de l'or, aussi Saül était très jaloux de lui. Il traita avec tous ses vassaux avec patience. *Stollen* 2 : Il dit : « Il étranglera David secrètement, et avec précautions. » Jonathan était très dévoué à David et son cœur souffrait du fait que Saül voulait le tuer sans raisons. *Abgesang* : Aussi il parla à David : « Mon père a annoncé qu'il allait te tuer secrètement, c'est pourquoi au matin, cache-toi dans les champs. ». *Stollen* 3 : Comme il s'agit d'une affaire importante, ce que j'entends de mon père, je t'en fais part honnêtement, que ses sentiments soient hostiles ou bienveillants.)

Les formes binaires

On attache parfois moins d'intérêt à l'étude des formes binaires qu'à celle des formes ternaires. Quelquefois également, on en fait l'entrée en matière d'une progression pédagogique qui réserve les formes ternaires aux niveaux avancés. Vincent d'Indy, en particulier, les présente dans son *Cours de composition musicale* (1899-1900) comme antérieures aux formes ternaires. Leur disparition programmée lui semble s'inscrire dans une progression vers la perfection des formes musicales! La réalité est pourtant tout autre. Une vision de la forme ternaire comme une amélioration d'une imparfaite forme binaire ne résiste pas à la vitalité et à la diversité des types binaires. Les principaux compositeurs utilisent évidemment des types binaires tout autant que des types ternaires. La question n'est donc pas «binaire ou ternaire?», mais «à quel discours la forme binaire est-elle le mieux adaptée?».

Pour le déterminer, il faut en premier lieu s'intéresser aux différentes fonctions qui peuvent relier les deux volets d'une forme binaire. Il en existe trois principales : 1) celle où le second volet est une variation du premier (type A A'), 2) celle où il est son conséquent (type A_1 A_2) et enfin, 3) celle où il effectue un contraste (type A B). L'insertion de reprises au sein des formes binaires provoque à son tour la naissance de types formels caractéristiques, comme ceux de l'*ouverture à la française* ou des principales danses de la *suite*. Nous avons écarté de la présentation des formes binaires la reprise simple (A A), car ce dernier type, qui correspond essentiellement aux formes strophiques, est étudié dans la notice sur les *formes des chansons, des mélodies et des Lieder*.

LE TYPE A A'

Principe même de la variation, le type A A' trouve sa manifestation la plus claire au sein de la suite, lorsqu'une danse présente une version simple à laquelle succède une version ornée, nommée *double*, plus riche en agréments, comme pour la *Sarabande* de la *6ᵉ Suite anglaise* de Bach. Le principe peut être élargi à la structure A A' A" A''', etc., lorsqu'une danse est suivie de plusieurs doubles (*Gavotte suivie de six doubles* de la *Suite en la* des *Nouvelles suites de pièces de clavecin* de Rameau) ou pour la forme Thème (A) et variations (A' A" A''', etc.), par exemple pour le célèbre «Ah, vous dirai-je Maman» de Mozart.

Quelquefois aussi, le principe de la variation apparait hors du thème et variations proprement dit, par exemple pour une *reprise écrite*, comme la transformation en a a' / b b' de la forme ‖: a :‖: b :‖ (10ᵉ *Variation Diabelli* de Beethoven). Une structure ternaire peut également être traitée sur ce modèle, notamment lorsqu'une *aria da capo* est écrite de bout en bout (A B A' plutôt que A B *da capo*).

LE TYPE A_1 A_2

L'équilibre A_1 A_2 est à petite échelle celui d'une phrase en deux membres antécédent-conséquent, construction thématique particulièrement prisée à l'époque classique, à l'exemple du thème du finale de la *Sonate K 457* de Mozart (c'est-à-dire ses 16 premières mesures). Le principe se trouve régulièrement élargi à la forme entière, comme dans le *Prélude op. 28 n° 4* de Chopin, le n° 9 des *Jeux d'enfants* de Bizet (*La Toupie*), ou encore le mouvement lent de la *3ᵉ Sonate pour violon et piano* de Brahms. Dans tous ces cas, les deux volets débutent de façon identique, et le second conduit à la conclusion de la pièce (souvent marquée par une cadence parfaite), tandis que le premier reste ouvert (habituellement simplement ponctué par une demi-cadence). Cet important schéma peut déjà être rencontré au sein des mélodies *aperto-chiuso* ou *ouvert-clos* de la lyrique médiévale.

Une dialectique d'un ordre voisin relie les deux solos du premier volet d'une *forme aria da capo* baroque ou, dans le cadre bithématique classique, l'exposition et la réexposition d'une *forme sonate sans développement*. Vu leur importance, il existe des entrées spécifiques pour ces deux formes.

LE TYPE A B

Fondé sur la complémentarité, le contraste ou une progression entre deux idées distinctes, le type A B est à la base des paires de danses du XVIe siècle (une danse modérée binaire suivie d'une danse ternaire rapide, souvent présentant le même matériau thématique) ou des paires de sonates de Scarlatti. Mais nul peut-être ne l'a mieux illustré que Bach avec ses préludes et fugues, où les sujets de celles-ci semblent émerger naturellement de ceux-là. Parfois les préludes eux-mêmes relèvent d'une progression binaire, généralement modéré-vif, à l'image des préludes VII et X du 1er livre du *Clavier bien tempéré* ou du prélude III du 2[d] livre.

Au sein de la musique vocale, les *arias in rondó* des opéras serias suivent également une gradation de tempo, lent-vif, typologie illustrée par deux fois par Mozart dans son opéra *La Clemenza di Tito* (n°s 19 et 23).

LES FORMES BINAIRES COMPORTANT DES REPRISES

La progression lent-vif (les deux volets étant dotés de reprises) est à la base d'une forme baroque caractéristique, celle de l'*ouverture à la française*. Très typée, il s'agit :
1. d'un *lent* initial, généralement modulant, qui présente une écriture plutôt harmonique, incluant souvent une ornementation sous forme de fusées ascendantes, et qui privilégie les rythmes pointés (l'écriture usuellement en croches régulières n'indique pas nécessairement l'aspect pointé, mais l'interprétation en notes inégales qui prévaut pour l'écriture française des mouvements lents et modérés de cette époque la restitue en allongeant [pointant ou sur-pointant] la première croche),
2. suivi d'un *vif* fugué qui réintroduit le ton principal, souvent traité dans l'esprit d'une gigue.

Elle peut suivre deux schémas distincts :
- ‖: lent :‖: vif-lent :‖ quand le second volet comporte un retour conclusif d'un tempo lent, comme pour *Armide* de Lully (ce type est donc en réalité ternaire, voir la remarque plus loin) ;
- ‖: lent :‖: vif :‖ quand le second volet est intégralement vif, comme pour *Castor et Pollux* de Rameau.

Bach a illustré les deux types (avec retour d'un tempo lent pour ses *Quatre Suites pour orchestre* et sans retour, par exemple dans la 16e *Variation Goldberg*), mais la forme lent-vif est celle qui a été la plus communément employée ; c'est par exemple celle que Mozart a dans l'esprit lorsqu'il compose son *Adagio et fugue K 546*.

La dernière forme qu'il reste à présenter est probablement celle qui se présente le plus spontanément à l'esprit quand on pense à un schéma binaire : la *forme suite*, appelée également *forme binaire à reprises* et qui anime de nombreuses danses, au premier rang desquelles l'allemande, la courante, la sarabande et la gigue. Elle est traitée en détail dans la section sur les formes de la suite ; rappelons simplement qu'il s'agit d'une forme en deux volets ‖: a :‖: b :‖ où le premier volet quitte le ton principal pour installer une tonalité secondaire et où le second volet retourne progressivement au ton principal qu'il retrouve parfois à la toute fin. Les deux volets utilisent généralement un même matériau thématique et comportent fréquemment une même cadence conclusive.

Remarque : si ‖: a :‖: b :‖ et ‖: a :‖: b a :‖ sont tous deux de *coupe* binaire, seul le premier schéma exprime une *forme* binaire, le second étant clairement ternaire, simple extension à reprises du schéma a b a. Le vocabulaire pour rendre compte de cette nuance fondamentale est assez varié, la musicologie américaine parlant respectivement de *binary form* et de *rounded binary form*, ce qui est généralement rendu en français par *forme binaire à deux phrases* et *forme binaire à trois phrases*. Nous pensons toutefois que *coupe binaire à reprises*, selon les cas *de forme binaire* ou *de forme ternaire*, se révèle plus précis et s'adapte mieux aux formes de grandes dimensions qui, tout en se référant clairement au schéma d'origine, ne peuvent plus être réduites à deux ou trois phrases.

PRINCIPES D'ÉQUILIBRE ET DE SYMÉTRIE

Une forme en deux volets incite naturellement à une recherche d'unité entre les deux parties, que ce soient une thématique commune entre deux danses ou bien un sujet de fugue déduit de son prélude. Innombrables sont également les danses où le début du second volet est un miroir du début du premier. L'*Allemande* de la *Suite anglaise en sol mineur* de Bach présente à la fois un contrepoint renversable (ce qui était joué à la main gauche passe à la main droite) et une écriture en miroir (tous les intervalles ascendants deviennent descendants et réciproquement). À titre de curiosité, l'exemple suivant présente ce qui constitue peut-être le comble de la symétrie : un *Menuet al Rovescio*, c'est-à-dire à l'écrevisse (présent dans la *Sonate n° 41* et la *Symphonie n° 47* de Haydn) – Messiaen aurait dit *non-rétrogradable*. Jouer la musique de la mesure 11 à la fin, revient à jouer à rebours de la mesure 10 au début, tout cela provoquant de savoureux déplacements d'accents. Décidément en verve, Haydn emploie le même raffinement d'écriture pour le trio (non reproduit dans cet exemple).

Exemple 4 : Haydn, *Sonate en la majeur* Hob XVI : 41

Les formes des chansons, des mélodies et des Lieder

LA CHANSON MÉDIÉVALE

Initialement monodiques, les chansons dites médiévales sont nées avec les troubadours (à partir du XIe siècle), avant d'être illustrées par les trouvères et les *Minnesänger*. Dès l'origine, la diversité de leurs formes reflète la richesse de l'invention poétique et métrique qui caractérise ces poètes musiciens, pour certains issus de la noblesse. Elles peuvent ne ressortir d'aucun schéma particulier, étant alors écrites comme des *oda-continua*, compositions continues qu'en ne craignant pas un certain anachronisme on pourrait rattacher aux formes *durchkomponiert* abordées plus loin (par exemple, de nombreuses *cansos* de Guiraut Riquier). Pour celles ressortant au contraire de principes d'élaboration formelle à grande échelle, le musicologue allemand Friedrich Gennrich (1883-1967) les a réparties en quatre grandes familles :

3. le type *litanie* (*canso* à refrain, *laisse*, *rotrouenge*) : il se caractérise par la répétition d'une même mélodie sur des vers monorimes et présente quelquefois une alternance entre un soliste et un chœur ;

4. le type *séquence-lai* (*lai*, *vouta*, *note*, *descort*, *estampie*) : issu de la simple répétition progressive α α β β γ γ, il est fondé sur des principes responsoriaux, ainsi que sur l'imbrication de motifs métriques et musicaux ;

5. le type *hymne* (*vers*, *canso* sans refrain, *sonet*, *Bar*) : il comporte des strophes isométriques de même mélodie et dont le type le plus fréquent est α β α β γ δ ε ζ. Ces pièces se terminent généralement par une *tornada*, péroraison quelquefois qualifiée d'envoi et qui reprend la forme métrique des derniers vers ;

6. le type *rondeau* (*rondeau*, *ballade*, *virelai*, *pastourelle*, *ballata*, *madrigal* médiéval) : formes pour la plupart issues des *chansons à danser* au sein desquelles un court refrain est repris par le chœur.

Avec l'apparition de la chanson polyphonique au XIIIe siècle, la diversité formelle de la chanson médiévale est progressivement supplantée par la prédominance des chansons du type quatre de Gennrich, essentiellement les trois dites à « forme fixe » : le *rondeau*, la *ballade* et le *virelai*. Trois principes y sont conjugués : la reprise, quelquefois partielle, d'un refrain, un nombre limité de phrases musicales sur lesquelles chanter les différents vers du poème, et un système ouvert-clos (*aperto-chiuso*), c'est-à-dire une mélodie comportant deux fins alternées, la première restant en suspens, la seconde étant conclusive.

Le rondeau

Structure particulièrement resserrée, la forme rondeau a été abondamment illustrée. Deux uniques phrases musicales A et B suffisent pour un poème constitué de huit vers, les deux premiers constituant un refrain repris intégralement à la fin, mais seulement le premier vers au milieu, vers dont le sens est alors souvent rééclairé par le contexte, jeu sémantique donnant toute sa saveur à cette forme poétique. Selon les différents points de vue, il est possible de donner trois représentations de la forme. 1) L'organisation poétique des huit vers suit le schéma **ab**c (**a**) de (**ab**) ou 1-2-3-1-4-5-1-2 ; il n'y a donc que cinq vers différents, les trois autres étant des reprises des vers du refrain. 2) Quand on examine comment les huit vers sont chantés sur les deux idées musicales du rondeau, on obtient : ABaAabAB, où une majuscule correspond à une même musique pour un vers identique, et une minuscule à une même musique, mais pour un vers différent. 3) Enfin, la représentation suivante illustre de façon concrète la manière de chanter cinq vers sur seulement deux phrases musicales, créant une forme asymétrique puisque la phrase A intervient cinq fois, et la phrase B trois fois :

A	B
1. 4. 7.	2. 8. ....
3.	6. ....
5.	

L'exemple suivant est un rondeau écrit à l'origine dans la continuité. Il est réécrit ici dans un système de reprise afin de mieux expliciter sa forme :

1, 4 et 7. Pren - dès i gar - de, s'on mi___ re - gar - de!
3. C'est___ tout la jus en cel___ bos - chai - ge:
5. La___ pas - tou - rele i gar - doit va - ches:

2 et 8. S'on mi re - gar - de, di - tes le moi.
6. Plai - sans bru - nette a vous___ m'o - troit!

Exemple 5 : Rondeau, *Prendés i garde*, Guillaume d'Amiens, fin du XIIIe siècle

Les rondeaux plus tardifs omettent quelquefois certaines des phrases ou au contraire les multiplient, comme par exemple le célèbre *Rose, liz printemps, verdure* de Machaut, dans lequel les *A* et *a* sont constitués de deux vers, le second rimant avec les phrases *B* et *b*, conduisant au schéma suivant, élégante extension de la forme rondeau :

Vers :	1	2	3	4	5	6(1)	7(2)	8	9	10	11(1)	12(2)	13(3)
Rimes :	x	y	y	x	y	x	y	x	y	y	x	y	y
Musique :	A		B	a		A		a		b	A		B

Remarque : contrairement au rondeau médiéval, le rondeau baroque et le rondo classique sont des formes essentiellement instrumentales. Formes distinctes, elles sont toutes deux traitées dans la notice sur la forme rondo.

La ballade

La ballade médiévale est une forme tripartite, sur le modèle A_{ouvert} A_{clos} B. Un schéma identique se retrouve pour d'autres chansons, par exemple pour le *madrigale* italien du *Trecento*. Il articule également quelques danses instrumentales comme les estampies. L'exemple suivant montre une ballade qui possède la particularité d'être ponctuée par l'intervention d'un chœur (comme pour le rondeau précédent, elle est réécrite de façon à mettre les reprises en lumière).

Exemple 6 : Ballade, *A l'entrada del tens clar*, Anonyme

Le virelai

Il s'agit de la plus complexe des trois formes fixes puisqu'elle combine les principes des deux précédentes. Elle peut être décrite comme une ballade encadrée d'un refrain : R(efrain) A_{ouvert} A_{clos} B R(efrain). Le B peut comporter une musique spécifique ou le plus souvent, comme dans l'exemple suivant de Machaut, être chanté sur la musique du refrain (dans l'exemple, le B est également doté d'une fin ouverte suivie d'une fin close).

Exemple 7 : Virelai, *De bonté, de valour*, Guillaume de Machaut

Dans le cas d'un virelai à plusieurs strophes, le refrain n'est parfois chanté qu'avant la première, puis après la dernière, donnant une forme que l'on pourrait décrire par le modèle extensible suivant : *A* bba bba bba *A* (le rondeau précédent de Machaut, dont nous n'avons reproduit que la première strophe, en comportait en réalité trois, chacune suivie du refrain).

LA CHANSON POPULAIRE

Quand on pense à la forme d'une chanson populaire, l'idée qui vient à l'esprit en premier est celle d'une articulation en couplets et refrains. Le début, avec l'accent généralement mis sur le texte, peu chanté et plutôt narratif, est constitué d'un ou plusieurs couplets de même musique, mais dont les textes sont différents (contrairement au rondeau instrumental, où le début se fait sur le refrain et où chaque couplet est spécifique). L'arrivée du refrain introduit à l'inverse une mélodie forte et mémorisable, très chantée, mettant parfois la voix en valeur, le texte devenant secondaire, se contentant souvent de quelques mots répétés, condensant le sens véritable de la chanson. Cette dernière se poursuit en alternant de nouveaux couplets et le refrain, tandis que l'orchestration s'étoffe progressivement, au gré de l'imagination de l'arrangeur. Vers la fin peuvent intervenir des solos instrumentaux, souvent à la guitare électrique, mais aussi une transposition du refrain au demi-ton supérieur, méthode fréquente pour relancer l'intérêt. D'innombrables exemples illustrent ce type de chanson, certaines d'entre elles étant aujourd'hui des références incontournables, des *Feuilles mortes* (Kosma, Prévert, 1945, devenue sous la forme d'*Autumn Leaves* un standard de jazz) à *Let it be* (Lennon-McCartney, 1970, interprété par les Beatles) ou, pour prendre un exemple récent à la structure tout aussi convaincante, *Ma philosophie* (Blair Mackichan, Amel Bent, 2004). Pas un mois ne se déroule sans sa livraison de nouveaux spécimens, ponctuant la vie quotidienne, la marquant de son sceau. En définitive, comment mieux évoquer une époque qu'en réécoutant les chansons qui lui sont associées ?

La fin de la chanson elle-même peut être écrite ou se présente sous la forme d'un « ad lib » (*ad libitum*, « au gré de l'interprète »), reprise en boucle de quelques mesures prétextes à improvisation que l'ingénieur du son fait lentement disparaître par *shunt* (diminution progressive du volume). Les chansons des Beatles permettent non seulement d'illustrer les deux fins courantes (par exemple la fin écrite avec *Ob-La-Di, Ob-La-Da*, 1968, et l'*ad lib* avec *While My Guitar Gently Weeps*, 1968), mais également de découvrir d'étonnantes innovations en ce domaine, pour lesquelles nous nous risquons à proposer une terminologie. Ils ont en effet expérimenté ce qui pourrait être dénommé l'*ad lib paradoxal*, c'est-à-dire une fin en *crescendo* (*Hey Jude*, avec une conclusion de plus de quatre minutes sur un matériau spécifique, 1968), l'*ad-lib délirant*, avec ajout d'éléments sonores hétéroclites (*Good Morning*, 1967), et l'*ad-lib à tiroirs* où, tandis que la fin semble déjà avoir eu lieu, une section originale surgit comme de nulle part (*Glass Onion*, 1968, où apparaît mystérieusement un épisode d'accords diminués glissant chromatiquement au quatuor à cordes sur une basse de violoncelle en pizzicatos). Poussant à son comble l'esthétique du travail de studio et de l'album concept, ils ont même pratiqué la *hide track* (la « piste cachée »), par exemple quand après la chanson au titre piège *The End*, et après un long silence incitant à retirer le disque vinyl du lecteur, se dissimule la brève chanson *Her Majesty* (inscrite sur le sillon fermé du centre de l'album *Abbey Road*, 1969, voir aussi *A day in the life*, 1967).

Contrairement aux apparences, de telles descriptions ne conviennent qu'à une assez faible partie de cet immense répertoire. Franco Fabbri (notice *Chanson*, volume 1 de l'encyclopédie *Musiques*, Actes Sud/Cité de la musique, 2003) distingue deux modèles principaux de chanson : le type couplet-refrain que nous venons de présenter, et le type verse-chorus – particulièrement fréquent dans la comédie musicale américaine – qui donne sous sa forme complète : *verse, chorus, chorus, bridge, chorus, [bridge, chorus]*. Les termes *verse* et *chorus* sont les versions anglaises de *couplet* et *refrain*. *Bridge* (« pont » en anglais) correspond à une section centrale du refrain, souvent de huit mesures et pour cela également appelée *middle-eight* (« huit du milieu »). Des chansons d'Ira et George Gershwin comme le rapide *I got rhythm* (1930), *verse* en *sol* mineur et *chorus* en *si♭* majeur, ou le lent et chromatique *The Man I love* (1924), ou encore *Love for sale* (1930) de Cole Porter, au long *bridge* de 16 mesures, en donnent une bonne idée. Le rapport entre *verse* et *chorus* est assez différent de l'alternance qui caractérise les chansons du type couplet-refrain. On évoquerait plutôt ici le couple récitatif-aria. De fait, le *verse* de *Love for sale* est harmonisé par des accords de sixtes parallèles, évoquant assez nettement un récitatif. Les quelques chansons devenues des standards ont parfois perdu le *verse* au passage, et seuls quelques rares musiciens peuvent encore affirmer les connaître. L'intérêt porte donc essentiellement sur le *chorus*, qui s'avère une section musicale autonome et articulée, plus longue que son homologue dans la forme couplet-refrain. C'est lui qui comporte normalement le *hook* (« accroche »), brève idée mélodique qui est très souvent la signature d'une chanson.

Attention : en français, le terme *chorus* désigne plutôt un solo instrumental improvisé qu'un refrain.

Les deux types de chanson évoqués n'épuisent certainement pas toutes les facettes d'un genre foisonnant, loin de là. Ils se présentent de plus avec de nombreuses variantes. Le type couplet-refrain, par exemple, se résume quelquefois à un simple couplet de composition continue (*Imagine*, Lennon, 1971 ; *Les Copains d'abord*, Brassens, 1964). Le refrain, enfin, peut se contenter d'une unique phrase musicale (*Gare au gorille*, Brassens, 1952). Il peut aussi être inclus directement dans le couplet, sous la forme, quelquefois comique, d'un ou deux mots récurrents, prenant à chaque fois une nouvelle signification selon le contexte (*Félicie aussi*, Oberfeld, Willemetz, 1939, immortalisée par Fernandel). Une chanson peut aussi débuter directement par le refrain (*Aragon et Castille*, Étienne Lorin-Boby Lapointe, 1960), posséder deux couplets différents (*La Maman des poissons*, Boby Lapointe, 1975, à la structure très originale : couplet A, couplet A, fin du refrain, couplet B, refrain entier, complet B, refrain entier, couplet B, refrain entier, couplet B, refrain entier, couplet A, fin du refrain), ou finir par le couplet (*Les Feuilles mortes* déjà citées, où souvent seul le premier refrain est chanté, les autres étant instrumentaux).

Quelques chansons également, par une dimension symphonique, tentent de s'évader de la trop prévisible structure couplet-refrain, bien qu'elles la suivent toutefois plus ou moins (*A day in the life*, Lennon-McCartney, 1967 ; *Initials B.B.*, Gainsbourg, 1968).

À son tour, le monde des comptines anonymes regorge de petites mélodies devenues familières à tous et rivalisant d'imagination, depuis les phrases ouvertes-closes de *Do, do, l'enfant do* ou de *La Barbichette*, la structure en trois phrases ouvertes pour une close de *Un, deux, trois, allons dans les bois*, la forme A B_{ouvert} B_{clos} C pour *Mam'zelle Angèle*, la structure en écho d'*Arlequin dans sa boutique*, la forme canonique de *Frère Jacques*, la coupe A A B A' de *L'Emp'reur, sa femme et le p'tit prince*, la forme A B B A d'*Ah, vous dirai-je Maman* ou de *Trois poules*, la forme A A' B_{ouvert} B_{clos} d'*Ah ! les crocodiles*, jusqu'à la forme continue de *C'est la mère Michel*.

Et il ne faut pas oublier les *grilles* et les *boucles*. Que ce soit dans le blues, le rock, le rap ou, plus récemment, le slam, il se dégage cette fois une certaine indépendance de la musique vis-à-vis des chansons. Dans le *blues* ou le *rock*, un enchaînement prédéfini de douze mesures aux harmonies fixes, et dont la forme la plus simple est I I I I IV IV I I V IV I V, se répète systématiquement, autant pour constituer des couplets et des refrains que pour des séquences improvisées vocales ou instrumentales. Certains musicologues (par exemple Peter van der Merwe) considèrent que cette grille harmonique est une version afro-américaine d'une danse italienne de la Renaissance, qui fut elle-même en son temps l'objet d'innombrables variations, le *passamezzo*, introduite en Amérique par les Anglais et les Irlandais. Les chansons s'avérant être des blues sont innombrables (*Blues for Mama*, Nina Simone, Abbey Lincoln), et on peut en dire autant du rock (*Tutti frutti*, chanté par Little Richard, D. LaBostrie/J. Lubin/R. Penniman). Le rap, indissociable de la technique de l'échantillonnage, travaille plutôt sur des boucles, des séquences pré-enregistrées, éventuellement issues de chansons préexistantes, voire même tirées d'enregistrements de musique classique, et qui « tournent » indéfiniment, sédiments sonore et rythmique d'une diction musicalisée, généralement non chantée d'un texte parfois idéologiquement marqué (*Rapper's Delight*, Sugarhill Gang). Création assez récente (1984) rappelant dans quelques-unes de ses manifestations la *tenso* médiévale, le slam pourrait être qualifié de musique informelle, « urbaine », libre déclamation poétique sur fond de musique souvent improvisée, n'hésitant pas à brasser des interprètes de musique classique et de musique populaire de tous âges (*Comme une évidence*, Grand Corps Malade).

LES FORMES DES CHANSONS, DES MÉLODIES ET DES LIEDER

LE *LIED* ET LA MÉLODIE

Le monde des *Lieder* allemands, comme celui des mélodies – essentiellement russes et françaises – possède deux versants, dont le premier, assez simple et populaire, peut être résumé par le *Volkslied* (la chanson populaire), et le second, d'allure savante, est illustré par le *Kunstlied* (la chanson artistique). L'éventail des formes possibles en découle directement, les *Lieder* simples étant généralement traités de manière strophique, c'est-à-dire avec les différentes strophes du poème chantées sur une même musique, tandis que les *Lieder* plus élaborés suivent le texte au plus près. Ce point peut être clairement révélé par une comparaison entre la mise en musique de l'*Erlkönig* de Goethe par Reichardt en 1796 sous la forme d'un *Volkslied* strophique régulier (seule la partie vocale présente quelques adaptations aux différentes strophes telles que faire chanter le Roi des Aulnes de façon recto tono sur des *ré* graves), et celle plus tardive de Schubert, composée en 1815 (analysée plus loin), cette fois conçue comme un *Kunstlied durchkomponiert* haletant.

Sans être totalement absente du monde des *Lieder*, ce qu'on appelle communément *forme lied* est plutôt caractéristique des mouvements lents de la musique instrumentale écrite à partir du classicisme. Citons tout de même le *3ᵉ Lied de Frauenliebe und -leben op. 42* (1840) de Schumann, où cette forme est délibérément recherchée par le compositeur, puisqu'il a de lui-même repris à la fin la 1ʳᵉ strophe du poème.

·· ***En pratique*** ··

La berceuse suivante de Schumann, composée à partir d'un poème de Burns, présente un exemple de forme strophique simple. La musique n'est notée qu'une seule fois et la ligne vocale surmonte les trois strophes à chanter successivement. La mélodie, modèle d'économie et de simplicité, rappelle l'univers des comptines populaires. Elle est exclusivement constituée de trois cellules mélodiques : les deux notes répétées initiales, la syncope des temps 3 et 4, et enfin la petite broderie vocalisée de la seconde mesure, cellules à chaque fois arrangées différemment au sein de brefs membres de phrases de deux mesures. L'aspect populaire est encore renforcé par l'ultime répétition du dernier membre de phrase.

Exemple 8 : *Myrten op. 25 n° 14,*
Hochländisches Wiegenlied, **Robert Schumann**

Schlafe, süßer kleiner Donald,	Dors, cher petit Donald,
Ebenbild des großen Ronald!	Emblème du grand Ronald!
Wer ihm kleinen Dieb gebar,	Qui lui a amené le petit voleur,
weiß der edle Clan aufs Haar. *(bis)*	Le noble clan le sait clairement! *(bis)*
Schelm, hast Äuglein schwarz wie Kohlen!	Coquin, tu as des yeux noirs comme
wenn du groß bist, stiehl ein Fohlen ;	du charbon ;
geh die Ebne ab und zu,	Quand tu seras grand, vole un poulain,
bringe heim'ne Carlisle-Kuh! *(bis)*	Chevauche dans la plaine de long en large ;
	Rapporte une vache de Carlisle! *(bis)*
Darfst in Niederland nicht fehlen ;	Tu ne dois pas être absent des
dort, mein Bübchen, magst du stehlen ;	Basses-Terres ;
stiehl dir Geld und stiehl dir Glück,	Là-bas, garçonnet, tu pourras voler,
und ins Hochland komm zurück! *(bis)*	Vole de l'argent et du bonheur à ton usage,
	Et retourne dans les Hautes-Terres! *(bis)*

Entre une forme strophique simple telle que celle présentée chez Schumann et une forme absolument *durchkomponiert* comme on peut la découvrir dans le cinquième des *Wesendonck-Lieder* (*Träume*, 1857) de Richard Wagner – pièce où la césure entre les strophes est totalement niée par une musique animée d'une continuité et d'un souffle implacables –, il existe de nombreux cas intermédiaires, incarnés essentiellement par les formes strophiques variées. En effet, tout en respectant l'articulation strophique d'un poème, le compositeur peut transformer l'écriture d'une ou de plusieurs des strophes. *Der Lindenbaum*, *Winterreise* n° 5 de Schubert, présente ainsi une forme A A' B A" (correspondant respectivement aux strophes 1-2, 3-4, 5, 6), combinaison entre une forme strophique variée et une forme lied. Le *Lied Kennst du das Land* composé par Hugo Wolf en 1888 à partir du *Wilhelm Meister* de Goethe est également exemplaire. Encadrées par une ritournelle stagnante, les deux premières strophes suivent un plan identique : une première section, lente et expressive, en deux phrases (a_1 en *sol* ♭ majeur et a_2 en *mi* ♭ majeur, c'est-à-dire au «faux-relatif»), une seconde section, animée et passionnée, en *fa* mineur, et enfin une troisième section qui réintroduit à la fois le ton principal et le tempo initial. Si la fin de la troisième et dernière strophe est identique à celle des deux précédentes, son début propose une transformation spectaculaire de la couleur générale avec des modes systématiquement inverses et des toniques enharmoniques : les deux premières tonalités sont en effet devenues *fa* ♯ mineur et *ré* ♯ mineur! Le premier des *Kindertotenlieder* de Mahler (*Nun will die Sonn' so hell aufgehen*, 1901-1904) propose un exemple de forme strophique variée légèrement plus délicat à dégager car les éléments des strophes sont présentés sous des formes simples ou développées, et surtout en raison du fait qu'ils sont exprimés, tant par la voix que par les instruments de l'orchestre (par exemple, la phrase chantée au début de la 1re strophe, est, dans la 3e strophe, confiée au premier cor, m. 44).

L'exemple suivant, le *Lied Erlkönig* de Schubert, constitue probablement l'exemple le plus fameux de *Lied durchkomponiert*.

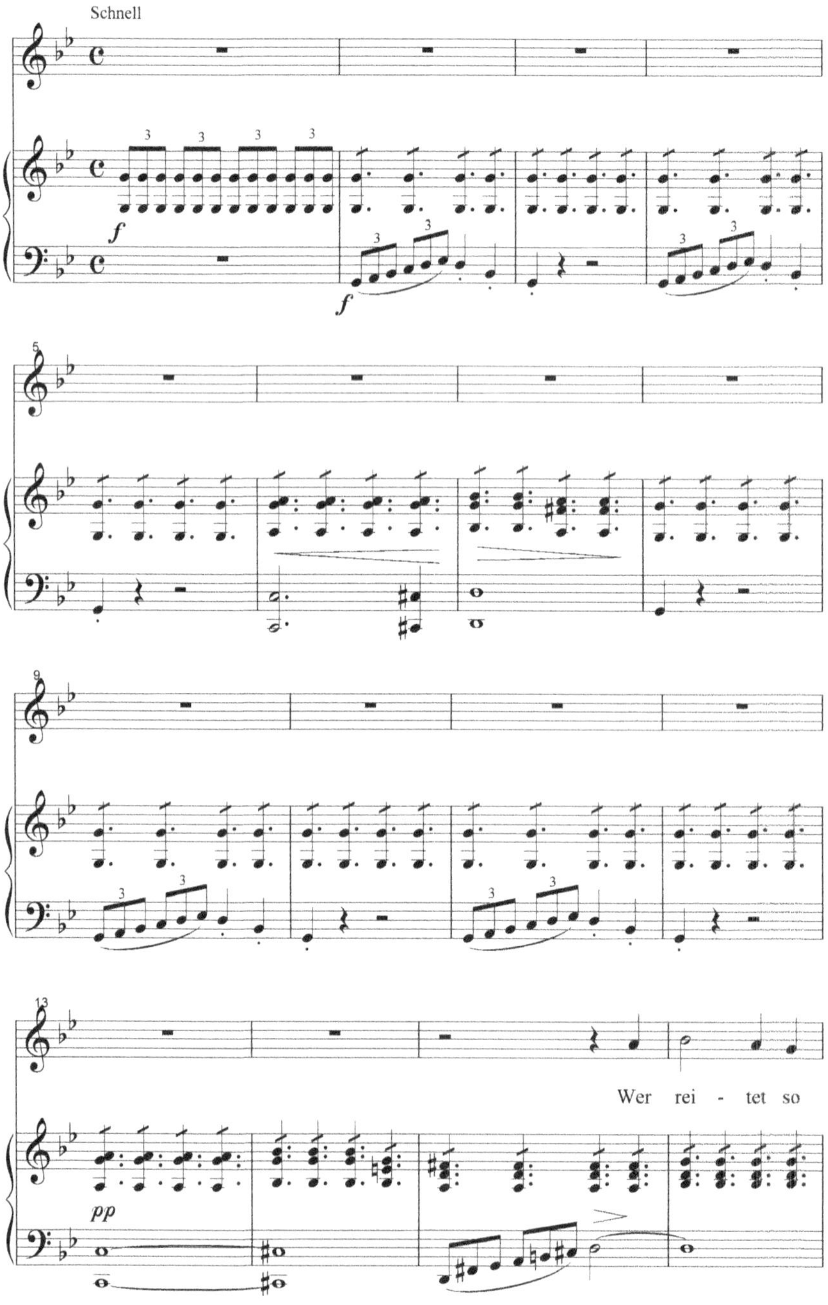
Schnell
3
f
5
9
13
pp
Wer rei - tet so

LES FORMES DES CHANSONS, DES MÉLODIES ET DES LIEDER

spät durch Nacht und Wind? Es
ist der Va - ter mit sei - nem Kind; er
hat den Kna - ben wohl in dem Arm, er
fasst ihn si - cher er hält ihn warm.

33
Mein
pp
37
Sohn was birgst du so bang dein Ge - sicht?
f
41
Siehst Va - ter, du den Erl - kö nig
pp
45
nicht? den Er - len - kö - nig mit
mf
p
mf

LES FORMES DES CHANSONS, DES MÉLODIES ET DES LIEDER

63
Spie - le spiel' - ich mit dir; manch
66
bun - te Blu - men sind an dem
69
Strand; mei-ne Mut - ter hat-manch' gül - den Ge-
72
wand". Mein Va - ter, mein Va - ter, und hö - rest du
f

76
nicht, was Er - len kö - nig mir lei - se ver spricht?
p
decresc.
80
Sei ru - hig, blei - be ru - hig, mein Kind;
83
in dür - ren Blät - tern säu - selt der Wind. "Wilst,
ppp
87
fei - ner - Kna - be, du mit mir gehn? mei-ne Töch - ter sol - len dich

war - ten schön; mei-ne Töch - ter - füh - renden nächt - li-chenReihn, und
93
wie - gen und tan - zenund sin - gendich ein, sie wie - gen und tan - zenund
96
sin - gendich ein".
Mein Va - ter, mein Va - ter, und
f
100
siest du nicht dort Erl - kö - nigs Tö - chter am dü - stern
decresc.

LES FORMES DES CHANSONS, DES MÉLODIES ET DES LIEDER

120
bist du nicht wil - lig so brauch' ich ge -
123
walt". Mein Va - ter, mein Va - ter, jetzt fasst er mich
fff
127
an! Erl - kö - nig hat mir ein Leid ge -
sfz
131
than! Dem Va - ter grau - setst', er
f
3

Exemple 9 : *Erlkönig*, Franz Schubert

Wer reitet so spät durch Nacht und Wind?	Quel est ce cavalier qui file si tard dans la nuit et le vent?
Es ist der Vater mit seinem Kind ;	C'est le père avec son enfant ;
Er hat den Knaben wohl in dem Arm,	Il serre le jeune garçon dans son bras,
Er faßt ihn sicher, er hält ihn warm.	Il le serre bien, il lui tient chaud.
Mein Sohn, was birgst du so bang dein Gesicht?	Mon fils, pourquoi caches-tu avec tant d'effroi ton visage?
Siehst Vater, du den Erlkönig nicht?	Père, ne vois-tu pas le Roi des Aulnes?
Den Erlenkönig mit Kron und Schweif?	Le Roi des Aulnes avec sa traîne et sa couronne?
Mein Sohn, es ist ein Nebelstreif.	Mon fils, c'est un banc de brouillard.
„ Du liebes Kind, komm, geh mit mir!	„ Cher enfant, viens donc avec moi!
Gar schöne Spiele spiel ich mit dir ;	Je jouerai à de très beaux jeux avec toi,
Manch bunte Blumen sind an dem Strand,	Il y a de nombreuses fleurs de toutes les couleurs sur le rivage,
Meine Mutter hat manch gülden Gewand. „	Et ma mère possède de nombreux habits d'or. „
Mein Vater, mein Vater, und hörest du nicht,	Mon père, mon père, et n'entends-tu pas,
Was Erlenkönig mir leise verspricht?	Ce que le Roi des Aulnes me promet à voix basse?
Sei ruhig, bleibe ruhig, mein Kind!	Sois calme, reste calme, mon enfant!
In dürren Blättern säuselt der Wind.	C'est le vent qui murmure dans les feuilles mortes.
„ Willst, feiner Knabe, du mit mir gehn?	„ Veux-tu, gentil garçon, venir avec moi?
Meine Töchter sollen dich warten schon ;	Mes filles s'occuperont bien de toi
Meine Töchter führen den nächtlichen Reihn	Mes filles mèneront la ronde toute la nuit,
Und wiegen und tanzen und singen dich ein. „	Elles te berceront de leurs chants et de leurs danses. „
Mein Vater, mein Vater, und siehst du nicht dort	Mon père, mon père, ne vois-tu pas là-bas Les filles du Roi des Aulnes dans ce lieu sombre?
Erlkönigs Töchter am düstern Ort?	
Mein Sohn, mein Sohn, ich seh es genau :	Mon fils, mon fils, je vois bien :
Es scheinen die alten Weiden so grau.	Ce sont les vieux saules qui paraissent si gris.
„ Ich liebe dich, mich reizt deine schöne Gestalt ;	„ Je t'aime, ton joli visage me charme, Et si tu ne veux pas, j'utiliserai la force. „
Und bist du nicht willig, so brauch ich Gewalt. „	Mon père, mon père, maintenant il m'empoigne!
Mein Vater, mein Vater, jetzt faßt er mich an!	Le Roi des Aulnes m'a fait mal!
Erlkönig hat mir ein Leids getan!	
Dem Vater grauset's, er reitet geschwind,	Le père frissonne d'horreur, il galope à vive allure,
Er hält in den Armen das ächzende Kind,	Il tient dans ses bras l'enfant gémissant,
Erreicht den Hof mit Mühe und Not ;	Il arrive à grand peine à son port ;
In seinen Armen das Kind war tot.	Dans ses bras l'enfant était mort.

(Traduction : Xavier Nègre)

Il semble à première vue impossible d'analyser une œuvre aussi libre et réfractaire à tout schéma préétabli. Une telle pièce s'approche sans idées préconçues, sans préjuger des surprises auxquelles l'analyse pourra conduire, sans même savoir s'il sera possible de parvenir à une vue d'ensemble convaincante et respectueuse du caractère unique de l'œuvre. La première phase de l'analyse doit permettre d'identifier les différents «personnages musicaux» mis en scène.

Le poème de Goethe, ballade romantique qui retrace les efforts désespérés d'un père tenant son fils agonisant et délirant dans les bras pour l'amener chez un médecin avant l'issue fatale, met en scène trois personnages (le père, l'enfant et le roi des Aulnes, incarnation de la mort qui cherche à attirer l'enfant), un narrateur, ainsi que l'idée d'une chevauchée angoissée. Cette dernière est rendue par un ostinato de notes répétées en triolets de croches et par un motif obsédant, une gamme montant de la tonique jusqu'au sixième degré, suivie d'une retombée sur un arpège descendant en noires piquées (cette idée forte a marqué de nombreux compositeurs, par exemple Wagner pour le début de *Die Walküre* ou Liszt pour le finale de sa *Faust Symphonie*). Le mouvement de triolets de croches parcourt tout le *Lied* et ne s'arrête, essoufflé, que trois mesures avant la fin, pour l'ultime phrase en style de récitatif, laquelle est toutefois précédée d'une augmentation du motif (m. 141), faisant déjà pressentir l'issue tragique de la chevauchée.

Le sentiment de continuité et de liberté que suggère le *Lied* provient évidemment de l'ostinato qui le parcourt entièrement, mais également d'une grande souplesse mélodique découlant d'un style tout à la fois régulier et imprévisible. Une première ébauche de ligne mélodique émerge de la main droite en triolets à la mesure 5, est prolongée à la mesure 13 et, quand la voix entre à la levée de la mesure 16, elle semble exprimer une réponse à ces deux éléments susurrés. Chaque phrase semble à la fois nouvelle et déduite de la précédente, l'exception principale étant le «*Mein Vater*» repris trois fois, de plus en plus aigu et reflétant la montée de la terreur de l'enfant.

Si l'ostinato rythmique ne s'interrompt jamais, il prend par deux fois des allures spécifiques (m. 58 à 72, accords à contretemps, et m. 87 à 96, arpèges à la main droite et rythme obstiné à la main gauche). Ce sont les deux premières interventions du roi des Aulnes, *Lieder* dans le *Lied*, parenthèses séduisantes, haltes dans l'avancée inexorable, et dont les sorties sont de plus en plus effrayantes.

Le plan tonal paraît irréductible à tout modèle usuel. La tonalité générale est *sol* mineur. La mesure 21 amorce (V/ii) une modulation vers *si* ♭ majeur, le ton relatif, où le motif est transposé mesure 24. Suivent d'autres modulations tout aussi souples (*sol* mineur, m. 29, *do* mineur m. 39, et à nouveau *si* ♭ majeur m. 46). Si ces différentes modulations sont sans conséquences – il ne s'agit que de subtils jeux d'éclairage – la dernière conduit à l'épisode déjà signalé de la mesure 58, le premier à posséder une réelle stabilité, au ton du relatif. La suite rétablit l'instabilité du *Lied* par un bref retour du ton principal, puis des glissements chromatiques qui mènent au ton éloigné de *si* mineur. Suit le second épisode du roi des Aulnes, mesure 87, tout aussi stable que le premier, cette fois au ton de *do* majeur. Retours des glissements chromatiques, jusqu'à *do* ♯ mineur, antipode du ton principal. Cette section mène au point culminant, un *fortissimo* sur le motif principal repris en *ré* mineur, ton de la dominante. Pour la troisième et ultime intervention du roi des Aulnes, Schubert suggère un ton majeur (celui du 6ᵉ degré, m. 117), comme les deux fois précédentes, mais sans créer de formule d'accompagnement spécifique, la mort ne se dissimule plus. Le réel et terrifiant visage du roi se révèle sur la phrase «si tu ne veux pas, j'utiliserai la force»; le *mi* ♭ majeur qui semblait devoir s'installer était en réalité le ton napolitain de la dominante sur laquelle il se résout *fortissimo*. Après un très bref passage par *si* ♭ majeur, on retrouve le narrateur, au ton principal : la fin est proche.

Apparemment erratique, le plan tonal mis en place par Schubert est pourtant d'une cohérence et d'une efficacité confondantes : en ne prenant que les toniques les plus significatives, on obtient *sol* (m. 1), *Si* ♭ (m. 55), *Do* (m. 87), *ré* (m. 112), *Mi* ♭ (m. 117), *ré* (m. 123), *Si* ♭ (m. 124), *sol* (m. 131). Le plan tonal ne fait donc que projeter à grande échelle le motif unificateur de la pièce!

La forme concerto à ritournelles

PRÉSENTATION GÉNÉRALE

La forme concerto à ritournelles dont les mouvements vifs des concertos de Vivaldi proposent une des manifestations les plus claires, caractérisée par une alternance de ritournelles orchestrales et de solos instrumentaux, a été essentiellement pratiquée pendant la 1ʳᵉ moitié du XVIIIᵉ siècle. Son influence s'est toutefois prolongée bien au-delà, par exemple dans les concertos de Mozart, ou encore au sein de quelques œuvres néoclassiques de Stravinsky. Pour la comprendre, il est utile d'esquisser un rappel de l'esprit des premiers concertos.

Dans la 1ʳᵉ moitié du XVIIᵉ siècle, quand le concerto italien se dégage de la musique vocale sacrée concertante vénitienne, notamment de celle des Gabrieli, il constitue d'abord un élargissement de la sonate en trio née un peu plus tôt. Les parties instrumentales, dans le cas d'un concerto, sont simplement doublées et les deux formes d'exécution (orchestre ou trio) sont parfois indifféremment pratiquées. Les typologies formelles des mouvements d'un concerto baroque sont donc à peu de choses près identiques à celles des mouvements de sonate baroque. Il est tout à fait possible d'analyser la plupart des formes concertantes du XVIIᵉ ou du début du XVIIIᵉ siècle à l'aide des notions développées dans la section consacrée aux formes sonate baroques.

Le caractère spécifique du concerto devient rapidement manifeste. Il tient en un point clé : l'utilisation d'un effectif composé d'un ensemble orchestral (le *ripieno* ou *concerto grosso* ou *tutti*) et d'un ou plusieurs solistes (le *concertino* ou *solo*). S'il s'agit d'un *concerto de soliste*, le ou les interprètes des instruments concertants sont des virtuoses invités, tandis que pour un *concerto grosso*, ils font partie de l'orchestre dont ils ne se distinguent que pour les solos ; les instrumentistes constituant le reste de l'orchestre s'arrêtent alors ou prennent un rôle d'accompagnateur. Dans le cas d'un concerto interprété avec l'effectif d'une sonate en trio, l'effet concertant est simulé par l'opposition entre une nuance *piano* pour les passages *concertino* (*solo*) et une nuance *forte* pour les passages en *ripieno* (*tutti*).

Les premiers concertos tirent encore assez peu parti des effets qu'autorise l'alternance de tutti et de solos. Chez Corelli, premier grand maître du genre, la dimension concertante peut parfois être difficile à percevoir de prime abord. Les concertos de Torelli (op. 8, publication posthume en 1709) puis ceux d'Albinoni (op. 5, 1707) expérimentent un principe d'une nature spécifiquement concertante au sein des mouvements vifs. Les douze concertos de *L'Estro armonico op. 3* de Vivaldi (1711) lui donnent sa forme la plus aboutie, celle qui sera abondamment imitée. L'idée est simple : pour différencier l'écriture des solos de celle des tutti, mettre en œuvre une alternance proche d'une forme rondo, les tutti étaient conçus comme des refrains (nommés *ritournelles*) et les solos comme des couplets (nommés *solos* ou *épisodes*). Cette manière vivaldienne fait immédiatement école, qu'on songe seulement aux nombreuses arias da capo composées sur ce principe, aux *Concertos grossos* des op. 3 et 6 de Haendel, aux *Concertos Brandebourgeois* pour orchestre ou au *Concerto italien* pour clavecin solo de Bach, et même à quelques fugues chorales de sa *Messe en si mineur* (voir plus loin) ou encore au *Prélude* de sa *3ᵉ Suite anglaise*.

Il existe une différence essentielle entre une ritournelle de concerto et un refrain de rondo. Mélodie simple et mémorisable, un refrain revient de façon immuable entre les couplets, tandis qu'une ritournelle manifeste la plus grande fantaisie. Ses retours, fréquemment transposés aux tons voisins (souvent la dominante pour la seconde ritournelle et le relatif pour la troisième) peuvent être partiels et variés. On privilégie pour désigner une ritournelle concertante le terme italien de *ritornello*, ce qui permet d'affirmer son caractère spécifique qui tient en deux points complémentaires :

- Le *ritornello* introductif est constitué de plusieurs motifs caractérisés. Si les *ritornelli* suivants les réexposent, ce n'est que partiellement et dans un ordre, une transposition et une périodicité libres. Dans les premiers concertos, un des motifs du *ritornello* est généralement traité en fugato. Depuis Vivaldi, ils sont presque tous homophones, marquants, et comportent couramment des marches harmoniques.

- Dans son ensemble, un *ritornello* n'est pas un simple assemblage de motifs, mais la mise en œuvre d'une dynamique globale, généralement en trois étapes. Depuis Wilhelm Fischer (1915), on les désigne par *Vordersatz*, *Fortspinnung* et *Epilog* qu'on pourrait traduire par *proposition* (ou *présentation*), *séquence* (ou *prolongation*, voire *commentaire*) et *conclusion* (cf. le mouvement de concerto vivaldien analysé plus loin, ainsi que l'analyse de la *1ʳᵉ Invention* de Bach dans la section sur les formes contrapuntiques).

Quant aux solos, ils peuvent être assez virtuoses, celui précédant le dernier tutti pouvant même être une réelle cadence. Celle-ci est soit notée, soit improvisée. Dans ce second cas, Vivaldi indique pour les musiciens : *qui si ferma* (« ici l'on s'arrête »). Les solos utilisent le plus souvent des éléments du *ritornello* et les développent. Parfois aussi, les solos présentent des éléments thématiques propres (creuset de la future forme bithématique). Enfin, les *ritornelli* ne sont pas modulants (bien qu'ils puissent être transposés), contrairement aux solos qui prennent en charge les modulations d'un *ritornello* à l'autre.

Derrière une forme apparemment simple – une alternance de ritournelles et de solos – apparaît un véritable laboratoire expérimental, tant pour la forme que pour le timbre (avec des instruments concertants tels que la mandoline ou le basson), ou même pour l'exploration d'harmonies saisissantes, comme lors de l'évocation d'un rêve dans le 2ᵉ mouvement du concerto pour flûte et basson *La Notte* (RV 104) de Vivaldi.

Le principe des ritournelles anime épisodiquement quelques structures où il semblait pourtant bien peu probable de le trouver. Bach pratique quelquefois une forme qualifiée de *ritournelles cachées* (*hidden ritornello*). Elle est présente notamment dans sa *Messe en si mineur*. Le premier grand *Kyrie* semble être une imposante fugue chorale. Pourtant, lorsqu'on regarde celle-ci de plus près, de nombreuses reprises paraissent inexplicables sous ce seul aspect. Lorsqu'il le souhaite, Bach ne se prive pas d'utiliser tous les raffinements de l'écriture fuguée du *stile antico* : canons, strettes, etc. (comme le démontre le *Credo* de la même messe). Le *Kyrie* de la *Messe en si* emploie plutôt le *stile moderno* : il est de ce fait articulé comme un concerto baroque ! Mais, pour respecter la dimension solennelle, Bach a préféré masquer les interventions des *ritornelli*. Il utilise la technique suivante : y exposer le même sujet de fugue que les solos, et chaque retour de *ritornello* débute par une réponse fuguée au solo précédent (à la cinquième entrée, pour être précis). Le début d'un *ritornello* est ainsi parfaitement indétectable, semblant prolonger le solo. Une fois ce point dégagé, la forme devient lisible : *ritornello* 1 (m. 1, 25 mesures à la tonique), solo 1 (m. 26, 18 mesures), *ritornello* 2 (m. 44, 25 mesures à la dominante), solo 2 (m. 69, 8+21 mesures) et *ritornello* 3 (m. 98, 25 mesures à la tonique).

La forme à ritournelles ne disparaît pas à l'époque classique mais fusionne avec la forme sonate naissante, aboutissant à une forme hybride passionnante : la forme sonate de concerto (voir cette entrée plus loin). Quelques rares compositeurs ont fait encore occasionnellement allusion à la forme à ritournelles, par exemple Stravinsky qui, dans son *Capriccio* pour piano et orchestre (1929), inscrit une forme à ritournelles dans un *Konzertstück* à la Weber. Comme pour un clin d'œil supplémentaire, il divise les pupitres de cordes en *concertino* et *ripieno* !

································ **En pratique** ································

Le 1er mouvement du *6e Concerto* avec un violon concertant en *la* mineur de l'op. 3 RV 356 de Vivaldi présente un cas exemplaire de forme concerto à ritournelles.

LA FORME CONCERTO À RITOURNELLES

40
44
Solo
Solo 3
48
52
Ritournelle 4 avec a
Tutti
56
Solo
Solo 4
60
63

Exemple 10 : 1ᵉʳ mouvement du *Concerto op. 3 n° 6* de Vivaldi

Les 12 mesures de la ritournelle initiale exposent trois motifs principaux : un motif *a*, de 2 mesures et demie, énergique, avec une levée aboutissant sur une note cinq fois répétée, suivie d'un élément descendant présenté trois fois, avant d'être répété en marche ; un motif *b*, de 4 mesures, qui commente le motif *a* par une marche harmonique d'une grande simplicité en quatre paliers descendants par secondes ; le dernier motif, *c*, comporte aussi des notes répétées, conçues cette fois comme l'aboutissement d'un arpège ascendant. Ce troisième motif est articulé en deux membres de 2 mesures et demie : c_1 qui mène de la tonique à la dominante, puis c_2, sa réponse sur un accord de dominante conduisant à une cadence parfaite à la tonique. Particulièrement simples, tous ces éléments sont frappants, voire inoubliables, à l'image de la sixte napolitaine *si*♭ du motif c_1, amenée d'une façon si abrupte qu'elle évoque quelque plaisanterie et suffit à elle seule à caractériser le concerto.

Bien que les différents motifs apparaissent de façon indépendante lors des ritournelles suivantes, la première fois, ils suivent la progression *a* = *Vordersatz*, *b* = *Fortspinnung* et $c_1 + c_2$ = *Epilog* (voir plus haut).

Le mouvement dans son ensemble comporte cinq solos encadrés de six ritournelles (indiquées *tutti*). Si la disposition la plus usuelle consiste en cinq ritournelles, ce nombre n'est pas fixe et les six ritournelles de ce concerto ne constituent en rien un cas exceptionnel. Chacune des six ritournelles expose les motifs d'une manière spécifique : R1 (tonique, avec $a + b + c_1 + c_2$), R2 (tonique, avec a', une version tronquée et en miroir de a), R3 (dominante, avec a, b et a'), R4 (tonique, avec a), R5 (tonique, avec c_2) et R6 (tonique, avec $c_1 + c_2$). Seule la première ritournelle présente l'intégralité des motifs. La troisième ritournelle est transposée à la dominante. Enfin le retour du motif le plus frappant, celui avec la «fausse note», est réservé pour l'ultime ritournelle.

Les solos sont également contrastés. Le premier (modulant vers le ton relatif) développe le motif a ainsi que la formule cadentielle. Le second (modulant vers la dominante) introduit des figures nouvelles, broderies puis gammes et se termine par un rappel du premier. Le troisième (ramenant progressivement le ton principal) débute par un écho de la fin de la ritournelle précédente, puis s'anime avec de grands sauts d'intervalles. Le solo 4, plus virtuose, se compose exclusivement de doubles croches. Vu la brièveté de la quatrième ritournelle, le solo 5 semble répondre par ses doubles croches descendantes au mouvement ascendant du quatrième solo. Les solos délaissent donc progressivement le travail thématique au profit d'une virtuosité de plus en plus affirmée. Sans constituer une norme, une telle progression vers le brio représente une tendance assez fréquente.

Les formes continues
Voir les formes *durchkomponiert*

Les formes contrapuntiques

PRÉSENTATION GÉNÉRALE

Il est délicat de séparer l'étude des formes contrapuntiques de celle des genres où elles s'expriment, puisque le contrepoint est à la fois une technique, à l'instar de l'imitation, un genre, à l'image de la fugue, et avant tout une façon de privilégier la conception de la musique sous l'angle mélodique («horizontal»), recherchant l'homogénéité entre les différentes voix. Bien que la pédagogie moderne mette le plus souvent l'accent sur l'harmonie (accords et fonctions, dimension «verticale»), la pensée contrapuntique est incontournable : tout enchaînement harmonique, le plus simple soit-il, suppose une gestion, même implicite, de plusieurs lignes mélodiques.

Historiquement, le contrepoint a précédé l'harmonie. Après la première phase d'élaboration du corpus monodique grégorien, une ère contrapuntique d'embellissement de ce répertoire par ajouts successifs de voix, initiée au IXe siècle, a conduit au raffinement polyphonique de l'école de Notre-Dame du XIIe siècle (*organum, conduit, motet...*). Puis, que ce soient les genres forgés ou approfondis par les compositeurs de l'ars nova au XIVe siècle (*messe, motet isorythmique, ballata, madrigal...*), ou ceux associés aux maîtres de la Renaissance du XVe au XVIe siècle (*canzone, tiento, chanson parisienne...*), ils relèvent tous d'une pensée essentiellement contrapuntique. Avec la mélodie accompagnée du début du XVIIe siècle et sa manière de traiter la dissonance, de nombreux usages du style polyphonique – notamment rythmiques – se sont trouvés remis en cause. Ce n'est que vers la fin de ce même siècle (c'est-à-dire vers le milieu de l'époque baroque) que la pensée harmonique commence à prendre le pas sur la pensée contrapuntique au sein des grands genres instrumentaux naissants tels que la sonate ou le concerto. Pour aborder ces derniers, il importe de percevoir simultanément les deux dimensions.

À partir de l'époque classique, l'équilibre s'inverse. La polyphonie laisse la place à la texture et aux formules d'accompagnement, tandis que le plan tonal et la thématique deviennent déterminants. Le contrepoint ne disparaît pas pour autant. Si on fait abstraction de cette dimension, de nombreux traits de l'œuvre de compositeurs comme Haydn, Chopin, Schumann, Brahms, Wagner, Berg, Bartók, Boulez, Ligeti, et tant d'autres, semblent incompréhensibles. L'œuvre polyphonique de Bach, notamment, bien que longtemps peu jouée (hormis son *Clavier bien tempéré*), a périodiquement aiguillonné les principaux compositeurs, que ce soit à travers la lecture de ses partitions dans la bibliothèque privée du baron diplomate Van Swieten (Mozart, puis Beethoven), ou par la spectaculaire recréation de la *Passion selon saint Matthieu* par Mendelssohn en 1829 (en présence de nombreux compositeurs de la génération romantique), ou encore lorsque, prise comme modèle, elle a contribué à pousser Schoenberg à suspendre la tonalité, puis à élaborer la série.

Mentionnons aussi que, d'un point de vue géographique, la polyphonie n'est pas exclusivement liée à la musique savante occidentale. Au contraire, selon des principes à chaque fois renouvelés, elle permet de rendre compte de nombreuses musiques traditionnelles de tous les continents, par exemple en Centrafrique, en Indonésie, en Sardaigne, etc. Quant à l'existence d'une dimension polyphonique dès la musique grecque antique, il s'agit d'une question qui reste discutée par les musicologues.

LES DIFFÉRENTES LOGIQUES DE CONTREPOINT

Que signifient précisément les termes contrepoint et polyphonie, dont l'usage est souvent indifférent? Le terme contrepoint (*contrapunctus*) remplace au XIIIe siècle celui de «déchant» qui désignait depuis le XIe siècle deux voix composées note contre note («point contre point»): ce qui signifie qu'à chaque note d'une voix correspond à l'autre voix une (parfois deux ou trois) note simultanée. Le mot «contrepoint» précède lui-même celui de polyphonie, ce dernier terme ayant tendance à le remplacer à partir du XVIe siècle. *Contrepoint* est alors progressivement réservé à la dimension technique, voire scolaire de l'apprentissage, tandis que *polyphonie* se généralise pour désigner le style d'écriture savant, souvent «à l'ancienne», en opposition essentiellement avec le style homophonique harmonique nouveau.

Le contrepoint concerne donc la maîtrise de la dimension mélodique. Quel que soit le nombre de voix, chaque partie doit être intéressante, se suffire à elle-même. Pour un compositeur aguerri à cette pratique, une telle attitude devient une seconde nature. Ainsi J.-S. Bach, même dans ses œuvres pour instrument seul (violon, violoncelle, etc.), suggère systématiquement plusieurs voix et les fait chanter par l'instrument.

Il y a plusieures manières de faire chanter simultanément différentes voix. En premier lieu, vont-elles chanter la même mélodie? Selon la réponse à cette simple question, on obtient des formes de contrepoint très différentes. Dans l'*organum*, genre apparu vers le IXe siècle, embellissement contrapuntique du chant grégorien monodique, apparaît une seconde voix, à l'origine non notée, simple reproduction du plain-chant à la quarte inférieure. Avec la rapide individualisation des voix de l'organum, les trois mouvements pouvant relier deux voix sont explorés: le *mouvement parallèle* déjà signalé, où les deux voix suivent le même dessin (lorsqu'elles vont dans la même direction, mais avec des intervalles différents, il est nommé *mouvement direct*), le *mouvement oblique*, dans lequel une voix bouge tandis que l'autre reste immobile, et le *mouvement contraire*, où une voix doit descendre si l'autre monte.

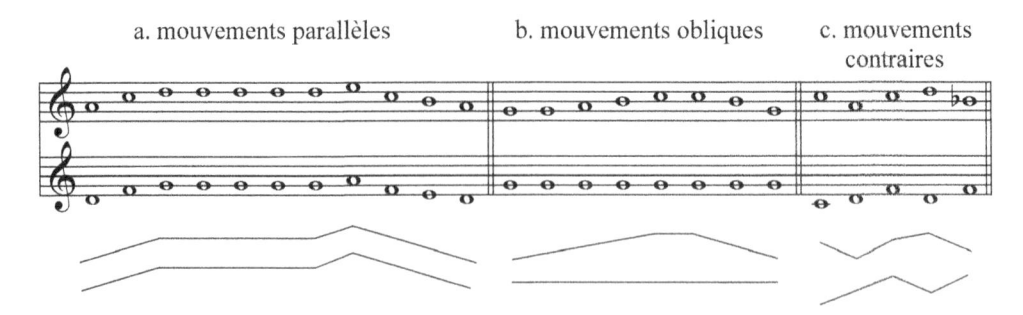

Exemple 11 : les trois mouvements de voix au sein de l'organum (a et b : extrait du traité *Musica Enchiriadis*, IXe siècle, c : extraits du traité *Ad organum faciendum*, XIe siècle)

Partis d'un style de pure identité entre les voix, les compositeurs ont rapidement exploré l'individualité des lignes. Dans l'organum fleuri, les deux voix sont devenues distinctes : l'une présente le plain-chant en valeurs longues, tandis que la seconde développe une ligne richement ornée. C'est la caractéristique principale de la *première logique contrapuntique* : chaque ligne possède une identité propre.

À l'apogée de l'organum (2de moitié du XIIe siècle, voir aussi l'analyse de Léonin plus loin), des motifs commencent à circuler entre les voix, notamment chez Pérotin. La notion d'imitation émerge progressivement de ces échanges de motifs. Cela donne, à partir du XVe siècle, une *seconde logique contrapuntique,* celle de la Renaissance : chaque section, voire à l'occasion chaque mot du texte, devient un *point d'imitation* avec un même motif imité aux différentes voix, dont le nombre peut augmenter, parfois de façon importante. Il importe de bien cerner l'imitation, notion cruciale pour les genres contrapuntiques majeurs comme la canzone, le canon ou la fugue, car il ne suffit pas qu'un motif soit présenté à deux voix pour qu'il s'agisse d'une imitation. L'exemple suivant compare onze situations :

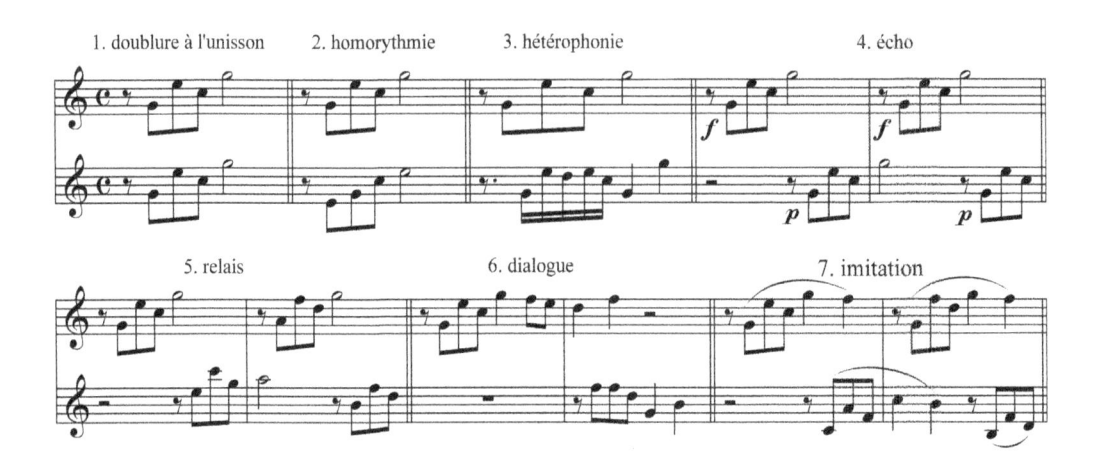

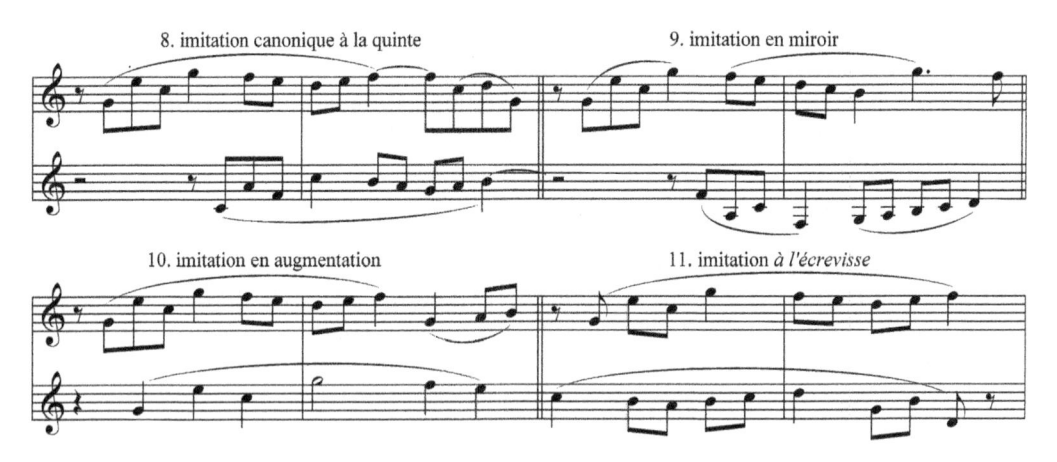

Exemple 12 : relations de voix

Les six premiers exemples ne relèvent pas du strict domaine de l'imitation. Le premier est plutôt un effet de timbre, une *doublure* à l'unisson (cet effet se produit aussi avec deux voix à l'octave, voire en accords parallèles, comme chez Debussy ou Messiaen). Le second, l'*homorythmie*, résulte de la superposition de plusieurs voix énonçant un même texte avec des mélodies différentes : il s'agit le plus souvent d'un enrichissement d'une mélodie principale. Le troisième, l'*hétérophonie*, est fréquent dans les musiques non occidentales : il s'agit d'une même mélodie présentée simultanément, mais de façon différente. Bien que la pratique de l'hétérophonie ne soit que peu « théorisée » au sein de la musique occidentale, il en existe de nombreuses occurrences (par exemple, entre les parties de violons et de flûtes, à partir de la m. 239 du 1er mouvement de la *Symphonie fantastique* de Berlioz). Le quatrième, l'*écho*, a été particulièrement prisé des premiers compositeurs baroques qui écrivaient parfois des pièces entières sur ce principe, allant jusqu'à demander à des chanteurs solistes de simuler cet effet. Le cinquième, le *relais*, apparaît lorsqu'un instrument prolonge la ligne de l'instrument précédent. À certains moments, un quatuor à cordes peut ainsi sonner comme un immense instrument à seize cordes. Le sixième, le *dialogue*, est caractéristique de la musique de chambre, et notamment des sections où plusieurs instruments se répondent sur le principe de questions réponses.

On entre dans l'univers du contrepoint imitatif avec le septième cas. Une relation entre deux voix est qualifiée d'*imitation* quand celles-ci présentent un même motif, sous la forme antécédent/conséquent, et conservent leur autonomie, ce que montre précisément le septième cas. Le huitième cas présente un *canon*, genre contrapuntique majeur : il s'agit d'une imitation prolongée, étendue à une phrase. Un canon peut être à l'unisson ou à tout autre intervalle (ici la quinte) et présenter un décalage de temps variable entre les deux voix (ici la blanche).

Qu'elles soient simples (limitées à quelques notes) ou canoniques, les imitations se répartissent en familles : *strictes*, quand la seconde voix reproduit fidèlement le dessin de la première, ou *libres*, quand l'imitation du dessin n'est qu'approximative ou ne concerne que les premières notes. Lors de contrepoints complexes, l'imitation peut aussi être en *miroir* (neuvième cas), quand tous les intervalles sont inversés (les intervalles ascendants deviennent descendants, et réciproquement), en *augmentation rythmique* (dixième cas), quand les durées du conséquent sont plus longues (généralement le double) que celles du modèle, ou l'inverse, en *diminution rythmique*, quand les durées deviennent plus brèves (habituellement la moitié). Une imitation peut aussi être *rétrogradée* (dite *à l'écrevisse*) lorsque le conséquent reproduit l'antécédent à rebours en partant de sa fin (onzième cas).

L'avènement du règne du contrepoint imitatif à partir de la Renaissance n'a pas pour autant impliqué la disparition du contrepoint écrit en voix autonomes. Selon les œuvres, les deux logiques de contrepoint peuvent coexister chez un même compositeur. Les inventions ou les fugues de Bach sont caractéristiques de son style imitatif, tandis que la plupart de ses variations de choral pour orgue superposent des lignes aux figures rythmiques et mélodiques indépendantes (à l'exemple du 7e choral de l'*Orgelbüchlein*, *Der Tag, der ist so freudenreich*).

CONTREPOINT ET HARMONIE

Quels sont les liens unissant contrepoint et harmonie ? Présenté de la façon la plus large, l'harmonie contrôle les accords résultant des rencontres entre les notes des différentes mélodies simultanées. À l'inverse, le contrepoint donne un sens polymélodique à toute succession d'harmonies.

Au sein des premières formes contrapuntiques médiévales, il s'agit encore simplement de contrôler les rencontres intervalliques de deux voix simultanées. Les intervalles dissonants (selon des conceptions théoriques variables pour répartir les intervalles en consonants et dissonants) doivent se trouver, soit sur les « temps faibles », soit sur la partie faible des « mesures », soit encore à l'avant-dernière « mesure » et se résoudre sur des consonances. Quand il y a plus de deux voix, on ne contrôle pas l'harmonie résultante, mais les combinaisons des différents regroupements possibles de deux voix. Le premier contrepoint se confond donc avec un corpus de règles concernant les enchaînements des intervalles dans le temps, dans le cadre d'une pensée modale.

La polyphonie de la Renaissance, tout en s'appuyant sur les mêmes principes, introduit une nouvelle « gestion » de la dissonance. Celle-ci, exposée entre autres par Tinctoris (1477) puis Zarlino (1558), doit désormais présenter trois phases : 1) la préparation consonante, 2) le temps fort où, tenue, elle devient dissonante, puis 3) la résolution conjointe vers une consonance. L'écriture de l'esthétique renaissante avec ses notes longues devenant dissonantes, nommées *dissonances syncopées*, est caractéristique du *stile antico* et sera reprise par tous les compositeurs ultérieurs lorsqu'ils écrivent, par exemple, de la musique sacrée « à la Palestrina » (ex. 13 de Monteverdi). Dans ce style, quand les voix sont rapides, les dissonances deviennent impraticables (elles n'ont pas le temps d'être préparées) et les motifs utilisent essentiellement des éléments d'arpèges et de gammes. L'exemple 14, toujours de Monteverdi, montre cette fois le *stile moderno* qui permet des dissonances attaquées et des sections chromatiques.

Exemple 13 : *stile antico*, **Messe à 4 voix de Monteverdi**

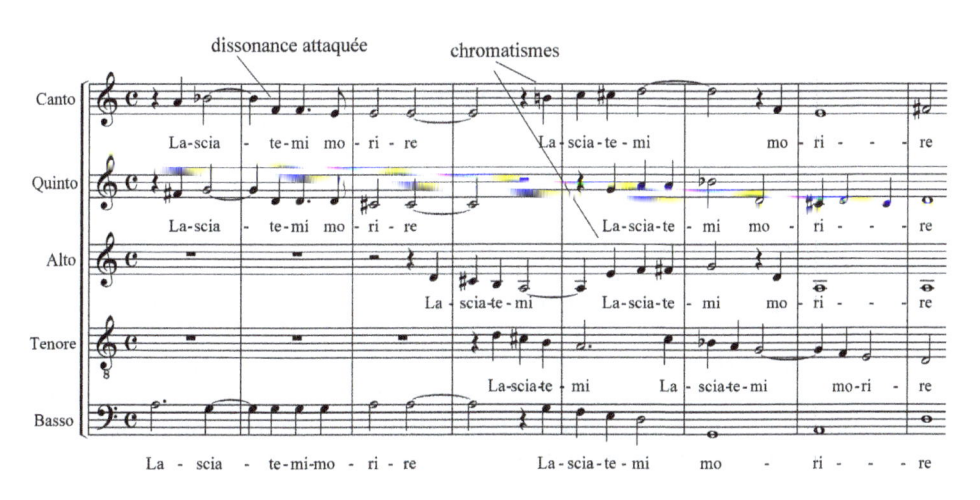

Exemple 14 : *stile moderno*,
Lamento d'Ariana du 6ᵉ livre de madrigaux de Monteverdi

En 1725, Fux tente de fixer les règles du *stile antico* déjà ancien dans son *Gradus ad Parnassum*, traité dont presque tous les traités de contrepoint ultérieurs découlent. Le contrepoint y devient une discipline assez rigide, gymnastique de l'esprit sans lien direct avec la musique pratiquée pendant le 2ᵉ quart du XVIIIᵉ siècle. Il y est organisé par *espèces* : contre une voix donnée non modulante de quelques mesures en rondes (le *cantus firmus*), il s'agit d'écrire une seconde voix en rondes (première espèce), puis en blanches (seconde espèce), en noires (troisième espèce), en syncopes (quatrième espèce) et en style fleuri avec rythmes variés (cinquième espèce). Quand les cinq espèces sont maîtrisées à deux voix, on repart à la première espèce en ajoutant une troisième voix, puis une quatrième. La progression pédagogique culmine avec le grand mélange à quatre : un cantus firmus en rondes, une voix en blanches, une voix en noires et une voix en blanches syncopées. Innombrables sont les compositeurs qui ont utilisé ce traité pendant leurs années d'apprentissage (Haydn, Mozart, Beethoven, Schubert, etc.).

L'harmonie tonale reste tributaire de ces règles et les intègre dans un contexte modulant. Les compositeurs enrichissent alors couramment la tierce et la quinte de base des accords avec une septième ou une neuvième, et traitent les nouveaux intervalles constitutifs sur le modèle des dissonances contrapuntiques. Ce n'est qu'à partir de la fin du XIXᵉ siècle (si l'on fait abstraction des premières décennies, si expressives, du XVIIᵉ siècle, en *stile moderno*, comme des septièmes et des neuvièmes de dominante toujours souplement pratiquées) que l'on peut *attaquer* toutes les dissonances sans préparation – souvent par un élargissement de la notion d'appoggiature –, et dans une grande liberté rythmique.

Il faut aussi préciser que, si l'étude du contrepoint débute avec deux voix et progresse souvent jusqu'au double-chœur à huit voix, celle de l'harmonie requiert immédiatement quatre voix et en nécessite rarement plus. L'effectif du quatuor vocal – soprano, alto, ténor et basse – est devenu une norme prédominante, parfois inconsciente : de nombreuses pages de musique pour piano, par exemple, sont écrites à quatre voix. Les principales œuvres de Chopin notamment, bien que généralement étudiées sous l'angle de l'harmonie, ne relâchent à aucun moment leur rigueur contrapuntique (toutes ses voix, y compris les voix intermédiaires, peuvent être «chantées» et manifestent une exceptionnelle qualité, par exemple pour le *Prélude op. 28 n° 21*).

En résumé, si le style polyphonique disparaît avec le baroque – encore que, en rupture avec le style ambiant, de nombreux compositeurs le pratiquent occasionnellement, pensons au *Requiem* de Mozart, au finale du *1ᵉʳ Quintette* pour cordes op. 88 de Brahms ou à la fugue initiale de la *Musique pour cordes, percussion et célesta* de Bartók –, le contrepoint reste de son côté presque systématiquement présent, que ce soit pour un prélude de Chopin, *Farben* de Schoenberg ou une étude de Ligeti. Il n'est bien entendu pas toujours vu sous le même angle, ni abordé avec la même rigueur. C'est ainsi qu'on distingue le *contrepoint strict*, où le nombre de voix est clairement défini et invariable au cours d'une œuvre (comme pour une invention à deux voix de Bach), du *contrepoint libre* où le nombre de voix est fluctuant et s'adapte en permanence à la pensée du compositeur ainsi qu'aux spécificités de l'instrument (comme pour le *Prélude* de la *3ᵉ Suite anglaise* de Bach où les entrées en imitations semblent se multiplier presque indéfiniment et suggérer un nombre important – mais indéterminable – de voix).

VERS UN ÉLARGISSEMENT DU CONTREPOINT

Depuis sa naissance, la polyphonie a profondément fait évoluer l'espace dévolu à chaque voix, aboutissant à une grande « lisibilité » musicale. Nous avons déjà évoqué la norme qui s'est progressivement instituée, celle du quatuor vocal, quasiment respectée par tous, y compris dans la musique la plus harmonique. À partir du XIXe siècle, certains compositeurs orientent la musique vers d'autres horizons.

Une soif de couleur irréductible à la logique polyphonique est à l'origine du premier facteur de renouveau. Berlioz, notamment, un des premiers grands orchestrateurs, tente souvent un travail direct sur la matière sonore, que ce soit avec les cordes jouées *col legno battuto* dans sa *Symphonie fantastique* (1830), ou avec les notes chromatiques des violons jouées dans l'extrême aigu en sons harmoniques dans le *Scherzo de la Reine Mab* de sa symphonie *Roméo et Juliette* (1839). Il se réjouissait de voir le public se tourner en tout sens pour essayer de trouver d'où pouvaient bien provenir ces étranges sons. Dans un même esprit, de plus en plus de parties instrumentales recherchent une participation à l'effet global, sans se soucier des conventions contrapuntiques. La musique orchestrale de Debussy est représentative d'une telle esthétique. Stravinsky également, qui, dans l'introduction du *Sacre du printemps* (1913), planifie une spectaculaire accumulation polyphonique. Son élaboration est on ne peut plus rigoureuse, chaque motif indépendant apparaît progressivement et tend vers l'ostinato. Au point culminant, Stravinsky ajoute encore des glissandos de cordes en sons harmoniques non thématiques. Leur seule fonction est d'ajouter un aspect bruiteux à la texture polymélodique.

C'est parfois la polyphonie elle-même qui subit une métamorphose. Pour que l'oreille puisse jouir d'un contrepoint, isoler chaque voix, il faut non seulement que les registres soient distincts, mais surtout que les valeurs rythmiques ne se chevauchent pas. Contrecarrant délibérément de tels principes, Mahler aime parfois générer de « mauvaises » polyphonies, comme peuvent en produire des fanfares jouant simultanément sans s'écouter. Le 1er mouvement de sa *Troisième Symphonie* (1896) est représentatif d'une telle écriture brute (par exemple, les parties de flûtes et de cors à partir de la mesure 315). György Ligeti a systématisé ce principe : au sein de petits intervalles (par exemple une tierce majeure au début du *Kammerkonzert*, 1970), les voix permutent leurs notes avec des rythmes indépendants et imprévisibles. L'oreille ne parvient plus à isoler des voix se chevauchant et la perception se tourne alors vers l'effet de texture résultant. Cette écriture est dénommée *micropolyphonie*. Dans une esthétique assez différente, les compositeurs répétitifs américains parviennent à un effet similaire, quelquefois avec des déphasages progressifs de voix, comme dans *Piano phase* (1967) de Steve Reich.

Au contraire, les premiers compositeurs de musique atonale, puis sérielle, s'inscrivent délibérément dans la tradition polyphonique, comme le démontrent *Farben* (1908) de Schoenberg, élaboré comme une fugue à cinq voix, la *Symphonie op. 21* (1928) de Webern et son écriture en double canon, ou encore le mouvement *Ia* du premier livre des *Structures* (1951) de Boulez, qui utilise d'une à six séries linéaires superposées. Toutefois, les voix de ces deux dernières œuvres modifient, presque à chaque note, tant le registre que l'intensité, les types d'attaque et parfois même le timbre, contrecarrant en permanence une perception de type linéaire. Fort de ce constat, Xenakis a conçu sa musique directement en termes de *nuages de sons*, plus ou moins denses, plus ou moins agités et organisés suivant des principes abstraits (stochastique, cinétique des gaz, théorie des cribles...). Naissent alors des œuvres aussi fortes, spectaculaires et massives que *Metastaseis* (1953-1954), *Pithoprakta* (1955-1956), *Psappha* (1975) et surtout *Nuits* pour chœur (1968).

Une démarche est encore plus radicale : plutôt que de faire une musique avec des sons, pourquoi ne pas pénétrer directement au cœur du son lui-même ? L'apparition de la musique concrète et de la musique électronique en 1948, leurs évolutions, puis la possibilité de synthèse directe du son par ordinateur, ont offert des solutions aux rêveries d'exploration de l'inouï. Manipuler les harmoniques d'un son, son enveloppe, son grain ou son évolution, ouvre une porte sur une syntaxe fondée directement sur le timbre. La même quête s'est aussi développée dans la musique instrumentale, initiée par Scelsi avec ses *Quatro pezzi su una nota sola* (1959), poursuivie par Horatio Radulescu (*Capricorn's nostalgic crickets*, 1974), et incarnée dans l'école spectrale. L'apparition de la notion de *fusion* a donné une dimension imprévue à l'écriture orchestrale : chaque instrument y figure une composante du son et l'orchestre tout entier devient la métaphore d'un timbre. Mais la fusion ne constitue qu'un versant de l'écriture spectrale, l'autre étant l'individualité des lignes, comme l'harmonicité peut être opposée à l'inharmonicité (globalement, la différence entre un timbre et un bruit). Il est possible de découvrir cette esthétique dans des œuvres telles que le cycle des *Espaces acoustiques* (1974-1985) de Grisey, de même qu'avec les principales œuvres de Murail (*Gondwana*, 1980). Peut-on encore parler de *formes* pour de telles œuvres ? Non seulement oui, mais elles sont souvent assez aisées à dégager, articulées soit par des sections bien délimitées, soit part des enchaînements par interpolations (*morphing*, déformations progressives).

En pratique

Inventions et sinfonias

Les inventions à deux voix et les sinfonias à trois voix offrent une introduction idéale aux formes fondées sur le contrepoint strict. Les deux recueils, de quinze pièces chacun, s'inscrivent dans l'immense édifice pédagogique élevé par Bach, inauguré par les petites pièces du *Klavierbüchlein* et culminant avec les *Chorals* pour orgue et les *Variations Goldberg*. Les inventions et sinfonias, plus complexes que les petits préludes et fugues, mais plus simples que le *Clavier bien tempéré* (on n'y aborde que 15 des 24 tonalités, le nombre de voix y est moindre et la rigueur de la fugue n'y est qu'entrevue), constituent une entrée en matière à l'écriture rigoureuse. Dans la préface de ces pièces brèves qui furent souvent esquissées directement pendant ses leçons, Bach invite l'apprenti musicien à rechercher la régularité digitale et le dialogue entre les deux mains, tout en lui offrant de petits défis de composition. La meilleure façon d'intégrer une invention est donc non seulement de l'exécuter au clavier, mais aussi d'essayer d'en improviser une par soi-même, ou, pourquoi pas, d'en écrire une traitant de la même difficulté. La première est dans la tonalité de *do* majeur et semble vouloir traiter deux idées : 1) comment rendre une texture en imitations aisément perceptible, et 2) comment parvenir à une ample phrase à partir d'un motif unique.

Exemple 15 : *1ʳᵉ Invention* **BWV 772 de J.-S. Bach**

1. L'invention étant à deux voix, Bach se restreint à deux valeurs rythmiques : des croches et des doubles croches souplement combinées. À l'exception des cadences, lorsqu'une voix présente des croches, la seconde présente des doubles croches. Le flot continu de doubles croches qui en résulte est réparti alternativement entre les deux voix, assurant une lisibilité optimale. De plus, comme le motif initial ne débute pas sur le temps, mais juste après (sur la seconde double croche), chacune de ses réapparitions est naturellement mise en valeur. On a la sensation d'un dialogue – Bach évoquait de son côté une conversation entre plusieurs personnages.

2. Le motif diatonique en doubles croches qui ouvre l'invention est excessivement simple : un mouvement de quarte, d'abord ascendant et conjoint (exemple 16, x), puis descendant et disjoint (y). On entend des secondes en montant, puis des tierces en descendant, tout en percevant l'ambitus de quarte (1). La quasi-totalité de la pièce est issue de ce matériau, par l'entremise de transpositions (2), de miroirs (3), de fragmentations (4 et 5), d'augmentations rythmiques (4) et de marches (4 et 5).

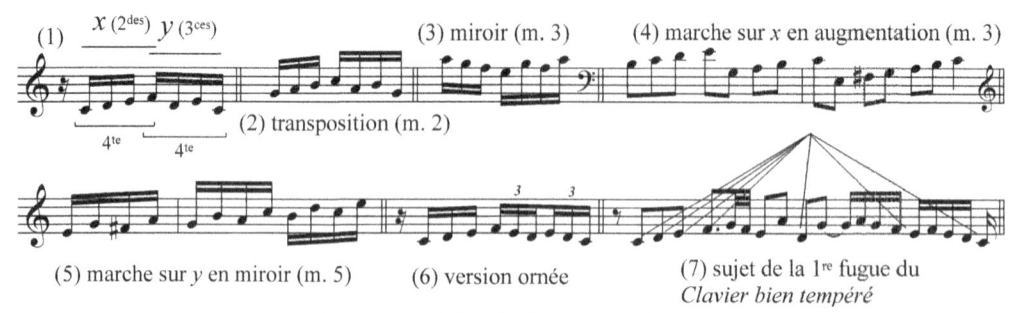

Exemple 16 : matériau de la *1re Invention* de Bach

Une fois le premier exercice artistique effectué (inventer par soi-même un motif de même nature et le travailler sur ce modèle), Bach semble suggérer diverses manières de prolonger le travail. Il a notamment proposé une version ornée de l'invention (exemple 16, 6), ouvrant la voie d'un travail sur l'ornementation. Puis, comme le sujet de la fugue qui ouvre le Clavier bien tempéré (7) possède un profil similaire, tout en multipliant les quartes, passer à l'étude des fugues semble une progression logique.

Qu'en est-il de la grande architecture ? Bach intègre les transformations motiviques présentées dans l'exemple 16 au sein d'une forme en une seule partie, articulée en trois phrases (6, 8 et 8 mesures) ponctuées par de nettes cadences en *sol* majeur (V), *la* mineur (vi) et *do* majeur (I). Les tonalités de *ré* mineur (ii, m. 10-11) et *fa* majeur (IV, m. 18-19) sont également effleurées. Ainsi, à l'exception de *mi* mineur, cette œuvre module souplement à travers tous les tons voisins de *do* majeur (et exclusivement ceux-ci).

La comparaison des trois phrases permet d'éclairer l'organisation formelle. Chacune est construite sur un même modèle : *présentation-prolongation-conclusion* (voir aussi p. 59). Compter les membres de phrase en mesures donne pour la première 2+2,5+1,5, pour la seconde 4+2,5+1,5 et pour la dernière 4+1,5+2,5.

Chacun des trois membres de phrase est comparable au membre similaire des deux autres. Poursuivre cette comparaison met au jour un travail approfondi sur le *contrepoint renversable* : chaque motif est alternativement utilisé comme soprano et comme basse. Pour le membre ouvrant les phrases, la première présentation (m. 1-2) montre un échange soprano-basse tous les deux temps, d'abord à la tonique, puis à la dominante. Celle de la seconde phrase (m. 7-10), deux fois plus longue, est transposée à la dominante. En contrepoint renversable par rapport au début, elle présente les échanges dans l'ordre basse-soprano, d'abord avec le motif initial, puis pendant deux mesures avec le motif en miroir. La dernière (m. 15-18), transposée au relatif mineur, bien que de même longueur que la seconde, présente à nouveau une progression. Le passage entre la forme simple et la forme en miroir du motif est effectué deux fois plus vite, soutenu par une nouvelle texture en notes tenues.

Une comparaison des autres membres de phrase révèle les mêmes techniques de transposition, de contrepoint renversable et de présentation en miroir. Enfin, les points culminants participent également à la progression générale : *sol* (m. 6, en omettant quelques *la* passagers), *si* (m. 14) et *do* (m. 20). Présentées de façon imprévisible et de plus en plus tôt dans le cours de la phrase, ces notes occupent chaque fois une position stratégique pour des cadences toutes différentes, les triples croches de la première étant uniques.

Beaucoup plus complexe, la *9e Sinfonia* à trois voix en *fa* mineur nécessite une tout autre approche.

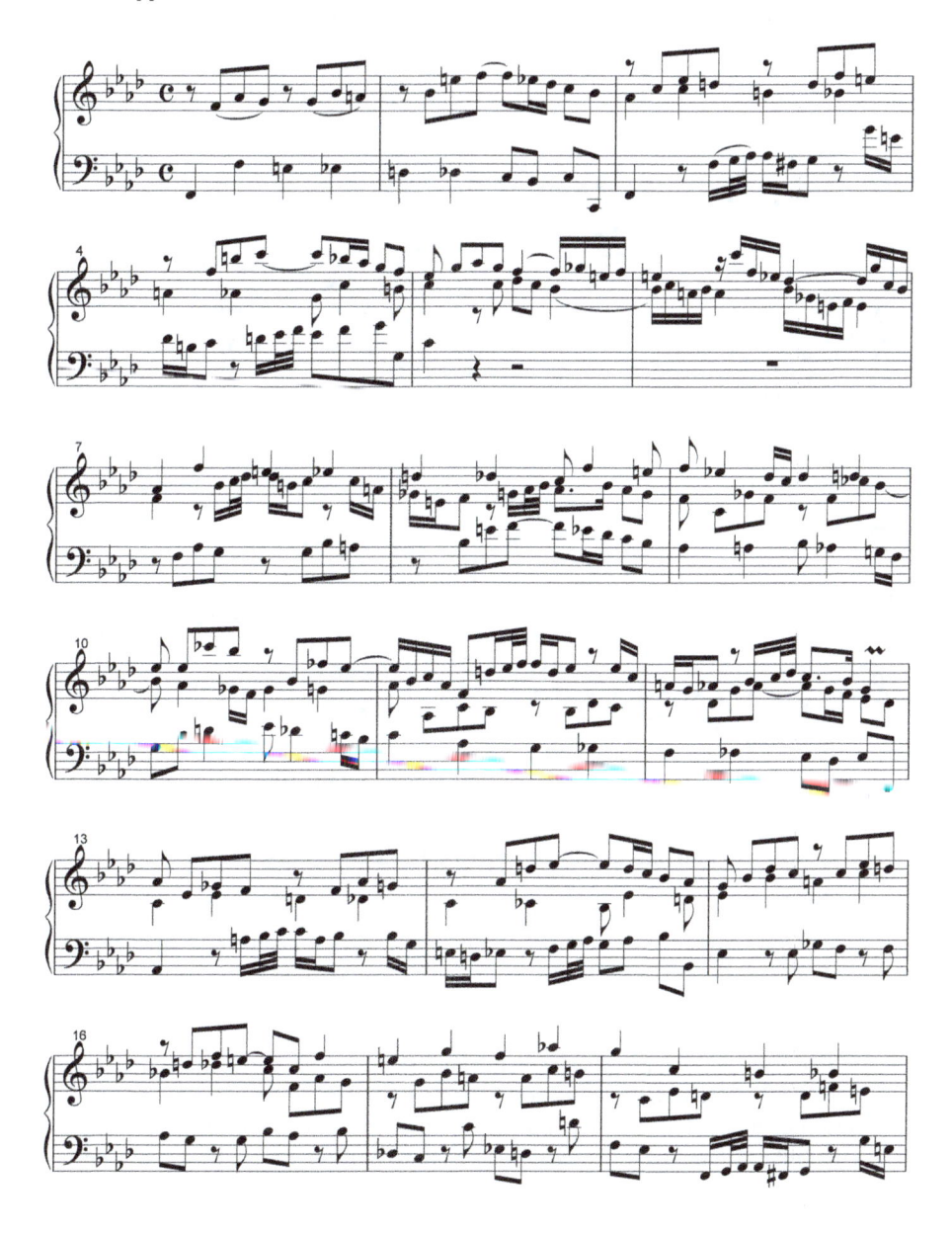

Exemple 17 : *9ᵉ Sinfonia* BWV 795 de J.-S. Bach

Il est impossible de «découper» cette sinfonia en phrases, sur le modèle de l'invention étudiée précédemment. Au contraire, elle enchaîne de brèves combinaisons contrapuntiques de trois motifs distincts :

▶ a, un tétracorde chromatique descendant en noires et croches (m. 1 à la basse) ;

▶ b, une ligne ascendante puis descendante en croches et doubles croches, avec une cellule caractéristique de trois notes : un appel de tierce et un demi-ton descendant (m. 1 à la main droite), motif qui est traditionnellement nommé «motif de plainte» (voir par exemple la cantate *Weinen, Klagen, Sorgen, Zagen*) ;

- c, une ligne très sinueuse, à la direction imprécise, en doubles et triples croches, avec des intervalles aussi exceptionnels que deux 3^{ces} diminuées et une 2de augmentée (m. 3 à la basse).

Non seulement Bach caractérise chaque motif mais, en prévision de leurs différentes combinaisons en contrepoint renversable, il les affecte de valeurs rythmiques spécifiques. La forme peut paraître assez morcelée et un schéma est indispensable pour parvenir à la visualiser. Elle se compose de sections où les trois motifs sont présentés, en *fa* mineur ou dans un ton voisin (dans le schéma, P pour *présentation*). Ces moments de présentation des motifs sont reliés par des épisodes plus développants et modulants (dans le schéma, C pour *conduit*), qui travaillent essentiellement le motif *b*, et qui introduisent parfois un quatrième motif plus syncopé. Le tableau suivant synthétise l'ensemble du parcours de la sinfonia.

Type	P	C$_1$	P	C$_2$	P	C$_3$	P	C$_2$'	P	C$_3$'	P
Mesures	1	5	7	9	11	15	18	20	24	28	31
Carrure	2 + 2	2	2	2	2 + 2	3	2	4	2 + 2	3	2 + 3
Soprano	(c)	b	duo	a	b + motif syn- copé	c	b	mar- che sur b	a	a	b	b	c
Alto	b	a		c	b	a		b	= C$_2$	c	a	= C$_3$	a	b
Basse	a	c		b	a	c		c		b	c		c	a
Tonalité	*fa* (i)	*do* (v)	mod.	*fa* (i)	mod.	LA♭ (III)	MI♭ (V/III)	mod.	*do* (v)	mod.	RE♭ (VI)	LA♭ (V/VI)	mod.	*fa* (i)

Presque toutes les combinaisons possibles des trois motifs sont explorées, selon des fréquences variables : 1 fois a-b-c, 2 fois a-c-b, 3 fois c-b-a et 4 fois b-a-c (les formes b-c-a et c-a-b ne sont pas utilisées). Derrière l'aride exposé mathématique, une forme musicale apparaît dès qu'on regroupe les présentations. On peut dégager quatre épisodes principaux de 4 (ou 5) mesures, dont les deux centraux introduisent des couleurs majeures : le premier autour de la tonique et de sa dominante (m. 1-4), le second sa transposition au relatif majeur et à sa dominante (m. 11-14), le troisième, qui est permuté au début et identique à la fin, au relatif majeur de la sous-dominante (m. 24-27), tandis que le dernier, intégralement à la tonique, est construit comme une rétrogradation du premier (m. 31-35). La combinaison c-b-a, qui aurait été la combinaison initiale si l'entrée de la voix de soprano n'avait été réservée à la troisième mesure, est celle qui conclut la sinfonia avec une disposition assez «naturelle» où la voix la plus lente est la plus grave, et la plus rapide la plus aiguë (il en était déjà ainsi dans le motet du XIIIe siècle, et on rencontre encore un équilibre du même ordre dans *Mode de valeurs et d'intensités* d'Olivier Messiaen). Pour les conduits, ils se concentrent essentiellement sur le motif le plus expressif et accentuent son potentiel de tension (parfois jusqu'à des appels de 9e mineure, comme aux m. 20 et 22). L'apparition des motifs sous leur forme originale apporte chaque fois un peu de stabilité dans un contexte par ailleurs plutôt complexe et tendu.

Pourquoi Bach utilise-t-il une thématique aussi singulière ? Pour qui connaît la variation de choral pour orgue de l'*Orgelbüchlein* intitulée *Durch Adams Fall*, la similitude de caractère est frappante. Dans le choral, Bach figure la faute d'Adam par une basse effectuant des sauts de septième diminuée, simule la reptation du serpent par deux lignes sinueuses et évoque la corruption de la nature humaine par des chromatismes retournés et des intervalles surprenants. Pourquoi ne traiterait-il pas du même épisode biblique dans cette sinfonia, le motif *a* étant la chute, le motif *c* le serpent, le motif *b* la plainte, tandis que les tierces diminuées figureraient la corruption de la nature humaine? Même si une telle rêverie peut sembler hasardeuse et ne pas être partagée, l'opposition entre les natures respectives de l'invention en *do* majeur et de la sinfonia en *fa* mineur se perçoit si nettement qu'elle prouve, s'il en était besoin, que la plus abstraite musique de Bach poursuit des visées expressives, voire théologiques. Ultime remarque : le motif *b* inclut le profil caractéristique B.A.C.H. Il eût été invraisemblable que celui-ci n'apparaisse jamais sur les notes significatives : *si* ♭-la-do-si... Elles sont effectivement énoncées, une seule fois, à la mesure 17, centre de cette pièce de 35 mesures!

La comparaison entre l'invention en *do* majeur et la sinfonia en *fa* mineur a mis en lumière l'étonnant alliage de rigueur et de fantaisie qui s'exprime dans les formes contrapuntiques imitatives. La pensée y découle en permanence du matériau de base et, selon que celui-ci est bref, développé, diatonique, chromatique, constitué d'une ou de plusieurs idées, adapté ou non au contrepoint renversable et doté d'un éventail de valeurs rythmiques plus ou moins étendu, la mise en œuvre est autre. Toute forme contrapuntique est donc, par définition, imprévisible.

Fugues

Les *fugues*, expressions les plus riches du contrepoint imitatif, poussent encore plus loin l'adaptation de la forme aux spécificités du matériau. Elles sont donc toutes différentes. Toutefois, dans la création didactique du XIXe siècle – la fugue dite « d'école » –, le déroulement contrapuntique s'articule en trois grandes parties (une exposition, un divertissement ou développement et une strette) et suit un plan tonal prédéterminé. Ce schéma ayant été conçu *a posteriori*, il ne recouvre que très approximativement la réalité des œuvres. Nous le citons néanmoins car son mérite a été de proposer un vocabulaire spécifique, bien utile pour dégager les différentes facettes de l'écriture fuguée.

▶ L'*exposition*, début de toute fugue, constitue probablement l'aspect le plus remarquable. C'est pourquoi un fugato (c'est-à-dire un épisode fugué intégré dans un genre distinct de la fugue, comme un opéra, une sonate, un poème symphonique, etc.) se confond fréquemment avec une simple exposition de fugue. L'exemple 18 présente une des plus célèbres, celle de la fugue en *sol* mineur du premier livre du *Clavier bien tempéré* de J.-S. Bach.

Comme dans toute exposition de fugue, les voix entrent successivement avec un même motif, le *sujet* de la fugue. Les entrées peuvent créer un mouvement directionnel, aller du grave à l'aigu ou de l'aigu au grave. Il est également fréquent, comme dans l'exemple, que l'ordre soit imprévisible : alto, soprano (m. 2), basse (m. 5) et ténor (m. 6). Le registre de la première entrée, en clé de *fa*, aurait pu être celui d'une voix de ténor. Contrairement à un quatuor vocal où le timbre de chaque voix est distinct, il faut parfois attendre la dernière entrée d'une fugue pour clavier pour que les doutes soient levés. De plus, si quatre voix constituent la disposition la plus usuelle, une fugue peut aussi en comporter deux, trois, cinq ou même six pour le *Ricercare* – voisin d'une fugue – de l'*Offrande musicale* de Bach.

Exemple 18 : Exposition de la *Fugue en sol mineur* du CBT 1

D'un point de vue tonal, une exposition de fugue alterne des présentations du sujet au ton de la tonique et au ton de la dominante. On nomme *réponse* le sujet présenté à la dominante. Le plus souvent, une exposition à quatre voix enchaîne sujet – réponse – sujet – réponse. On dit aussi parfois *dux* (conducteur) et *comes* (accompagnateur). Dans quelques rares cas, comme pour la fugue initiale du 14e *Quatuor* de Beethoven, la réponse est au ton de la sous-dominante. On parle alors de *réponse plagale*.

Dans une exposition de fugue, que fait la première voix après le sujet, quand la seconde entre avec la réponse? Le plus souvent, elle continue en contrepointant librement. Parfois aussi, elle introduit un second motif caractéristique qu'on nomme *contre-sujet*. On vérifie l'existence ou non d'un contre-sujet au moment de la troisième entrée. Si la seconde voix reprend le nouveau motif pour contrepointer cette troisième entrée, et que ce motif revient aussi par la suite, on peut être sûr d'être en présence d'un contre-sujet : il s'agit dans ce cas d'un authentique thème secondaire qui peut être contrastant ou apparenté avec le sujet. Par ailleurs, de même qu'on peut différencier le sujet de la réponse, il est possible de distinguer entre contre-sujet et contre-réponse, bien que cette nuance soit rarement pratiquée. Dans le cas de la fugue en *sol* mineur, il y a effectivement un contre-sujet, et son début est dérivé de la fin du sujet, tandis que sa fin évoque les croches du début du sujet, avec un nouveau dessin de deux tierces et d'une sixte.

Presque tous les épisodes contrapuntiques d'une fugue découlent directement de son sujet, il est donc important de s'en imprégner. Une comparaison entre les différentes entrées de l'exemple 18 montre que le sujet qui nous occupe possède onze notes caractérisées. À partir de sa douzième note, s'il ne marque pas de césure, le sujet évolue suivant des chemins distincts selon les voix. La fin d'un sujet est de peu d'importance, mais son début se doit d'être caractéristique, afin que toute entrée soit aisément perçue. La *tête* du sujet de l'exemple 18 (la première mesure) est tout à fait remarquable : deux demi-tons s'opposent par mouvement contraire et délimitent un ambitus de septième diminuée. La *queue* du sujet (sa seconde mesure) est au contraire conjointe, et vient s'enrouler autour d'un *si* ♭ qui constitue un axe de symétrie. Les deux moitiés du sujet sont complémentaires : les notes de la seconde moitié, en croches et doubles croches, sont les notes qui manquent à la première moitié, en croches et noires. On devine immédiatement que ces deux motifs présentent un grand potentiel de combinaisons contrapuntiques.

Comme un sujet est généralement conçu pour introduire la réponse au ton de la dominante, il serait facile pour une exposition de «déraper» du point de vue des tonalités : en effet, la troisième entrée serait alors à la dominante de la dominante, la quatrième à la dominante de la dominante de la dominante, et ainsi de suite. Plusieurs compositeurs ont tenté cette curieuse expérience, comme Strauss avec le fugato de *Also sprach Zarathustra* et Bartók avec la fugue initiale de la *Musique pour cordes, percussion et célesta*. Deux méthodes, parfois conjuguées, peuvent parvenir à cadrer la tonalité :

1. entre la réponse présentée à la seconde voix et le sujet de la troisième voix, le compositeur insère un petit conduit (ou raccord) réintroduisant le ton principal (dans l'exemple 18, la mesure 4) ;

2. au lieu de présenter une *réponse réelle* – le sujet transposé à la dominante sans modification – le compositeur effectue une *réponse tonale* – le sujet transposé comporte cette fois une modification nommée *mutation*. Il s'agit d'affirmer les notes tonales : aux toniques présentes dans le sujet répondent des dominantes et, réciproquement, aux dominantes répondent des toniques (T et D dans l'exemple 19). Les réponses tonales des époques classiques et romantiques présentées par l'exemple 19 illustrent le fait que la notion continue à être pratiquée bien après l'époque baroque. Dans l'*Adagio et fugue* de Mozart, la quinte initiale se transforme en quarte dans la réponse. Dans le *Requiem* de Berlioz, c'est une tierce qui se transforme en seconde, un peu comme dans l'exemple précédent, de Bach.

Exemple 19 : réponse tonale chez Mozart et Berlioz

Comment s'achève une exposition ? Après la dernière entrée, le compositeur prolonge l'exposition jusqu'à ce qu'une ou plusieurs cadences ponctuent cette phase. Dans l'exemple 18, après une première et discrète cadence en *sol* mineur, c'est une nette cadence au ton du relatif, avec une basse évoquant la tête du sujet, qui conclut l'exposition. Le divertissement commence après cette respiration par une présentation du sujet transposé au relatif. Pour quelques fugues assez développées, une seule série d'entrées des différentes voix à la tonique et à la dominante offre un début trop peu conséquent pour contrebalancer l'ample divertissement modulant à venir. Le compositeur procède alors à une seconde série d'entrées, toujours au ton principal et à sa dominante, parfois incomplète et souvent dans un ordre différent (*Fugue en do mineur* BWV 546 pour orgue de Bach). Cette seconde exposition est dénommée *contre-exposition*.

▶ Le *divertissement* est la seconde et principale partie d'une fugue. Il existe aussi une seconde terminologie qui nomme la partie centrale de la fugue *développement*, réservant le terme *divertissement* aux épisodes modulants qui relient les différentes présentations du sujet. La 9e *Sinfonia*, déjà évoquée, donne un bon exemple des principaux types d'écriture caractérisant un divertissement : quelques présentations du sujet complet aux différents tons voisins séparés par des épisodes modulants (conduits, marches ou canons), parfois plus simples et avec un nombre réduit de voix, parfois au contraire denses et complexes, généralement élaborés à partir de motifs issus du sujet ou du contre-sujet.

▶ La *strette*, partie généralement située vers la fin d'une fugue (systématiquement présente dans une fugue d'école et assez fréquente dans la réalité), constitue le point culminant d'intensité contrapuntique. Le mot strette, qui signifie « en serrant », indique une entrée des sujets plus rapprochée que dans l'exposition : les entrées de voix se chevauchent.

Attention : le terme *stretto* peut aussi désigner une accélération du tempo, souvent dans la coda d'une œuvre.

L'exemple 20, la *Fugue en ré majeur* du second livre du *Clavier bien tempéré* de J.-S. Bach, permet de découvrir la richesse de l'écriture en strette.

LES FORMES DE LA MUSIQUE OCCIDENTALE

1re étape

2e étape

3e étape 1.

Exemple 20 : *Fugue en ré majeur* du CBT 2

Élaborée à partir d'un sujet diatonique en *stile antico* dont les notes répétées initiales évoquent un thème de *canzona*, cette fugue met en œuvre une progression spectaculaire. Dans un style concertant renaissant, le divertissement, d'un esprit profondément monothématique (la queue du sujet sert de contre-sujet), est construit comme une série de strettes successives, de plus en plus virtuoses. Il s'agit de ce qu'on nomme une *fugue strette*.

Dès l'exposition (avec réponses réelles), l'auditeur est mis en alerte : si la seconde entrée intervient une ronde pointée après le sujet, il n'y a plus qu'une ronde pour séparer la quatrième entrée de la troisième. Par cette irrégularité, Bach aiguille immédiatement la perception vers la notion de strette. Par ailleurs, le canon à quatre voix sur la queue du sujet (m. 7) qui mène à la cadence concluant l'exposition est un brillant avant-goût des riches épisodes contrapuntiques à venir.

Quatre grandes étapes jalonnent la progression du divertissement :

1. *Combinaison de deux sujets* : le sujet est présenté en *mi* mineur (m. 10) avec une réponse après une ronde pointée puis, après un conduit, la réponse au ton principal (m. 14) ne précède plus le sujet que d'une blanche.

2. *Combinaison de trois sujets* : le sujet apparaît en *si* mineur (m. 21), sa réponse le suit en *fa* ♯ mineur après une ronde, puis, de façon encore resserrée, le sujet entre à nouveau après une blanche.

3. *Strettes à trois voix* : (étape 3. 1) le retour au ton principal (m. 27) donne lieu à une strette à trois voix (irrégulière) à l'octave et à la noire dans l'ordre grave, aigu, médium. Après une reprise du canon à quatre voix de l'exposition, la seconde strette à trois voix (régulière) a lieu mesure 33 (étape 3. 2), à la sixte et à la noire, cette fois directionnelle du grave à l'aigu. Un sujet isolé à la mesure 40 prépare la cadence expressive des mesures 43-44, comportant deux entrées tronquées.

4. *Strette à quatre voix* : Bach a réservé la strette la plus nette pour la mesure 44, où il fait entrer en tuilage les quatre voix de l'aigu au grave, à la tierce et à la noire. Une mutation de la queue du sujet mesure 50 (la transformation de sa quarte en quinte) accentue le caractère conclusif de la cadence finale, augmentant fugitivement le nombre de voix à cinq par un effet – assez fréquent dans l'écriture chorale – de division des pupitres.

Tout au long de cette fugue, Bach fait croître la difficulté des strettes en augmentant progressivement le nombre des voix de deux à quatre, en resserrant le temps séparant les entrées des voix de la ronde pointée à la noire, en changeant l'intervalle entre les voix de la quinte, à l'octave, à la sixte, puis à la tierce, et en réservant le mouvement totalement directionnel – vers le grave – pour l'ultime strette.

Toute fugue peut privilégier un des aspects de l'écriture fuguée et le transcender. Existent donc des fugues où le sujet apparaît en augmentation ou en diminution (*Fugue en mi* ♭ *mineur* du premier livre du *Clavier bien tempéré*) ; des fugues où le sujet apparaît en miroir comme dans l'*Adagio et fugue* de Mozart ; des fugues intégralement en miroir, fugues que l'on nomme aussi *Fuga al rovescio* comme le *Contrapunctus 12* de *L'Art de la fugue* que l'on peut jouer sous les deux formes ; des fugues canoniques comme celle à trois voix de l'*Offrande musicale* ; différentes fugues enfin, qui multiplient les sujets ou les contre-sujets, dites fugues doubles, triples etc. et qui procèdent souvent à autant d'expositions qu'il y a d'éléments caractérisés, à l'image de la *Fugue en do* ♯ *mineur* avec un sujet et deux contre-sujets du premier livre du *Clavier bien tempéré*, ou de l'ultime fugue inachevée de *L'Art de la fugue*, à trois sujets, le dernier énonçant le nom de Bach.

▶ Une ou plusieurs *pédale(s)* peuvent marquer la fin d'une fugue, avec des épisodes souvent expressifs sur une dominante tenue, puis sur une longue tonique. Les quatre dernières mesures de la première fugue du premier livre du *Clavier bien tempéré* sont ainsi élaborées sur une pédale de tonique soutenant une riche polyphonie, alors que celle en *do* ♯ mineur fait se succéder, dans son dernier épisode, assez majestueux, sept mesures de pédale de dominante, puis quatre mesures de pédale de tonique.

Genres apparemment non contrapuntiques

Hormis les genres polyphoniques par nature, comme la fugue ou le motet, de nombreux autres présentent souvent une dimension contrapuntique. Une gigue extraite d'une suite de danses, par exemple, et qui s'apparente donc aux coupes binaires à reprises, peut faire appel à toutes les ressources de l'écriture fuguée, comme le démontre l'exemple 21 de Haendel.

Exemple 21 : *Gigue* de la *Suite en si♭ majeur* HWV 440 de Haendel

La forme binaire à reprises de cette danse enlevée est claire : une partie A de 26 mesures qui module de *si* ♭ majeur à sa dominante *fa* majeur, puis une partie B de taille voisine (25 mesures) qui retourne au ton principal, avec un passage au ton relatif (cadence parfaite en *sol* mineur, m. 37), chacune des deux parties comportant une reprise. La symétrie est encore accentuée par les huit dernières mesures de la partie B qui présentent une version transposée et légèrement modifiée des huit dernières mesures de la partie A, bien que cette redite soit délicate à percevoir puisqu'elle s'effectue dans la continuité et sans césure.

La dimension contrapuntique est tout aussi nette : la partie A débute par une exposition fuguée et la partie B par une strette! La stricte exposition à trois voix n'a rien à envier à celle d'une fugue : un sujet de 5 mesures au soprano, la réponse tonale à l'alto (la quinte initiale est devenue une quarte), 3 mesures de conduit, puis le sujet à la basse qui mène à la cadence parfaite concluant cette exposition (m. 19). Le sujet lui-même est constitué d'une tête ascendante disjointe avec un rythme obligé *noire/ croche* (3 mesures) et d'une queue descendante conjointe sur la cellule rythmique *croche pointée/double croche/croche* (2 mesures). On devine immédiatement que les deux cellules sont destinées à se combiner.

Remarque : le rythme de la seconde cellule est fréquemment qualifié de *rythme de sicilienne*. Si cette appellation est naturelle dans le cas d'une sicilienne, danse lente ou modérée, elle n'est pas adaptée pour parler d'une gigue enlevée. Cette formule rythmique est en réalité tout aussi fréquente dans cette danse (voir par exemple la *Gigue* du *12ᵉ Concerto grosso* de Corelli), il est donc légitime de la nommer ici *rythme de gigue*.

La strette qui débute la partie B mérite également quelques commentaires. Son motif de quarte évoque naturellement la tête du sujet par mouvement contraire. Ce motif a déjà été adroitement préparé par Haendel, à cheval sur la cadence parfaite de la mesure 19, et dans l'ordre soprano, alto et basse.

Le vocabulaire de l'écriture fuguée est donc parfaitement à sa place dans une danse. Inversement, une musique polyphonique peut tout à fait présenter des traits de musique populaire. Enfin, dans une suite, une gigue fuguée s'inscrit dans la longue tradition des finales fugués – que l'on pense simplement à l'ouverture à la française. De nombreux compositeurs s'en sont périodiquement souvenus. Beethoven, par exemple, avait initialement conçu sa *Grande fugue* pour quatuor à cordes comme le finale de son *13ᵉ Quatuor*. Tout ceci nous incite à ne pas bâtir de frontières entre les genres musicaux, à ne pas céder aux idées préconçues, et à rester sensible aux composantes stylistiques d'une œuvre.

Analyse d'un organum

Ferment des formes polyphoniques, l'organum est un genre né vers la fin du VIIIᵉ siècle, qui a connu son âge d'or vers le XIIᵉ siècle, avant de rapidement décliner. L'organisation d'un organum ne constitue pas à proprement parler une forme en soi, mais plutôt l'enrichissement de formes préexistantes, celles du chant grégorien. Cependant, grâce aux traitements variés du texte, qui permettent de passer d'un chant monodique à un chant à deux ou plusieurs voix, selon les moments assez ornées ou plutôt rythmiques, a pu se développer un goût pour le contraste. Nous proposons donc, pour conclure la notice sur les formes polyphoniques, quelques pistes pour aborder un répertoire plutôt fascinant.

Exemple 22 : début de l'organum à deux voix *Viderunt omnes* de Léonin

«Viderunt omnes fines terrae/salutare Dei nostri./Iubilate omnis terra./[verset :] Notum fecit Dominus salutare suum/ante conspectum gentium/revelavit iusticiam tuam». «Des confins de la terre, tous ont vu/le salut envoyé par notre Dieu./ Réjouis-toi, terre entière/[verset :] Le Seigneur a fait connaître son œuvre bienfaisante/face a tous les peuples/il a révélé sa justice» (psaume 97).

Pour élaborer l'*organum* à deux voix (*organum duplum*) *Viderunt omnes*, dont le début est reproduit dans l'exemple 22, et dont le texte est extrait du psaume 97, Léonin (actif *ca* 1179-1201) part de la mélodie grégorienne monodique chantée en tant que graduel de la troisième messe de Noël, dite «messe du jour». Placé entre l'Épître et l'alléluia qui précède l'Évangile, le graduel est un chant grégorien traditionnellement très orné, composé d'un répons (mot synonyme de «refrain») et d'un verset (placé au centre du graduel, entre les deux répons). Dans le cas précis du *Viderunt omnes* – dont seul le refrain est transcrit ici – il s'agit d'une fête importante : il n'est donc pas surprenant qu'elle ait suscité de nombreux *organa* polyphoniques depuis le Xe siècle. Tous consistent en une mélodie nouvelle et originale posée sur le même chant grégorien traditionnel, dont les durées des notes sont transformées en raison de cet ajout, par allongement, puis, dès la fin du XIIe siècle, par l'utilisation de cellules rythmiques (celles des modes rythmiques en vigueur à partir du XIIe siècle).

Léonin compose son *Viderunt omnes* dans la seconde moitié du XIIe siècle, à l'époque même de la construction de la cathédrale Notre-Dame de Paris (1163-1250), église au sein de laquelle il était probablement chantre. La polyphonie parisienne de cette époque, dite de l'école de Notre-Dame, est recopiée dans de nombreux manuscrits conservés aujourd'hui dans plusieurs pays d'Europe (France, Allemagne, Espagne, Italie, Angleterre), ce qui témoigne de son immense diffusion. La version de l'exemple provient de l'un de ses plus importants témoins, le *Manuscrit de Florence* (1248), copié dans un atelier parisien, qui propose deux *Viderunt omnes* à deux voix (folios 99^{rv} et 99^v-100^{rv}) de Léonin, ainsi qu'une composition sur le même psaume et pour la même occasion, mais à quatre voix (*organum quadruplum*, folios 1^r-4^r, organum daté de 1198) d'un autre chantre de Notre-Dame, Pérotin (actif avant 1198-ca 1238). La présence de ces œuvres dans plusieurs sources (pour l'exemple de Léonin, Wolfenbüttel I, folio 25 [21^{rv}], ou Wolfenbüttel II, folio 63^r), permet en outre de comparer différentes versions d'une même composition.

L'*organum* parisien de la fin du XIIe et du début du XIIIe siècle présente souvent la structure suivante : dans la première partie, la voix ajoutée (*vox organalis* ou *duplum*) déploie librement des formules mélismatiques non mesurées posées sur la mélodie préexistante (*vox principalis*, *cantus firmus* ou *ténor*), c'est-à-dire une mélodie grégorienne donnée dont les notes sont allongées, ici, celle chantée sur «Viderunt» (les trois syllabes de ce mot occupent les systèmes 1 à 3 de l'exemple) ; il s'agit de la partie qualifiée d'*organum purum* ou d'*organum* à vocalises, ou encore d'*organum* fleuri. Suit une clausule (ici, sur «omnes»), mot qui désigne une section dont la première partie (*discantus*, 4e système) est mesurée selon le principe des modes rythmiques élaborés à cette époque, c'est-à-dire des formules rythmiques articulant des «longues» et des «brèves» (une longue valant selon le contexte deux ou trois brèves) : le cantus firmus grégorien comporte alors lui aussi un rythme mesuré ; la seconde partie de la clausule (*copula*, fin du 5e système) présente un ou plusieurs mélismes cadentiels parfois exubérants à la voix organale, qui retrouvent un rythme libre et qui se déploient autour du cantus firmus en notes tenues. Le graduel n'est pas traité tout du long sous une forme polyphonique : dans le répons, le chant redevient monodique après «omnes» ; dans le verset après «revelavit».

Les mélismes de la voix organale sont des formules traditionnelles ou des mélodies originales, transposées, ornées, variées, amplifiées ou transformées. Dans le *Viderunt omnes* de Léonin, la *vox organalis* commence seule (*mi-fa*), la *vox principalis* la rejoint sur le *fa* grave, et les deux mélismes suivant mettent en valeur l'intervalle harmonique de septième majeure (*mi* sur *fa*), très dissonant et tendu, ainsi que sa résolution à l'octave (*fa* sur *fa*). Dans les mélismes suivants, le *mi* de la *vox organalis* est encore privilégié (rappelons que la *vox principalis* tient toujours le *fa* grave), preuve du grand intérêt pour la dissonance dont fait preuve la musique religieuse romane et gothique depuis les débuts de la polyphonie (fin du IXe siècle), laquelle pose les fondements « grammaticaux » et esthétiques de la gestion des consonances et des dissonances harmoniques, ce que les époques suivantes ne feront que prolonger et affiner. En même temps que l'insistance sur le *mi*, la voix organale oscille entre les deux consonances (*fa*) – *do* et (*fa*) – *fa*, qui procurent une sensation d'appui, sinon de repos.

Lorsque la mélodie grégorienne atteint le *la* (sur la syllabe « runt »), la voix organale se déplace entièrement avec elle et la suit à l'octave. Formulées à des époques ultérieures, les interdictions de consonances parallèles ne sont pas encore d'actualité, et seul le chant mesuré évite les parallélismes d'intervalles « parfaits » (unissons, quartes, quintes, octaves), sans d'ailleurs toujours les bannir. Est alors présente à l'oreille de l'auditeur une nouvelle octave, une nouvelle zone harmonique, un nouveau diatonisme, une nouvelle couleur, une nouvelle syllabe, plaisir auditif qui n'est pas sans conséquences pour l'évolution du langage musical et pour la théorie. En effet, une mélodie grégorienne appartient à un mode donné – ici, le mode de *fa* authente – et un tel déplacement, par lequel le *la* crée une nouvelle zone de stabilité et une polarité inédite, met à mal la modalité initiale : un autre processus historique est en marche, qui aboutit très progressivement à la constitution d'une nouvelle modalité – travail des siècles qui suivent – laquelle est non plus monodique, mais harmonique.

À partir de la syllabe « om », Léonin emploie un contrepoint « note contre note » (comme déjà évoqué, c'est le sens premier du mot contrepoint : « point contre point », « punctus contra punctum »), de même qu'il utilise le premier mode rythmique, mode dont la cellule de base est « longue, brève, longue, brève, longue, etc. ». Du point de vue des hauteurs, les voix sont égales, c'est-à-dire qu'elles peuvent se croiser. Elles privilégient les intervalles harmoniques d'unissons, de quartes et de quintes, mais aussi les mouvements contraires, qui permettent un bon équilibre entre les voix et une meilleure caractérisation de chacune d'elles. Cette section mesurée sur « om » présente une particularité étonnante, et même émouvante pour les musicologues : il s'agit peut-être du premier ostinato de l'histoire de la musique – au moins du premier ostinato fixé par écrit. Loin de se contenter de placer une cellule rythmique sur la *vox principalis*, Léonin décide en outre d'exposer trois fois le généreux mélisme mélodique grégorien de la syllabe « om », ce qui lui permet de varier le contrepoint de la *vox organalis*, qui tourne autour de la *vox principalis* répétitive. Il montre ainsi une grande inventivité et un magnifique sens de la conduite de la mélodie. La petite « cadence » qui conclut la partie mesurée emploie la tierce mineure harmonique *si-ré*, qui est le plus petit intervalle pour se retrouver à l'unisson *do-do* : on croit entendre le rédacteur anonyme d'un traité du début du XIIe siècle (*Ad organum faciendum*, ca 1100), qui affirmait, dans une situation harmonique voisine, que, dans une cadence, deux hauteurs attirées l'une par l'autre doivent rendre « un son de douce amitié », « car ce qui s'embrasse doit être voisin » (il parlait alors d'une tierce majeure harmonique qui se résolvait sur un unisson)! Déployés pendant que la *vox principalis* chante un *do*, les grands mélismes cadentiels dans la vox *organalis*, qui aboutissent à la syllabe « nes », mettent en valeur la quinte *sol* et la tierce *mi* (premier et deuxième mélismes), mais plus encore l'âpre et expressive dissonance de seconde mineure *si* (troisième mélisme), puis la seconde majeure *ré* (dernier mélisme). La syllabe « nes » porte encore une tension de tierce, avant une ultime résolution sur l'unisson. Une fois la section organale du répons terminée, la suite de la phrase est chantée par la *schola* (le chœur des chantres) avec la monodie du grégorien (non reproduite dans l'exemple).

La succession entre parties libres et parties mesurées n'est pas toujours aussi simple : un *organum* peut faire se succéder de nombreuses séquences alternant des mélismes souples et libres avec des sections mesurées : c'est le cas du verset qui suit l'exemple, et qui commence avec «Notum fecit Dominus».

Comme dans de nombreux *organa* (mais ce n'est pas non plus une règle), les sections libres et mélismatiques de la polyphonie sont posées sur les sections syllabiques de la mélodie grégorienne d'origine («Vi», «de» et «runt»), tandis que les sections mesurées le sont sur les sections mélismatiques du grégorien (le «om» de «omnes» ; pour le verset, on peut noter d'un côté «No/tum/fe/cit», et de l'autre l'impressionnant mélisme grégorien du «Do» de «Dominus», devenue une immense section mesurée).

Le manuscrit de Florence propose plus loin sept clausules sur *omnes* (folios 148^v-149^r), placées les unes à la suite des autres. Constituées d'un discantus et d'une copula, elles sont destinées à être insérées en leur lieu et place naturel pendant le graduel («Viderunt omnes fines terrae»), soit au cours du déroulement du chant grégorien, soit pendant celui de la polyphonie organale. Elles peuvent même remplacer des clausules déjà présentes dans des *organa* plus vastes déjà fixés par écrit : on voit que, pour être relativement codifié, un genre comme l'organum est d'une très grande souplesse formelle. À partir des années 1220, l'enrichissement par des paroles de la seconde voix de ces clausules donne naissance au motet, genre dont on connaît la longévité et la descendance.

Les formes cycliques

▶ Au sens le plus large du terme, la notion de cycle désigne le fait de réunir différentes pièces dans le dessein de les exécuter à la suite les unes des autres. On pense bien entendu tout d'abord aux suites de danses, mais les sonates ou les concertos relèvent d'une logique similaire, ainsi que certaines pièces pittoresques, à l'image de celles composant les *Tableaux d'une exposition* (1874) de Moussorgski, ou encore un regroupement de *Lieder* comme ceux de *La Belle Meunière* (1823) de Schubert. Un cycle peut être réalisé *a posteriori*. On sait, par exemple, que Schumann a longtemps hésité sur le nombre de *Lieder* composant son *Liederkreis* op. 39 (1840), tout autant que sur leur ordonnancement, avec pour conséquence l'existence de variantes importantes, tant sur le plan du parcours tonal que sur celui du caractère général. Il en va de même avec Webern qui écrit toute une série de courtes pièces d'orchestre avant de retenir celles qu'il juge dignes de constituer ses *Cinq pièces pour orchestre op. 10* (1911-1913). On peut également songer à quelques suites d'orchestre, comme les deux suites (1888, 1891) du *Peer Gynt* de Grieg, les suites n° 1 (1872) et n° 2 (réalisation posthume par Ernest Guiraud) de *L'Arlésienne* de Bizet, ou encore le *Casse-noisette* (1892) de Tchaïkovski, ou même à la *Suite de Lulu* (1934) de Berg (reprenant la tradition des suites d'opéra apparue dès le xviie siècle). Pour chacun de ces exemples, le compositeur a pioché dans une de ses œuvres de dimension plus imposante, respectivement deux musiques de scène, un ballet ou un opéra, pour en extraire un cycle de pièces destiné au concert.

- Dans un sens plus restreint, la notion de forme cyclique s'applique plutôt à deux cas distincts :
  1. L'expression *messe cyclique* désigne, à partir de la 1re moitié du XVe siècle, une messe dont tout l'Ordinaire est mis en musique. Les différentes prières qui la composent (Kyrie, Gloria, Credo, Sanctus et Agnus Dei) peuvent aussi être unifiées par un *cantus firmus* ou un *motif de tête* communs.
  2. L'expression *forme cyclique* est utilisée pour les œuvres dont les différents mouvements partagent un ou plusieurs thèmes dits cycliques, technique généralement associée à César Franck (1822-1890). Sa *Symphonie en ré mineur* (1886-1888) comme son *Prélude, choral et fugue* (1884) constituent des modèles de cette conception. Non seulement les thèmes ne sont plus liés à un mouvement particulier, mais ils ont également tendance à progressivement se combiner contrapuntiquement, à l'image du finale du *Prélude, choral et fugue*, où Franck superpose le thème du choral et le sujet de la fugue.

S'il en est le plus notoire représentant, Franck n'est pas pour autant « l'inventeur » du principe cyclique. Au contraire, de très nombreuses œuvres antérieures semblent déjà imprégnées d'un tel désir d'unité. Des prémisses claires se trouvent en effet dans le finale de la *9e Symphonie* (1824) de Beethoven et dans sa *Grande fugue op. 133* pour quatuor (1824-1825). Quant à son *14e Quatuor* (1825), composé de sept mouvements, sa fin est étonnamment suspensive, donnant le sentiment de vouloir continuer et, pourquoi pas, de boucler avec le 1er mouvement, les sept mouvements étant dans cette perspective une métaphore du cycle des sept jours de la semaine. Une dimension cyclique est aussi nette dans la *Wanderer-Fantasie* (1822) de Schubert, où un thème cyclique s'adapte à la métrique des différentes parties. Toutefois, la première réelle incarnation de la forme cyclique apparaît peu après, et elle est l'œuvre d'Hector Berlioz. Il s'agit de la *Symphonie fantastique* (1830) dont un thème, qualifié par Berlioz d'*Idée fixe*, est présent au sein des cinq mouvements. Le principe cyclique est également au centre de ses symphonies ultérieures *Harold en Italie* (1834) et *Roméo et Juliette* (1839). La grande nouveauté de ces œuvres est le fait de doter les éléments cycliques d'une fonction dramaturgique – l'idée fixe de la *Symphonie fantastique* désigne une femme aimée, tandis que le thème cyclique d'*Harold en Italie* évoque le personnage principal du *Childe-Harold* de Lord Byron –, gommant ainsi les frontières séparant traditionnellement la musique pure de la musique à programme. C'est aussi chez Berlioz qu'apparaît la volonté de superposer les différents thèmes lors des points culminants, comme la mélodie du *Dies irae* en *la* modal superposée à la *Ronde de Sabbat* en *ut* majeur, superposition qui lance la conclusion de la *Symphonie fantastique*, ou encore la « Réunion des deux thèmes du Larghetto et de l'Allegro », effet tourbillonnant couronnant le bal de *Roméo et Juliette*. Franck, tout autant que Schumann (*Concerto pour piano*, *4e Symphonie*), Liszt (*Sonate en si mineur*), mais aussi Wagner (*Tétralogie*) et plus tard Schoenberg (*1er Quatuor*), sont un peu les héritiers des conceptions formelles de Berlioz.

La forme cyclique ayant été systématisée par Franck, on regroupe logiquement sous l'appellation d'école franckiste les nombreux compositeurs ayant poursuivi sa démarche, tant sur le plan harmonique que formel comme, par exemple, d'Indy, Magnard, Lekeu ou Ropartz. Le jeune Debussy du *Quatuor à cordes* (1892) se situe encore tout naturellement dans cette mouvance, tant par la présence d'un thème cyclique que par les harmonies du mouvement lent. La persistance des principes franckistes est, par contre, un peu plus surprenante dans ses œuvres de maturité telles que *La Mer* (1905), ou encore pour la charmante pièce pour piano *Jimbo's Lullaby* (1908). Cette dernière s'affirme comme une parfaite mise en œuvre de ce qui pourrait être nommé l'«équation de Franck» : «A, B, puis A sur B», c'est-à-dire l'exposition d'une idée A (m. 21), l'exposition d'une idée B (m. 33), et enfin la superposition des deux (m. 63).

Les formes durchkomponiert

Le sens du terme *durchkomponiert* est généralement rendu en français par l'expression «composition continue». Il peut s'appliquer à un grand nombre d'œuvres de la Renaissance ou de l'époque baroque, ainsi qu'à une multitude de pièces narratives, mais le terme est plutôt consacré à l'univers du *Lied*. Il désigne, dans ce contexte, les *Lieder* dont le déroulement suit au plus près celui du texte, ce qui implique un renoncement aux constructions strophiques usuelles en vue de parvenir à des formes que l'on pourrait qualifier de «sur mesure». *Erlkönig* (1815) de Schubert constitue un des exemples les plus célèbres. Il est analysé en détail dans la notice sur *les formes des chansons, des mélodies et des Lieder*.

Si une forme *durchkomponiert* ne présente pas de retours de parties entières, les brèves allusions thématiques ne sont pas rares. Une œuvre peut également suivre une structure articulée tout en sonnant *durchkomponiert*. *Suleika I* de Schubert est ainsi une forme strophique variée pour ses cinq premières strophes, et devient *durchkomponiert* pour la sixième, lente, qui occupe la moitié de la durée globale du *Lied*.

De son côté, l'expression *composition continue* est fréquemment utilisée à propos d'un répertoire allant des chansons médiévales à nos jours, lorsqu'il s'agit de rendre compte de pièces sans structures préétablies, soit d'esprit libre ou improvisé, soit contrapuntiques. Cette notion est à son tour présentée dans la notice sur les *formes contrapuntiques*, comme dans celle sur les *formes sonate baroques*.

Les formes en arche

La symétrie est l'idée centrale des formes en arche, nommées également par Boulez *formes en cloche*. D'une certaine façon, il s'agit d'un élargissement de la forme A B A, une des articulations les plus fréquentes depuis le *répons* grégorien jusqu'à la *forme lied*, en passant par le *menuet* et *trio* et de très nombreuses autres formes encore (voir cette entrée). L'*Orfeo* (1607) de Monteverdi reste le modèle insurpassable de la symétrie : les cinq stances du prologue constituent le microcosme de l'opéra entier, organisé en cinq actes disposés symétriquement autour du troisième, ce dernier étant lui-même symétrique autour des six stances de l'aria *Possente spirto* d'Orphée, cœur de l'ouvrage.

Une forme en arche est particulièrement nette quand sa fin évoque un retour à l'origine. On a déjà une telle perception dans les *formes sonates inversées*, quand le groupe B est réexposé avant le groupe A, ainsi que Mozart le fait dans sa *Sonate K 311* (1777). Le sentiment est encore plus fort dans les formes dont la dernière partie constitue une rétrogradation de la première, par exemple pour le rondeau *Ma fin est mon commen-*

cement de Machaut. Dans le scherzo *Allegro misterioso* de sa *Suite lyrique* (1926), Alban Berg donne une signification particulièrement touchante à cette idée. Lorsque le scherzo est réintroduit sous une forme rétrogradée après le *Trio estatico* central, il est alors associé à une tentative de refoulement des sentiments amoureux apparus pendant le trio. Au-dessus du début de cette section, Berg a noté dans son manuscrit – longtemps considéré comme perdu – *Vergessen Sie es!* («Oubliez-le!»).

Les formes en arche proprement dites conjuguent les différents points que nous venons d'aborder et adoptent généralement une coupe A B C B A. Cela correspond, par exemple, à une des lectures possibles de la forme d'ensemble du *Prélude à l'Après-midi d'un Faune* (1894) de Debussy, qui retrace un épisode fantasmatique situé entre l'éveil et le rendormissement d'un Faune. La réelle paternité des formes en arche peut être attribuée à Bartók, et le 3e mouvement de sa *Musique pour cordes, percussion et célesta* (1937) en constitue l'archétype. Il s'agit d'un *Adagio* organisé en cinq sections concentriques. Un peu comme des signaux, les quatre motifs constituant le sujet de la fugue du 1er mouvement viennent mettre en valeur l'articulation des cinq parties de la forme. Quand Boulez suit une forme approchante dans *Éclat* (1965), on ne peut s'empêcher d'y déceler un hommage.

Partie A début à m. 19	Partie B m. 20 à 34	Partie C m. 35 à 62	Partie B' m. 63 à 74	Partie A' m. 75 à la fin
Sujet *a* m. 18	Sujet *b* m. 33	Sujet *c* m. 60	Sujet *d* m. 73	

Forme du 3e mouvement de la *Musique pour cordes, percussion et célesta* de Bartók

Les formes différées et les formes kaléidoscopiques

PRÉSENTATION

La phase de création des principaux schémas formels semble s'achever au début du viie siècle. Des musicologues comme Adolf Marx (*ca* 1795-1866) peuvent alors les recenser et les présenter de façon rigoureuse. Après cette étape débute ce qui pourrait évoquer une certaine stagnation de la pensée formelle. Elle n'est qu'apparente car deux notions, qui apparaissent au sein des formes de base, les font évoluer, comme de l'intérieur : on peut les résumer par un goût pour la variation continue, principe dénommé par Schoenberg *variation développante*, et par une soif de forme unitaire, organique.

- ▶ Le goût pour la variation mène à une conception cyclique et évolutive des œuvres : les thèmes peuvent ne plus être cantonnés à un seul mouvement, des thèmes profondément apparentés peuvent tout de même avoir des existences autonomes, et enfin un thème peut ne pas présenter d'apparence stable et évoluer continuellement.

    1. La première notion est retracée dans la notice sur les *formes cycliques*. Rappelons qu'elle est déjà en germe chez Beethoven (9e *Symphonie*, 1824 ou 14e *Quatuor*, 1825) et qu'elle prend sa physionomie définitive avec Berlioz (*Symphonie fantastique*,

1830, où un thème incarnant une *idée fixe* est présent dans tous les mouvements, principe également central pour *Harold en Italie*, 1834). Après Wagner et sa monumentale conception où les thèmes conducteurs (*Leitmotive*) circulent au sein d'un cycle occupant quatre soirées, et dont la composition a pris plus de vingt ans (*Der Ring des Nibelungen*, 1848-1874), Franck applique le principe cyclique aux grands genres instrumentaux de la musique de chambre et de la musique symphonique. Son héritage est ensuite repris par de nombreux compositeurs tels que Debussy (*Quatuor op. 10*, 1892, ou *La Mer*, 1905).

2. La seconde notion, celle de thèmes apparentés mais distincts, est plus délicate à saisir. Dans la *Faust Symphonie* (1854-1857) de Liszt, par exemple, le thème amoureux (lettre K du 1er mvt) est un thème distinct du sujet grinçant du fugato du finale (lettre Q). Les deux thèmes sont pourtant élaborés à partir du même motif (présenté tout d'abord à la mesure 4 du 1er mvt) : il y a donc une conjugaison entre diversité (des thèmes distincts) et unité (présence d'un patrimoine «génétique» commun entre plusieurs thèmes).

3. Dernière notion enfin, celle des thèmes évolutifs : il suffit de chanter la partie de violon qui ouvre la *3e Sonate pour piano et violon op. 108* (1886-1888) de Brahms pour découvrir comment, sortant d'une simple présentation séquentielle, le compositeur crée son thème par une variation libre et continue d'un motif ; dans le déroulement mélodique, tout semble logique, et reste pourtant imprévisible. Les différentes présentations successives du thème principal du *Prélude à l'Après-midi d'un faune* de Debussy donnent encore une autre réalité à cette notion.

▶ Le goût pour une forme unitaire aboutit, quant à lui, à une tentative de synthèse des différents mouvements constituant les principaux genres musicaux en de longs mouvements uniques, intégrant en leur sein les changements de texture et de caractère qui opposent traditionnellement des mouvements successifs, notion parfois dénommée *forme intégrée*, et pour la musicologie anglo-saxonne *Double Function Form* (voir aussi l'entrée *forme sonate classique*). La *Wanderer-Fantasie* (1822) de Schubert est la première pierre de cet édifice qui culmine avec la monumentale *Sonate en si mineur* (1852-1853) de Liszt : toutes les notions que nous venons d'aborder y sont présentes, depuis la variation permanente jusqu'à l'élaboration de thèmes apparentés. Par-dessus tout, la fusion du genre de la sonate en quatre mouvements avec la forme Allegro de sonate y est exemplaire, donnant une cohérence inédite à un immense mouvement aux nombreuses ruptures de tempo. En schématisant et en simplifiant quelque peu la présentation, il est possible de proposer l'interprétation suivante : 1) Allegro = exposition, 2) mouvement lent = développement, 3) scherzo fugué = retransition, 4) finale Allegro = réexposition.

La notion de *forme différée*, dégagée par Dominique Jameux à propos de *Lulu* de Berg, est l'étape suivante dans cette élaboration d'une grande forme continue ; avant de l'aborder, il est utile d'introduire encore les notions de discontinuité et d'insertion, et même de parenthèse. Un sentiment de discontinuité apparaît lorsqu'un compositeur change d'idée de façon brusque et inattendue, comme par exemple quand, dans son nocturne *Fêtes* (1897-1899), Debussy interrompt subitement le climat joyeux pour peindre l'arrivée d'un cortège ou, autre exemple, quand l'accumulation progressive qui caractérise l'introduction du *Sacre du Printemps* (1913) de Stravinsky, parvenue à son apogée, laisse de façon imprévisible la place au basson solo. L'insertion est une catégorie supérieure de discontinuité. Plutôt que de passer abruptement d'une idée *a* à une idée *b*, une idée *a* est certes interrompue par une idée *b*, mais poursuit finalement son chemin. Le début du finale de la *9e Symphonie* (1824) de Beethoven en propose une première incarnation, lorsque les citations des mouvements précédents sont insérées pendant la phase d'élaboration de l'hymne conclusif. Offenbach, dans le prologue des *Contes d'Hoffmann* (1881, posthume), associe cette technique à l'idée de divagation : le troisième couplet de la chanson à couplets *La Légende de Kleinzach*, évocation grinçante d'un gnome, dévie de son propos initial, et devient une fiévreuse envolée amoureuse. Hoffmann, personnage principal de l'opéra, semble soudain prendre conscience de son dérapage, s'arrête, et, avec un effort, retrouve enfin le fil logique de son récit pour le dernier couplet de la pittoresque chanson. Une autre application de l'idée d'insertion, celle-ci monumentale, se trouve dans *Roméo et Juliette* (1839) de Berlioz, où une symphonie complète est insérée entre les deux volets d'une cantate avec chœurs et solistes !

LA FORME DIFFÉRÉE

Les *formes différées*, parfois également nommées *formes temporisées* ou *formes interpolées*, peuvent être résumées par deux quatuors du début du XXe siècle. Le *3e Quatuor* (1927) de Bartók présente un cas assez clair : construit en un seul mouvement continu, il est en réalité composé de deux mouvements imbriqués. Le premier, de tempo *Moderato* – assez sombre et chromatique – est intitulé *Prima parte* et le second, *Allegro* – assez enlevé avec un thème en accords parfaits parallèles joués en pizz. – est intitulé *Seconda parte*. Les deux mouvements ne sont pas simplement enchaînés : l'*Allegro* est en réalité inséré au sein du *Moderato*, avant une coda intitulée *Ricapitulazione della prima parte*. C'est alors seulement qu'intervient la coda de l'*Allegro*. En résumé, la coda de la partie 1 est différée à la fin du corps de la partie 2, de même que la coda de la partie 2 est différée à la fin de la coda de la partie 1, schématiquement : 1er mouvement/2d mouvement/coda du 1er mouvement/coda du 2d mouvement. Une œuvre qui aurait pu être en deux mouvements est de ce fait devenue une œuvre insécable en un seul long mouvement.

Le *1er Quatuor* en *ré* mineur (1904-1905) de Schoenberg, constitué d'un unique mouvement d'environ quarante minutes, propose une architecture plus enchevêtrée. Constitué de quatre mouvements, ses mouvements 2, 3 et 4, au lieu d'être simplement enchaînés au 1er, sont insérés selon le plan suivant :

Début Allegro	Insertion 1	Suite Allegro	Insertion 2	Suite Allegro	Insertion 3	Fin Allegro
Exposition du groupe A (début), groupe de transition (m. 97) et groupe B (m. 152), suivi de la première partie du développement (m. 200) et d'une fausse réexposition (m. 301)	Scherzo (m. 399), trio (m. 532) et reprise du scherzo (m. 707)	Seconde partie du développement (m. 784) et réexposition du groupe A (m. 909)	Adagio de forme lied (m. 952)	Réexposition du groupe de transition très modifié (m. 1068) et du groupe B (m. 1081)	Rondo dont le refrain est le thème du mouvement lent et les couplets des rappels de tout le matériau mélodique précédent (m. 1122)	Coda en majeur (m. 1270)

Une telle forme pourrait sembler arbitraire, mais sa force exceptionnelle provient du fait qu'un élément ne disparaît pas une fois exposé, et se combine aux autres éléments.

Chaque insertion modifie la musique qui lui succède. Le moment le plus frappant est probablement l'apparition d'un thème lyrique à l'harmonie presque franckiste au cœur de l'adagio. Lorsque Schoenberg procède à la réexposition du second groupe thématique de l'Allegro, le thème B n'est plus le même, comme sublimé par la persistance du thème de l'adagio dont la mélodie est peut-être la seule à avoir une force expressive suffisante pour pouvoir réellement offrir une alternative au thème A, lui-même particulièrement dense, nerveux et passionné.

Hormis les deux quatuors que nous venons d'aborder, de rares œuvres explorent la forme différée. La tentative la plus riche est probablement celle de Berg avec *Lulu* (1928-1935, inachevé), où cette notion se déploie à l'intérieur d'un opéra entier, et où, notamment, le début d'une forme sonate – l'exposition et sa reprise – peut avoir lieu dans une scène, alors que la conclusion de la forme – le développement et la réexposition – est repoussée à une autre (scènes 2 et 3 de l'acte 1)! Le 2e mouvement de la 9e *Symphonie* (1908-1910) de Mahler propose un autre exemple de forme différée, cette fois à l'échelle d'un unique mouvement, interpolant (voire télescopant) trois danses, chacune caractérisée par un tempo spécifique, un *Ländler*, une valse et un menuet.

LA FORME KALÉIDOSCOPIQUE

La forme kaléidoscopique est l'ultime étape dans la mise en œuvre de la discontinuité. Le *Marteau sans maître* pour voix d'alto et six instruments de Pierre Boulez (1953-1955) permet de bien cerner cette notion. Trois poèmes de René Char aboutissent à trois cycles distincts : (1) *L'Artisanat furieux*, où la pièce vocale est encadrée de deux pièces instrumentales (*avant «l'artisanat furieux»* et *après «l'artisanat furieux»*) ; (2) *Bourreaux de solitudes*, où la pièce vocale est suivie de trois commentaires instrumentaux ; et enfin (3) *Bel édifice et les pressentiments*, où le poème est mis deux fois en musique, la seconde occurrence étant intitulée *double*. Les cycles de deux, trois et quatre pièces auraient pu être simplement enchaînés, mais Boulez préfère les imbriquer, n'hésitant pas à présenter parfois le commentaire avant la pièce commentée.

(1) Avant «l'artisanat furieux»	(2) Commentaire I de «bourreaux de solitudes»	(1) L'artisanat furieux	(2) Commentaire II de «bourreaux de solitudes»	(3) «Bel édifice et les pressentiments», version première	(2) Bourreaux de solitudes	(1) Après «l'artisanat furieux»	(2) Commentaire III de «bourreaux de solitudes»	(3) «Bel édifice et les pressentiments», double

La neuvième pièce *«Bel édifice et les pressentiments», double*, possède une réelle fonction de coda, avec le rappel de nombreux éléments des pièces précédentes et surtout par l'apparition d'un duo flûte/tam-tam clôturant l'œuvre dans un climat hiératique proche d'une cérémonie. Comme chaque cycle possède une couleur instrumentale particulière (flûte en *sol* pour *L'artisanat furieux*, nombreuses percussions pour *Bourreaux de solitudes* et la combinaison alto-guitare pour *Bel édifice et les pressentiments*), l'imbrication des cycles permet le retour périodique de couleurs typées et donne ainsi un profond sentiment d'unité au cycle. L'idée de petit effectif de chambre à géométrie variable, que Schoenberg avait inauguré avec les 21 pièces de son *Pierrot lunaire*, culmine ici dans la forme à géométrie variable!

La forme lied

PRÉSENTATION

À partir du classicisme, la *forme lied* est une des formes les plus fréquentes pour un mouvement lent de sonate, quatuor, symphonie, etc. Incarnation du schéma A B A, il s'agit d'une forme en trois parties, dans laquelle la partie centrale est de type contrastant. Le troisième volet est une reprise du premier, reprise qui peut éventuellement être variée et suivie d'une coda (deux points simultanément présents dans l'*Andante* de la *15ᵉ Sonate op. 28* pour piano de Beethoven).

Bien que l'expression paraisse faire référence à l'univers de la musique vocale, c'est essentiellement au sein des grands genres en plusieurs mouvements de la musique instrumentale que la forme s'exprime, les *Lieder* épousant quant à eux plus volontiers une forme strophique ou à refrain. Pour les petites pièces de la génération romantique (par exemple, la *Chanson populaire, Album pour la jeunesse op. 68 n° 9* de Schumann), on préfère généralement la dénomination A B A (ou des synonymes, voir pour cela la notice sur *les formes A B A*) à celle de forme lied.

Une découpe ternaire sur plusieurs niveaux peut aussi régir la forme lied, bien que ce ne soit pas systématique. Ainsi, n'est-il pas rare de rencontrer un mouvement lent divisé en trois parties, elles-mêmes articulées en trois sections, qui peuvent à leur tour se répartir en trois phrases. La forme peut également présenter des barres de reprise, comme le révèle l'exemple de Mozart étudié dans la section *En pratique*.

Tout en suivant plus ou moins une découpe semblable à celle d'une aria da capo, la forme lied n'en est cependant pas l'héritière. Il semble en effet impossible d'associer une forme instrumentale classique ou romantique, le plus souvent intime et délicate, à une forme vocale essentiellement baroque, comportant des solos, de la virtuosité, de l'ornementation, etc. Par ailleurs, la partie centrale d'une aria da capo n'est pas systématiquement contrastante. Bien que les deux structures soient voisines, les univers esthétiques respectifs restent incomparables. On parlera d'aria da capo à propos d'une aria d'un opéra de Mozart (et non de forme lied), mais de forme lied pour le mouvement lent d'une de ses sonates (et non d'aria da capo).

Le terme *forme lied* lui-même n'a été forgé qu'en 1839 par le musicologue A. Marx. Il nécessite un important éclaircissement. Si, dans la musicologie de langue française, une forme lied est nécessairement constituée de trois parties, la musicologie allemande considère que la forme lied désigne simplement la forme d'un mouvement lent. Au sein de cette tradition, la qualification de forme lied s'applique certes aux mouvements en trois parties, mais aussi à ceux en deux parties A B (*zweiteilige Liedform*), ou même à ceux en une partie (*einteilige Liedform*) !

VARIANTES DE LA FORME LIED

D'une configuration aussi simple, la forme lied se devait de présenter de nombreuses variantes. La terminologie pour en rendre compte est riche et parfois contradictoire ou imprécise. On peut ainsi rencontrer les expressions *lied varié*, *lied développé*, *lied élargi*, *lied double*, *lied sonate* ou encore *grand lied*. Plusieurs de ces termes peuvent se recouper ou au contraire désigner des formes ne relevant pas de la sphère usuelle de la forme lied. Pour éviter toute ambiguïté, il peut être utile de préciser la variante de façon littérale, en parlant, par exemple, d'une forme lied à deux parties contrastantes. Tout en détaillant les variantes principales, nous allons proposer une terminologie précise, mais sans prétendre l'imposer.

La variante la plus fréquente est celle dite du *lied varié*. Nous avons déjà évoqué un retour varié à propos de l'*Andante* de la *15ᵉ Sonate* de Beethoven. Dans cette sonate, la variation, légère, est essentiellement d'ordre ornemental. L'*Allegretto* de la *7ᵉ Symphonie* de Beethoven permet de découvrir une réelle synthèse entre une forme lied et une forme à variations. La partie A en *la* mineur débute par un thème de 24 mesures qui évoque une marche funèbre avec un rythme dactylique implacable. La présentation du thème est suivie de trois variations en crescendo continu qui mènent au premier point culminant. La partie B, plus élégiaque et au ton homonyme de *la* majeur, offre un contraste saisissant. Le retour de la partie A est un prolongement des variations du début, tout d'abord avec une quatrième variation, puis avec une variation fuguée qui culmine dans le second et dernier point culminant.

Une coda récapitulative en decrescendo et en Klangfarbenmelodie conclut l'*Allegretto* de Beethoven que nous venons de présenter. Il s'y esquisse un retour, tant de la partie B que de la partie A, ce qui l'apparente à une seconde variante de la forme lied, celle du *lied double* de type A B A B A, forme lied présentant une redite de la partie contrastante. L'*Andante* de la *4ᵉ Symphonie* en *la* ♭ majeur de Schubert est de cette nature, avec une partie B qui intervient à deux reprises, la première fois au ton relatif *fa* mineur, la seconde au ton du relatif de la sous-dominante *si* ♭ mineur.

La forme lied peut également adopter quelques traits de la forme sonate et devenir alors une *forme lied développée* de coupe A B A' B' A". L'*Adagio* de la *7ᵉ Symphonie* de Bruckner en présente un exemple impressionnant, d'une durée dépassant les vingt minutes ! Après une longue partie A, à 4 temps en *do* ♯ mineur et de caractère tragique, la partie B, à 3 temps et en *fa* ♯ majeur, propose une page de détente d'allure plus viennoise. Après quelques mesures, la reprise de la partie A se révèle être un authentique développement, adoptant les tournures séquentielles et les modulations caractéristiques de la phase centrale d'une forme sonate. Une reprise écourtée de la partie B, en *la* ♭ majeur, succède au développement. Le A conclusif constitue l'apothéose d'un mouvement qui réserve pour ce point culminant l'entrée en scène d'une importante phalange percussive, esquissant une cérémonie funèbre en hommage à Richard Wagner.

De A B A B A vers A B A C A il n'y a qu'un pas que de nombreux compositeurs franchissent. La *forme lied double* adopte de ce fait une découpe évoquant quelque peu le rondo et qui pourrait être qualifiée de *lied-rondo*. Certains mouvements de ce type sont par ailleurs très voisins de la *Romance*, genre proche d'un rondo lent de caractère lyrique et à deux couplets, le second souvent plus passionné. Un exemple clair d'une telle découpe peut être rencontré dans l'*Adagio cantabile* de la *Grande Sonate pathétique op. 13* de Beethoven. L'aspect vocal de sa mélodie principale est frappant. Les deux parties contrastantes, modulantes, la première à partir du ton relatif et la seconde de l'homonyme, évoquent nettement des couplets. La *Scène aux champs* de la *Symphonie fantastique* de Berlioz est également d'une telle nature (bien qu'enrichie d'un prélude, d'une coda et d'un postlude).

Une autre évolution de la forme lied pourrait être qualifiée de *forme lied dramatisée*. Il s'agit d'une forme lied où le retour de la partie A est contrarié. La structure de la forme lied étant particulièrement prévisible, sa déstabilisation permet une tension exacerbée. La *Marcia funebre* de la *3ᵉ Symphonie op. 55* de Beethoven en est un excellent prototype. La partie A constitue la marche funèbre proprement dite, en *ut* mineur, avec la découpe usuelle aa/ba/ba'. La partie B, tout aussi claire, apporte un éclairage en majeur avec, par moments, une allure de cérémonial. Quand le thème de la partie A revient, le dénouement semble se profiler. Pourtant, après 6 mesures, on découvre que ce n'était pas encore le retour attendu, et le discours prend un aiguillage imprévu. Une modulation vers *fa* mineur débouche sur un somptueux fugato, véritable partie C. La partie A semble à nouveau revenir. Transposée à la dominante, ce n'est pourtant toujours pas la conclusion... Une partie D est attaquée subitement, avec de terrifiants triolets martelés. Tout auditeur « normalement constitué » abandonne alors le moindre espoir de jamais réentendre la marche funèbre initiale! La partie D n'était pourtant qu'un leurre. Progressivement, son matériau se transforme en accompagnement, puis laisse enfin, comme au lointain, retentir la marche funèbre, bien qu'avec un parcours comportant encore de nombreuses péripéties, et notamment une fin en élimination, poussée jusqu'à un stade proche de l'asphyxie. Rarement un compositeur aura autant joué avec les nerfs des auditeurs, qui plus est en partant de la forme apparemment la plus simple.

Pour décidément rester dans l'univers des marches funèbres, l'*In modo d'una Marcia* du *Quintette op. 44* de Schumann présente une extension de la forme lied, d'une richesse telle qu'il devient difficile de la présenter de façon synthétique. Bien qu'une symbolisation par des lettres ne puisse que très imparfaitement rendre compte d'un tel discours, elle permet tout de même de mettre en lumière que Schumann anticipe ici, de façon visionnaire, les formes en arche : A B A C A B A. Toutefois les tempos, comme le plan tonal, perturbent profondément le sentiment de symétrie. Les trois premières parties constituent à elles seules une forme lied complète : la marche funèbre en *do* mineur, un passage en *do* majeur exposant une ample mélodie en « alexandrins », et le retour de la marche. Après une transition qui constitue une citation du premier mouvement, la partie C semble non pas être un milieu, mais lancer un nouveau mouvement, en *fa* mineur, de tempo *Agitato*, avec un thème conçu comme une déformation de celui de la marche funèbre. Le mouvement rapide est maintenu pendant le troisième A où les deux aspects du thème de la marche funèbre sont superposés. Le tempo initial ne revient que pour le second B, en *fa* majeur. Le dernier A est encore plus troublant : il débute en *fa* mineur et ne retrouve le ton de *do* mineur, très instable, qu'en cours de route. Il semblerait donc que Schumann ait imbriqué une forme lied en *do* mineur et une en *fa* mineur, sur le modèle suivant : forme lied 1 : A-B-A (do DO do), forme lied 2 : C + A-B-début de A (fa FA fa), et enfin la conclusion très énigmatique de A dotée d'une fonction de *coda* (do ou fa?).

Note : la forme parfois appelée *lied sonate* et correspondant à un mouvement lent en deux parties est abordée dans la rubrique *forme sonate sans développement*.

En pratique

La clarté de l'*Andante cantabile* suivant, extrait de la *Sonate K 330* de Mozart, est telle qu'il ne nécessite que très peu de commentaires. Une première partie A en *fa* majeur, en deux volets à reprises, une partie B en *fa* mineur, à nouveau en deux volets à reprises, suivie de 4 mesures de coda, puis la reprise de la partie A, elle-même terminée par une coda (la partition originale, où toutes les reprises sont notées, est ici réduite à l'aide des indications usuelles de *da capo* et de *coda*). La partie contrastante assombrit la couleur générale. Ce n'est toutefois pas une règle et l'exemple de Bruckner évoqué précédemment présentait une situation inverse.

Exemple 23 : Mozart,
Andante cantabile **de la** *Sonate K 330*

Si ce mouvement de sonate peut être pris comme modèle de forme lied, son écriture ménage au contraire de nombreuses surprises. Avec les nombreuses sections à reprises de l'ex. 23, on pouvait craindre une certaine monotonie. L'ingéniosité de Mozart est formidable qui lui permet de renouveler la couleur, presque à chaque phrase. Ne pas exécuter les reprises de ce mouvement – comme le font tant d'interprètes – dissimule un important volet de la finesse de conception. Prenons, par exemple, la cellule qui unifie tout le mouvement : un rythme de trois brèves (souvent avec une note répétée) suivies d'une longue. La partie B débute par ce rythme exprimé par une sixte *do la* ♭. Cette forme de la cellule rythmique est entendue quatre fois : 1) mesure 20 à la suite de la partie A, 2) mesure 20 pour la reprise depuis la mesure 28, 3) mesure 36 pour la coda de la partie B et enfin 4) mesure 60 pour la coda du mouvement dans son ensemble. Une surprise est à chaque fois ménagée, mais située différemment. Pour le 1), la surprise est immédiate, par un effet de minorisation de la tonalité. Pour le 2), la surprise est sur la quatrième note : comme on a cette fois dans l'oreille la tonalité de *la* ♭ majeur, la tonalité du relatif majeur semble encore se prolonger pendant les trois croches de la sixte répétée devenue ambiguë, et les doutes ne sont levés que par l'arrivée du *fa* à la basse. Le 3) est assez différent car c'est le seul cas sans modulation. Un sentiment d'accablement et de désespoir apparaît alors, confirmé par la forte dissonance de la mesure 39, exceptionnelle sous la plume de Mozart. Il fallait bien la coda finale 4), qui donne une résolution en majeur à la cellule, pour contrebalancer des teintes aussi sombres. L'ultime surprise est le parcours ascendant que la cellule empreinte alors pour la première fois.

Les formes madrigalesques

PRÉSENTATION

Pour parler du madrigal tel qu'il fut pratiqué en Italie à partir de la 2de moitié du XVIe siècle, on utilise souvent l'expression de *forme madrigalesque*. Une telle forme se singularise par une succession de brèves sections caractérisées et évocatrices, légitimées essentiellement par la poésie mise en musique, et se retrouve aussi dans la chanson polyphonique française, comme pour de nombreux motets.

Initialement polyphonique, le plus souvent à cinq voix, puis épousant la monodie accompagnée du baroque naissant, le madrigal italien se caractérise par une forme illustrant au plus près les mots de la poésie magnifiée (en anglais *word painting*, en allemand *Wort Malerei*). Contemporain d'un regain d'intérêt des compositeurs pour la poésie (Dante, Pétrarque, Le Tasse), le madrigal italien promeut une musique indissociable des poèmes qui l'inspirent, trait frappant dans la plupart des œuvres, notamment chez Marenzio, Gesualdo ou Monteverdi.

Pour analyser la forme d'un madrigal, il faut dégager ses différentes sections, qui sont pensées de façon modale et articulées par des cadences, mais aussi très fréquemment tuilées, avec comme possibilité extrême des respirations indépendantes à toutes les voix. Un tel découpage n'est qu'une première approche, car le cœur de la pensée madrigalesque est une démarche rhétorique pensée sur quatre niveaux : l'*inventio*, la recherche des arguments exprimant le sens du texte, la *dispositio*, l'élaboration de la forme avec son début (*exordium*), sa partie principale (*corpus*) et sa fin (*finis*), point déjà partiellement abordé dans la notice sur l'aria da capo, l'*elocutio*, le choix des *figures* musicales qui traduiront en sons les mots du texte et enfin la *pronunciatio*, l'interprétation de l'œuvre.

De nombreux traités du début du XVIIe siècle répertorient différentes figures musicales, par exemple Burmeister, *Musica poetica*, Rustock, 1606 :

	Figures engageant la polyphonie entière (*harmonia*)
I Fuga realis	Entrée de toutes les voix en imitations rigoureuses
II Metalepsis	Écriture en imitation utilisant deux sujets
III Hypallage	Écriture en imitations utilisant le mouvement contraire
IV Apocope	Imitation fragmentaire du sujet dans une ou plusieurs voix
V Noema	Période homorythmique/homosyllabique pouvant créer, par contraste, un effet d'adoucissement
VI Analepsis	Répétition d'un noema
VII Mimesis	Noema répété par deux groupes de parties voisines, de tessiture différente
VIII Anadiplosis	Mimesis doublée
IX Symblema	Dissonances (notes de passage) évoluant parallèlement en blanches sur le temps levé ou en noires sur le demi-temps
X Syncopa	Retard, utilisé surtout aux cadences
XI Pleonasmus	Accumulation de dissonances
XII Auxesis	Transposition ascendante d'un fragment homorythmique
XIII Pathopoeia	Figure «apte à faire naître les passions» utilisant les ½ tons, au besoin par ajout d'altérations accidentelles
XIV Hypotyposis	Figure éclairant, illustrant le sens d'un texte (figuralisme au sens moderne du terme)
XV Aposiopesis	Silence total des voix, en général inattendu
XVI Anaploce	Répétitions entre deux chœurs, à huit voix
	Figures engageant une partie unique de la polyphonie (*melodia*)
I Parembole	Voix accompagnant librement une exposition fuguée
II Palillogia	Répétition d'une incise entière ou non au sein d'une même voix, sans transposition, avec ou sans pauses
III Climax	Répétition mélodique par transposition, en principe à la 2^{de}
IV Parrhesia	Dissonance (5te diminuée, 4te augmentée, etc.), *mi contra fa*, placé en notes de passage sur le temps levé
V Hyperbole	Dépassement de tessiture dans l'aigu
VI Hypobole	Dépassement de tessiture dans le grave
	Figures mélodiques et polyphoniques
I Congeries	Succession de consonances parfaites et imparfaites (5tes, 3^{ces}, 6tes) parallèles, avec décalage éventuel des parties
II Faux-bourdon	Trois voix qui évoluent en 3^{ces}, 4tes et 6tes parallèles
III Anaphora	Exposition volontiers incomplète d'un fragment musical «à la manière d'une fugue» et sous forme de strette
IV Fuga imaginaria	Imitation continue

Les 26 figures de Burmeister ne font qu'esquisser un champ lexical qui semble parfois sans limites. Citons encore les très fréquents mouvements ascendants ou descendants, nommés respectivement *anabasis* et *catabasis*.

Olivier Trachier, à qui nous avons emprunté les traductions des figures de Burmeister, remarque, dans son *Aide-mémoire du contrepoint du XVIe siècle* (Durand, 1995), que si les traités d'époque répertorient les figures musicales, ils n'abordent pas la question de l'expression du sens du texte par leur entremise, ce qui constitue pourtant la fonction même du *figuralisme*. Il en distingue trois aspects : le *figuralisme d'illustration*, qui consiste dans le fait d'utiliser une image suggestive, comme une dissonance pour la douleur, la vitesse pour la joie, la lenteur pour le recueillement, etc., le *figuralisme de déclamation*, qui imite les exclamations, suspensions, soupirs, interrogations, répétitions du texte et le *figuralisme symbolique*, qui est cette fois la mise en valeur d'idées abstraites, comme un nombre symbolisé par le nombre de voix, une antithèse par un miroir, une poursuite par une strette, l'obscurité par des notes noires, etc.

Dans le madrigal, l'illustration des mots d'un poème peut confiner au maniérisme, c'est-à-dire un traitement stéréotypé, sans invention, des différentes figures, à l'image d'une mélodie systématiquement ascendante pour évoquer le ciel, descendante pour suggérer les abysses, dissonante pour traduire une plainte, etc. Pour cette raison, le terme de *madrigalisme* comporte quelquefois un aspect légèrement péjoratif, lorsqu'il signale qu'un texte est mis en musique de façon trop immédiatement illustrative.

·· **En pratique** ··

11
vi - ta Ah fin de la mia vi - - - ta
vi - ta Ah fin de la mia vi - - - ta
Da te
par - - - - - t'e non mo - ro? Da te
Da te par - - - t'e non mo - ro? Da
16
Ah do - len - - -
Ah do - len
par - - - t'e non mo - - - - - - - ro?
par - - - - - t'e non mo - - - - - -
te par - - - t'e non mo - - - - ro?
21
- - te par - ti - - - - - ta
te par - ti - ta Ah fin de la mia vi - ta
Sujet 4
E pur io pro - vo La pe - na de la mor - te E
ro? E pur io pro - vo la pe -
Da te

26
Ah fin de la mia vi - - -
Ah fin de la mia vi - - - - - - - - - -
pur io pro - vo La pe - na de la mor - te
- - ,a de la mor - - - - te
par - - - - - t'e non mo - ro?
31
ta Ah fin de la mia vi - - -
ta E pur io pro - - - vo
Ah do - len - - - - te par - ti - ta
Ah do - len - - - - - - te par -
Ah do - - -
36
ta E pur io pro - vo la pe -
La pe - na de la mor - te E pur io pro -
Ah Ah
ti - - - - - - - - - - - - ta
len - - - te par - ti - ta Ah

41
- na de la mor - - - te E pur io pro - vo la pe - na
vo E pur io pro - vo La pe - na de la
fin de la mia vi - ta Da te par - - - t'e non
Ah fin de la mia vi - ta
fin de la mia vi - ta Da te par - - - t'e non
46
de la mor - te
mor - - - te E pur io pro - vo la pe - na de la mor -
mo - - - - - - - ro
Da te par - - - - - - t'e non
mo - ro E pur io pro - vo la pe - na de la mor -
51
E pur io pro - - - - vo la pe - na de la mor
te
E pur io pro - vo la pe - na de la mor -
mo - ro E pur io pro - vo la pe - na de la mor -
te

108

69
vi - - - ta al do - lo - re Un vi - va - ce mo - ri - re Che dà
- - t'al do - lo - - - - re
- ta al do - lo - - - - re Per far che
Sujet 6 Per far che mo - ia im - - -
73
vi - ta al do - lo - - re
Un vi - va - ce mo - ri - re Che dà vi - ta al do - lo - - - - -
mo - ia im - mor - tal - - - men t'il co - re Un vi-
mor - tal - men - t'il co - - - - - - -
Un vi - va - ce mo-
77
Per far che
re Per far che mo - ia
va - ce mo - ri - re Che dà vi - ta al do - lo - - - re Un vi-
re Un vi - va - ce Un vi - va - ce mo - ri - re che dà vi - taal do-
ri - re Che dà vi - - - ta al do - lo - - - - - re per

81
mo - - - ia Sujet 7 Per far che mo - ia
Per far che mo - ia immor - tal -
va - ce mo - ri - re che dà vi - - ta al do lo - re Per far
lo - - - re Per far che mo -
far che mo - ia im - mor - - - - - tal - - - -
85
immor - tal - men - - - - - t'il co - - - - -
men - - - - - t'il co - - - - - - - - - - -
che mo - - - ia immor - tal - men - - t'il co -
ia im - mor - - tal - men - - - - t'il co - - - - -
men - - - - - t'il co - - - - - - - - - -
89
re Per far che mo - ia im -
re Per far che mo - ia im - - mor - tal -
re Per far che
re Per far che mo - ia
re

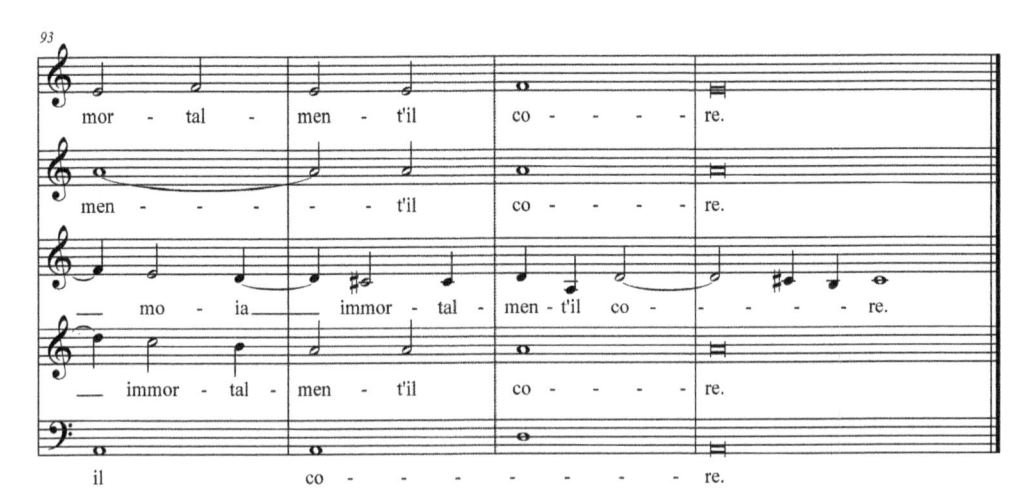

Exemple 24 : *Ah, dolente partita!*, **madrigal du 4ᵉ Livre de Monteverdi**

« Ah, dolente partita!/Ah, fin de la mia vita!/Da te part'e non moro? E pur io provo/la pena della morte,/e sento nel partire/un vivace morire/che dà vita al dolore,/Per far che moia immortalment' il core ». « Ah, douloureuse séparation!/Ah, fin de ma vie!/ Puis-je me séparer de toi sans mourir? Et pourtant/j'éprouve les affres de la mort,/Et je sens, dans notre séparation, une mort vivace [littéralement : "une vivace mort"]/ Qui donne vie à la douleur,/Afin que mon cœur meure éternellement [littéralement : "afin que meure éternellement le cœur"]. » (Claudio Monteverdi, 1567-1643, 4ᵉ livre de madrigaux à 5 voix, 1603, texte de Giovanni Battista Guarini, 1538-1612, *Il pastor fido*, 1580-1583, acte 3, scène 3, lignes 309-316, traduction de Brigitte Pinaud).

Quelles que soient les musiques composées sur des textes (musique religieuse, madrigaux, opéras, oratorios, *Lieder*, mélodies, etc.), il convient tout d'abord, pour en retirer toute la force et la saveur, d'en lire attentivement les paroles, et plus encore, dans le cas présent, de s'en imprégner. Une traduction littérale, qui respecte l'ordre des mots de la langue originale (ordre présent à la pensée du compositeur), est parfois préférable à une traduction plus «littéraire» (ou en tout cas, elles peuvent être utilisées simultanément, pour la lettre et l'esprit) : en effet, une particularité du traitement musical rhétorique consiste, à l'époque, en ce qu'un mot peut être isolé de son contexte et traité pour lui-même : si, par exemple, le mot «joie» est placé dans une phrase telle que «la joie s'en est allée», le caractère donné au chant au moment de l'apparition du mot «joie» peut exprimer une inflexion musicale joyeuse, alors même que le sens global de la phrase affirme précisément le contraire, c'est-à-dire l'absence de joie.

Ah, dolente partita est extrait d'*Il pastor fido*, l'un des plus célèbres poèmes du genre pastoral du xvıᵉ siècle, *tragicommedia* qui a servi de matière première à de nombreux compositeurs de madrigaux (et même ensuite à des opéras, jusqu'au xvıııᵉ siècle). Dans la pièce de Guarini, la «tirade» est dite par Mirtillo, amant d'Amarilli. Suivant en cela une technique que le madrigal avait emprunté au motet, Monteverdi élabore un sujet (un «thème», si on préfère) par phrase, par vers ou par demi-vers, et même deux sujets pour le dernier vers, dont le sens se prête à une telle multiplication («Per far che moia immortalment' il core»). Construits selon le principe du contrepoint renversable, ces sujets sont combinés entre eux. Le seul passage qui échappe à une construction en « thèmes » est celui composé sur « E sento nel partire un vivace morire », dont l'écriture harmonique et le rythme évoquent une chanson ou une danse populaires italiennes, genres qui constituent autant de sources d'inspiration du madrigal (*canzonetta, frottola, aria napoletana, villanella, villanesca, canzone alla napolitana*, etc.). Selon le découpage choisi, c'est-à-dire si on compte on non la « canzonetta » d'écriture harmonique, les sujets sont au nombre de sept ou huit.

Malgré certaines répétitions, la musique évolue en fonction du sens du texte : il s'agit donc d'une « composition continue », et non d'une forme strophique ou avec couplets et refrain. Le madrigal comporte néanmoins plusieurs parties, celles-ci pouvant être « en tuilage » – ce qui signifie que la partie suivante commence avant la fin de la précédente (nous utiliserons le mot de « mesure » pour délimiter les parties, bien que celui-ci soit anachronique). Les mesures 1-15, 15-31 et 31-56 présentent successivement, puis superposent graduellement les quatre premiers vers (« Ah, dolente partita!/Ah, fin de la mia vita!/Da te part'e non moro? E pur io provo/la pena della morte », respectivement sujets 1, 2, 3, et 4), avec prédominance d'« E pur io provo/la pena della morte » entre les mesures 31 et 56. À la levée de la mesure 57, la « canzonetta » sur « e sento nel partire un vivace morire » ouvre une seconde grande partie ; mesure 65, « un vivace morire » et « che dà vita al dolore » constituent un nouveau sujet (sujet 5), auquel est ensuite superposé le premier des deux sujets canoniques de « Per far che moia immortalment' il core » (sujet 6, levées de 71 et 72 ; levées de 79 et 80) ; imbriqués à la levée de la mesure 82, les deux sujets de ce dernier vers constituent un double canon (sujets 6 et 7), exposé deux fois (levée m. 82-89, levée m. 90 à la fin).

Pour prendre tout son sens, le découpage formel que nous venons d'effectuer doit encore être mis en regard avec les modes utilisés. Une telle étude sort toutefois du cadre du présent guide. Pour le lecteur intéressé, il existe une riche et féconde analyse de la polyphonie abordée sous cet angle (voir Annie Cœurdevey, « Claudio Monteverdi, *Madrigaux, Livre IV* », *Analyse musicale*, 4e trimestre 1991, p. 65-76). Mais c'est l'approche rhétorique que nous privilégions ici. La matière est – comme souvent chez les madrigalistes, et en particulier chez Monteverdi – proprement stupéfiante, poussée à ses extrêmes. « Ah, dolente partita! » (sujet 1), qui semble nécessairement et naturellement polyphonique (il s'agit d'exprimer une séparation), épouse à la fois le sens de la proposition et celui de chaque mot : sur « Ah », un unisson aux deux voix aiguës exprime l'union parfaite (*mi-mi*, m. 1-3) ; sur « dolente » – plus précisément le « te » (m. 4) – nous avons une seconde mineure (*mi-fa*), autrement dit, une « dissonance parfaite » (si on nous autorise une telle expression), coupante pour l'oreille ; sur « partita », une 3^{ce} mineure (*ré-fa*, m. 4) puis majeure (*do-mi*, m. 5), c'est-à-dire des intervalles disjoints : comment pourrait-on mieux rendre tangible, *incarner* musicalement la séparation?

Lorsque nous entendons « ah, fin de la mia vita! » (sujet 2) – qui sonne un peu comme le « conséquent », la résolution du contrepoint qui précède – nous comprenons pourquoi nous étions perchés dans l'aigu : non seulement pour l'acuité auditive en elle-même, le cri de douleur posé sur le vide, mais aussi pour tomber de haut (une gamme descendante à partir du *do* au canto, levée de la m. 7 : selon les désignations usuelles de la rhétorique, *catabasis* ou *descensus*), d'une chute douloureuse ou mortelle ; mais, comme si celle-ci n'était en vérité pas suffisamment douloureuse, on tombe ensuite d'encore plus haut (*climax* ou *gradatio*), de *mi* (m. 9), puis de *sol* (m. 12), toujours sur le même vers.

Surgi des voix graves (m. 10 et 11), le dessin mélodique de tierce ascendante de « da te part'e non moro ? » (sujet 3) sonne comme une question sans réponse. Sans réponse ? Mais si ! : « E pur io provo la pena della morte » (sujet 4) est cette réponse (levée des m. 22 et 24), négative, bien sûr, avec une prosodie et une déclamation qui respectent les accents de la langue italienne, dans un style proche du « recitar cantando » (« récité chanté »), dont la rapidité, les accents et les syncopes rythmiques expriment on ne peut mieux la « pena della morte ».

À trois voix (canto, quinto, tenore), la « canzonetta » (levée des m. 57-66) adopte un rythme léger de danse : mais l'image qu'impose le texte est plutôt celui d'une danse macabre. Ici encore, chaque mot est traité avec une extrême précision et une intelligence musicale confondante. Les règles de la conduite des voix voudraient que le *do* ♯ du quinto (m. 57) aille au *ré* (et cela, même l'auditeur non musicien le voudrait, bien qu'il ne sache pas en formuler le principe) ; mais ce serait compter sans le mot « partire », qui veut – exige – que la voix quitte le chemin normal, prévisible et souhaitable : elle descend donc au *la* (m. 58 : *saltus duriusculus*) ! « Vivace » est incarné par un bondissement de quarte ascendante (m. 59 : *anabasis* ou *ascensus*), tandis que « morire » redescend lamentablement (m. 60-61 : *catabasis* ou *descensus*). La « canzonetta » est répétée une quinte en dessous, aux voix d'alto, tenore et basso (levée des m. 62-66), selon ce que la musicologie qualifie de « technique des groupes ».

Observons maintenant le dessin de « un vivace morire che dà vita al dolore » (sujet 5) ; comme pour « E pur io provo la pena della morte », le style est déclamé et rapide, presque pressant. Regardez surtout la courbe mélodique, qui suit le sens de chacun des mots : « un vivace » est à la crête aiguë (*la*, m. 65), « morire » descend d'une 3^{ce} (m. 66), « che dà » remonte (m. 66), « vita » est au même niveau que « vivace » (m. 66-67) et « al dolore » chute définitivement d'une quinte (m. 67-68).

Les deux canons du dernier vers (« Per far che moia immortalment' il core », sujets 6 et 7) expriment avec une très grande force poétique et symbolique cette mort qui, paradoxalement, ne représente pas un instant, une limite, un passage, une frontière, mais une durée sans fin, un instant éternel, une limite sans limites, un passage permanent, une frontière qui couvrirait la superficie des territoires qu'elle est censée séparer. Constitué de 4tes descendantes et de broderies, le premier canon (sujet 6) semble tourner sur lui-même (tenore, levée des m. 71-77 ; alto, levée des m. 72-76, puis aux canto et quinto, levées des m. 79 et 80), et leurs notes s'enchevêtrent de telle sorte qu'on ne sait plus quelle voix chante quelles hauteurs (à cet égard les m. 72-75 sont révélatrices).

Un second canon (sujet 7) interrompt le premier aux voix de canto et quinto (levées des m. 82 et 83), gamme descendante en syncopes, tandis que le premier canon est repris par le basso (levée de m. 81) et le tenore (m. 83) : ces deux canons, dont l'un tourne sans fin, tandis que l'autre semble préfigurer un de ces « sons paradoxaux » qui n'en finissent pas de descendre, suscitent une étrange sensation de suspension et de chute, laquelle donne elle-même l'impression que les cadences qui les concluent sont irréelles (m. 89 et 96). On mesure à quel point certains compositeurs peuvent être d'immenses et studieux « lecteurs » des textes qu'ils mettent en musique : nul doute, qu'avant de les traduire en musique, ceux-ci les ont intégralement médités, ruminés, absorbés.

La forme menuet

Voir les formes de la suite

Les formes narratives

Les musiques associées à un support extra-musical, qu'il soit abstrait (la nature, un orage, etc.), ou écrit (un poème, un livret, un argument, etc.), sont qualifiées de musiques descriptives, de musiques à programme ou de musiques narratives. Il s'agit des petites pièces de caractère, des ballets, des opéras, des ouvertures, des symphonies à programme et, bien entendu, des poèmes symphoniques. Les œuvres narratives présentent le plus souvent des organisations formelles semblables à celles des œuvres non narratives (formes A B A, rondo, sonate...), les particularités étant plutôt stylistiques.

Parmi les petites pièces de caractère, on note en premier lieu les allemandes baroques telles celles de Froberger. Leur originalité tient à une thématique qui associe certaines cellules mélodiques à des personnages (*Allemande, faite en passant le Rhin dans une barque en grand péril*), d'autres à des actions (*Wasserfall*, « la chute d'eau »), tandis que la forme respecte à chaque fois la coupe binaire à reprises de l'allemande. Il en va de même pour *Gaspard de la Nuit* (1908) de Ravel, où le rire de l'ondine, comme le balancement du gibet, ne semblent qu'enrichir une logique formelle d'une autre nature. Lorsque le récit prend une plus ample dimension, comme pour la *Mephisto-Walz n° 1* (1860) de Liszt, l'argument est alors généralement segmenté en parties relevant chacune d'une logique strictement musicale ; en l'occurrence, Liszt articule le poème de Lenau en une première partie, l'arrivée à la taverne, valse traitée comme un scherzo à deux trios, l'épisode central du diable prenant le violon devient une forme lied double, la frénésie s'emparant des auditeurs est mise en scène par un cycle de cinq variations sur le thème du diable, et enfin le chant du rossignol est traité sous la forme d'un récitatif rêveur.

Les ballets et les opéras sont, quant à eux, suscités par un livret présentant un argument détaillé. Leur déroulement est pourtant également régi par des traditions formalisées, par exemple les pas de deux, adages et grandes codas du ballet romantique, ou les enchaînements récitatifs-arias caractéristiques de l'opéra baroque.

Exceptionnelles sont donc les œuvres où la dimension narrative suscite une forme qui relève directement de celle-ci, et qui peuvent aller jusqu'à se fonder presque « métaphysiquement » sur l'esprit de l'argument qu'elles incarnent. C'est au sein des poèmes symphoniques que l'on trouve le plus fréquemment de tels exemples. *Also sprach Zarathustra* (1896) de Strauss, par exemple, possède un déroulement et un plan tonal irréductibles à une forme préexistante. Seule la référence au sens du texte de Nietzsche justifie les affrontements et les doutes qui l'habitent, les enchaînements hors normes de sections développantes et de sections pittoresques, et enfin la déroutante fin bitonale, opposant un *si* majeur flottant dans l'aigu et une sombre basse de *do*. Il est nécessaire de forger de nouveaux outils pour aborder de telles œuvres, tâche à laquelle se sont attelés les musicologues du courant de la sémiologie, comme Eero Tarasti, Márta Grabócz et de nombreux autres. Nous ne pouvons qu'encourager le lecteur à découvrir de telles études, passionnantes certes, mais qui sortent néanmoins du cadre de cet essai.

Les œuvres narratives posent en définitive la question de l'adéquation entre une signification précise et une pensée directement musicale. Donner une interprétation sans équivoque d'un passage musical, n'est-ce pas, d'une certaine façon, affaiblir l'écoute proprement musicale de celui-ci ? C'est en tout cas l'opinion du compositeur Georges Aperghis qui, tant avec ses fameuses *Récitations* (1978) qu'avec ses plus récentes *Quatorze Jactations* (2001), semble jouer avec les éléments les plus directement expressifs (rires, sanglots, hoquètements...), sans jamais livrer d'éléments qui permettraient de les rattacher à une quelconque anecdote, invitant l'auditeur à une écoute d'une autre nature.

Les formes ouvertes

On désigne par l'expression forme ouverte une œuvre dont le déroulement est susceptible de variations à chaque exécution, tant pour l'ordre d'apparition des différentes sections qu'en ce qui concerne la nature même des cellules musicales, leur durée, leur dynamique, etc.

À partir de la 2de moitié du xxe siècle, de nombreux compositeurs d'esthétiques variées ont fait évoluer la nature même des œuvres musicales. Sur le modèle de l'art plastique, qui venait d'explorer la notion de mobile, une partition devait permettre différentes réalisations sonores. Pour éclairer cette nouvelle conception, Boulez a plusieurs fois utilisé la métaphore de l'exploration d'une ville. Lorsqu'on n'en possède pas le plan, et bien que la réalité de l'ordonnance formelle d'une ville ne puisse être niée, un promeneur ne peut l'appréhender qu'à travers ses déambulations. En multipliant les trajets, il lui est progressivement possible de s'en faire une image mentale. Les variations ne touchent qu'au parcours, la ville garde évidemment son identité. Replacée sur le terrain musical, la métaphore signifie que proposer des alternatives à un interprète ne remet nullement en cause la conception d'une œuvre et, de ce fait, ne constitue pas une démission artistique du compositeur. D'autres démarches se sont révélées tout aussi radicales, associant de façon intime l'interprète à l'œuvre, devenue de fait virtuelle, une partition pouvant en dernier recours ne présenter que quelques directives pour l'improvisation. Dans une telle perspective, les notions de formes architecturales, narratives ou téléologiques développées dans de nombreuses autres notices de cet ouvrage perdent toute substance.

Les solutions pratiques imaginées ont été de nature diverse. Elles se réduisent quelquefois à quelques légères possibilités de permutations, mais elles peuvent également conduire à des interprétations totalement imprévisibles. Globalement, les différentes démarches peuvent être regroupées en cinq catégories : hasard, indétermination, aléatoire, mobilité et ouverture.

Les trois premières catégories concernent plutôt le matériau et les formes dites «aléatoires», tandis que les deux dernières aboutissent aux formes dites «ouvertes» étudiées ici. À partir de l'analyse de quatre œuvres (le *Klavierstück XI* de Karlheinz Stockhausen, 1956, la *1re Sequenza*, pour flûte, de Luciano Berio, 1958, *Scampi* d'Henry Pousseur, 1956 et la *3e Sonate* de Pierre Boulez, 1956-1957), Umberto Eco a précisé les principales caractéristiques de ce type de pièces dans sa célèbre étude *L'Œuvre ouverte* (1965).

L'idée la plus évidente consiste à ne pas fixer l'ordre d'exécution des sections constituant l'œuvre, celui-ci étant déterminé au dernier moment. Cette idée est rendue de façon très visuelle avec *Domaines* (1961-1969) de Boulez, où un clarinettiste solo choisit un pupitre parmi plusieurs, déterminant ainsi lequel des six groupes instrumentaux disposés en demi-cercle lui répond. Boulez pensait probablement à cela dans son célèbre article «Aléa» (1957) lorsqu'il parlait d'être «méticuleux dans l'imprécision».

Le parcours peut aussi agir directement sur la musique elle-même. Par exemple, pour le *Klavierstück XI* de Stockhausen, comme pour la *3e Sonate* de Boulez, chaque section contient des indications concernant l'interprétation de la section qui lui succède, indications qui spécifient soit son rythme, soit ses dynamiques, soit encore son tempo. Les variantes possibles sont alors démultipliées de façon spectaculaire. On a ainsi calculé qu'il faudrait 231 282 037 siècles pour épuiser toutes celles du *Klavierstück XI* de Stockhausen!

En parallèle aux expérimentations d'ouverture formelle, de nombreux aspects improvisés ont également été introduits, notamment sous l'impulsion d'une nouvelle génération de compositeurs-interprètes, pratiquant la musique contemporaine, le théâtre musical et le *free-jazz*, génération au premier rang de laquelle se trouvent le tromboniste Vinko Globokar (né en 1934), le clarinettiste Michel Portal (né en 1935) ou le pianiste Carlos Roqué Alsina (né en 1941).

Comment l'improvisation peut-elle se glisser dans une partition? Il s'agit avant tout d'insuffler de la souplesse. Les appoggiatures, par exemple, ont souvent été multipliées, perturbant le sentiment de métrique (voir, dans cet esprit, les solos de flûte en *sol* du *Marteau sans maître* de Boulez, 1953-1955). Les durées peuvent aussi être indiquées de façon approximative et chronométrique (György Ligeti, 1969-1970, *Kammerkonzert*, mvt 1), ou différents tempos peuvent être superposés (*Kammerkonzert*, mvt 2). D'autres compositeurs ont choisi de symboliser les durées par des traits horizontaux plus ou moins longs (Penderecki, *Dies irae*, 1967). Parfois aussi, les notes ou les cellules sont placées entre parenthèses, au sein de *réservoirs*, et peuvent être jouées dans un ordre libre, technique explorée notamment par Witold Lutoslawski et nommée par lui *aléatoire contrôlé* (*Jeux vénitiens*, 1961), mais également par Boulez (*Éclat*, 1965) et de nombreux autres, au premier rang desquels André Boucourechliev (1925-1997).

Ayant fréquenté Umberto Eco à Milan, fortement marqué par l'avant-garde américaine des années 60, Boucourechliev est intimement lié à l'exploration des œuvres ouvertes. Il a précisé dans un entretien radiophonique: «J'ai appris à essayer de saisir l'instant et de lui donner une durée [...]. J'ai appris que tout était mouvance, mobilité, qu'il se pouvait que rien ne soit fixe [...], que les choses pouvaient être complètement fugaces, immatérielles, sans durée, sans réalité, sans rien. Ce n'est pas l'apologie de l'aléatoire, mais celle du fugace, de l'instantané, qui ne se répète pas» (France-Musique, *Les Imaginaires*, Entretien avec Jean-Michel Damian, 1993). Cette vision poétique a été principalement mise en œuvre dans sa série des *Archipels* (*1-5 op. 7-11*, 1967-1970; 1. pour deux pianos et deux percussionnistes; 2. pour quatuor à cordes; 3. pour piano et six percussionnistes; 4. pour piano; 5. pour ensemble de six instruments). Jean Ducharme, dans son article «Clefs pour l'ouverture» (*André Boucourechliev*, ouvrage collectif sous la direction d'Alain Poirier, Fayard, 2002), précise en parlant des premières œuvres ouvertes de Boucourechliev que «l'atelier du musicien, son ouvroir, allait désormais foisonner de matériaux, de schémas et de composés en puissance. Rigoureusement conçus, ces territoires inouïs proposent à l'auditeur comme à l'interprète d'inépuisables aventures». Si, au point de vue local, l'interprète de ces partitions à la taille spectaculaire, modèle assez librement des réservoirs de notes, souvent conçus comme des constellations ou organisés par profils (pour

Archipel 4 : ligne brisée, ample courbe, ligne sinueuse ou encore formes multiples), il en va de même sur le plan formel, où le parcours général est le fruit de l'assemblage quasi improvisé de structures particulières, certains passages devant toutefois être obligatoirement joués, ou ne pas être répétés, ou encore ne pas être prolongés, ou enfin imposant l'arrêt de l'œuvre, comme les figures imprimées en rouge d'*Archipel 2*.

Tous ces cas constituent autant d'enrichissements de partitions qui restent par ailleurs de facture presque traditionnelle. Quelques œuvres, ainsi que les partitions qui les symbolisent, ont parfois constitué une remise en cause plus radicale de la pratique de la composition. Sont ainsi apparues les partitions graphiques, comme les partitions verbales (*Textkomposition*). Les premières suscitent l'improvisation, parfois collective, par des stimulations visuelles (Stockhausen, *Zyklus* pour percussion, 1959 ; Mauricio Kagel, *Diaphonie*, 1964) et les secondes s'apparentent plutôt à un scénario (Costin Miereanu, *Dans la nuit des temps*, 1969). Cette fois, bien loin de la métaphore de la ville, il peut exister un abîme d'une version à l'autre !

Enfin, le hasard est parfois également convié au sein de l'écriture elle-même. John Cage, par exemple, rêvait d'une « œuvre libre de goûts personnels », et a parfois composé de façon presque automatique, déduisant telle partition du lancement de dés caractérisant le *I Ching* chinois (*Music of changes*, 1951), ou telle autre de l'analyse d'une cartographie du ciel (*Études australes*, 1976). *Plus Minus* (1963) de Stockhausen est peut-être la tentative la plus riche pour associer compositeur et interprètes, tout en incluant une intense part de hasard. Il souhaitait initialement faire réaliser différentes versions par ses élèves. Constituée de sept pages de réservoirs de hauteurs et de sept pages d'indications symboliques, la partition débouche sur une musique constituée d'une à sept couches polyphoniques. Les possibilités sont d'une telle diversité et les indications de réalisation si riches, que l'interprète est naturellement tenté de se comporter en compositeur, et de fixer par écrit sa propre réalisation de l'œuvre avant, pourquoi pas, de la signer.

Ce n'est que récemment qu'est apparue une forme d'ouverture d'une nature assez différente, suscitée par les progrès de l'informatique musicale. En *temps réel*, réagissant selon des principes formalisés par le compositeur, l'ordinateur peut désormais générer des séquences musicales plus ou moins complexes qui contrepointent et dialoguent avec la musique interprétée en direct. Naissent ainsi des concerts spectaculaires qui comptent une grande part d'imprévisibilité, comme pour *Neptune*, pour trois percussionnistes et ordinateur (1991) de Philippe Manoury, ou pour *Anthèmes II*, pour violon et électronique (1997) de Boulez.

Les formes à processus

L'expérimentation de la mise en œuvre de processus est probablement la plus grande nouveauté formelle apparue au XXe siècle. L'idée centrale de la plupart des formes – une articulation en plusieurs parties reliées par des principes de variation, de contraste ou de développement – s'y trouve remise en cause au profit de l'idée d'une transformation graduelle des éléments constitutifs, et donc d'un parcours qui mène par étapes successives d'un état A à un état B. Les prémisses cette pensée sont peut-être à rechercher du côté de la 3e des *Cinq pièces pour orchestre op. 16* de Schoenberg, *Farben* (1909). Connue pour être la première incarnation de la *Klangfarbenmelodie*, c'est-à-dire d'une mélodie de timbres, la forme de cette pièce – une fugue à la présentation essentiellement harmonique – peut également être décrite comme une évolution depuis un relais de timbres périodique (deux instruments en alternance par voix de polyphonie) jusqu'à un relais totalement imprévisible et apériodique (jusqu'à neuf instruments en alternance), et cela avec une vitesse de changements progressivement croissante (de la blanche à la double croche).

Tout d'abord exceptionnelle, cette idée a progressivement été théorisée, notamment en lien avec le concept d'interpolation, c'est-à-dire la définition d'un certain nombre d'étapes à franchir entre un état initial et un état d'arrivée, étapes éventuellement calculées par ordinateur. Connue également sous la désignation de *morphing*, la technique est fréquemment utilisée dans les arts graphiques, recherchant un passage graduel entre deux images, comme par exemple la transformation d'un visage en un autre, effet dont l'application est fréquente dans les génériques télévisuels. Replacé dans le champ musical, on peut passer progressivement d'une harmonie à une autre, de la simulation d'un spectre sonore instrumental à un autre, ou même faire évoluer l'espace de registre utilisé. Au début de *Gondwana* (1980) de Tristan Murail, on assiste à la transformation d'un accord de type cloche en un univers trillé. Autre exemple, pendant le 1er mouvement du concerto pour alto *Diadèmes* (1986) de Marc-André Dalbavie, une interpolation très frappante est mise en œuvre : l'orchestre alterne lentement deux harmonies, créant une oscillation proche d'une expiration-inspiration, avant l'entrée de l'alto solo. Celui-ci élabore progressivement une échelle mélodique ascendante, d'abord très lentement, puis de plus en plus rapidement, verticalisant finalement toutes les notes de l'échelle, la transformant en un accord martelé qui semble littéralement aspirer tout l'orchestre. Pirouette ultime, l'accord martelé réintroduit l'effet d'oscillation initial, jusqu'à ce qu'un nouveau processus ne se mette en route...

Conçue au sein de la musique instrumentale, la notion de processus s'est tout naturellement exportée dans la musique électroacoustique, dont tous les paramètres du son, maîtrisés, peuvent présenter des évolutions graduelles d'une grande subtilité.

Les formes rhapsodiques

On désigne sous le terme de forme rhapsodique les formes d'allure improvisée apparues au XVIe siècle, et pratiquées au sein des fantaisies, des toccatas, de certains préludes et enfin des rhapsodies. Inaugurées par les compositeurs romantiques, ces dernières introduisent souvent diverses musiques nationales, notamment hongroises (Liszt, Brahms, etc.). Parfois écrites dans l'esprit du *Stile phantasticus* caractéristique d'un certain baroque et dont plusieurs œuvres de Bach, fameux improvisateur, donnent une idée – par exemple quelques mouvements introduisant une fugue (*Toccata et fugue en ré mineur*, BWV 565 ; *Fantaisie chromatique et fugue en ré mineur*, BWV 903) – les formes rhapsodiques se caractérisent par de fréquents changements de style d'écriture, pouvant alterner des passages harmoniques, avec des épisodes de style récitatif, comme d'autres plus contrapuntiques, voire enchaîner des paraphrases d'airs connus. Il faut, bien entendu, aborder de telles pièces sans aucune idée préconçue, certaines pouvant être virtuoses et fantasques, comme la *Toccata* (1896) extraite de la suite *Pour le piano* de Debussy, d'autres voisines de sonates complètes, comme la *Fantaisie à quatre mains en fa mineur* (1828) de Schubert ou la *Fantasia quasi una sonata d'après une lecture de Dante* (1837) de Liszt.

La forme rondo

Au fur et à mesure de sa longue existence, le rondo a présenté des aspects différenciés qui nécessitent des traitements distincts. La présente notice traite de la forme essentiellement instrumentale du rondeau baroque, puis du rondo classique, tandis que la suivante aborde celle du rondo-sonate, née à la fin du classicisme et particulièrement prisée pendant le romantisme. La forme vocale du rondeau médiéval est, quant à elle, abordée dans la notice sur les formes des chansons. La notion de refrain, caractéristique principale de la forme, est présente dès ce premier sens du terme *rondeau*, celui d'une poésie médiévale française chantée, souvent dansée. Du point de vue de la structure, les deux premiers vers de cette forme poétique sont traités comme un refrain. Ils reviennent deux fois, d'abord en tant que cinquième vers (seulement le premier vers), puis à la fin (cette fois, les deux vers réunis) : en résumé, en affectant une lettre à chacun des vers, on obtient la séquence suivante : **a b** c d **a** e **a b** (pour plus de détails sur la forme du rondeau médiéval, voir la notice sur les *formes des chansons, des mélodies et des Lieder*).

LE RONDEAU BAROQUE

Pour les premiers rondeaux baroques, le terme *rondeau* ne désigne que le refrain. Le nom se généralise ensuite à l'ensemble de la pièce. La floraison la plus importante a lieu en France, dans le cadre de la suite pour clavecin (de la 2de moitié du XVIIe siècle à celle du XVIIIe siècle). Souvent plus diversifiée que chez les Allemands, la suite française (également nommée *ordre* ou *concert*) présente un nombre de pièces variable, parfois important, incluant le plus souvent un ou plusieurs rondeaux : le *6e Ordre* de François Couperin, par exemple, en comporte quatre (pour huit pièces). Sa cinquième pièce, les *Baricades mistérieuses*, est assez représentative de la première manière du rondeau baroque. Indiqué *vivement*, dans le grave de l'instrument (en notation moderne, les deux mains sont en clés de *fa*), il est écrit en un style luthé régulier, plutôt harmonique. Le *refrain* introductif – une élégante phrase antécédent-conséquent, de deux fois quatre mesures, et dotée d'une reprise – est rejoué au ton principal après chacun des trois couplets. Ceux-ci explorent les tons voisins, essentiellement 1) la dominante, 2) les tonalités mineures et 3) la sous-dominante. Le couplet le plus long, le troisième (22 mesures contre 12 et 6), parvient à d'étonnantes harmonies en multipliant les retards. Les couplets ne sont pas précisément contrastants. Ils prolongent plutôt la figure rythmique principale. Il est possible d'en déduire une caractéristique importante du rondeau baroque français : un aspect plus unitaire que contrastant, avec des couplets partageant l'esprit du refrain. Les principaux compositeurs du XVIIIe siècle d'autres pays ne se sont pas privés d'écrire eux aussi des rondeaux d'esprit français (comme J.-S. Bach avec la seconde pièce de sa *2e Suite pour orchestre*).

Un cas particulier mérite d'être signalé, celui du rondeau à plusieurs refrains. Il s'agit d'un rondeau en deux parties, chacune possédant un refrain spécifique, type de rondeau illustré notamment par *L'Angélique*, 10e pièce du *5e Ordre* de Couperin. La première partie est en *la* mineur et la seconde à l'homonyme *la* majeur, reflétant l'instabilité modale d'un ordre où les pièces en majeur alternent avec les pièces en mineur. *L'Épineuse*, 4e pièce du *26e Ordre*, présente un cas encore plus surprenant : d'une construction A B A, la partie A est un premier rondeau, la partie centrale, un second rondeau, au ton homonyme, mais prenant comme refrain le premier couplet de la partie A majorisé ; pour conclure, le début du premier rondeau est repris da capo!

Note : la *forme concerto à ritournelles* vivaldienne (traitée dans une notice indépendante) est un prolongement de la logique des rondeaux instrumentaux. Les liens entre les deux formes sont donc très importants.

LE RONDO CLASSIQUE

Les compositeurs classiques ont progressivement fait passer le rondeau d'un tempo modéré à un tempo vif, voire très vif. Il sert chez eux de finale, tant pour une sonate que pour un quatuor, un concerto ou une symphonie. De plus, à l'instar de la plupart du vocabulaire musical figurant sur les partitions, le terme s'italianise vers la fin du XVIIIe siècle. Ainsi, Mozart désigne encore les finales de ses premières œuvres par le terme de *rondeau*, alors qu'on ne trouve plus que la terminologie italienne *rondo* pour les sonates de Beethoven.

La dimension contrastante devient une des caractéristiques principales de l'alternance refrain/couplets. Le caractère même du refrain se transforme, prenant désormais le plus souvent l'allure d'une mélodie simple, de tournure populaire, facilement mémorisable et de structure fermée (nettement articulée par une ou plusieurs cadences). Un refrain classique se distingue assez aisément d'un thème de forme sonate, souvent plus complexe, composé de petits motifs, et qui s'enchaîne de façon ouverte avec les sections suivantes. Les proportions du refrain peuvent s'avérer une des principales difficultés d'analyse. En effet, pour les œuvres du premier classicisme, le refrain se présente usuellement comme une brève phrase, le plus souvent de 8 mesures (comme pour les *Quatuors milanais,* K 155 à 160 de Mozart), et la seconde phrase possède déjà le statut de couplet. Avec l'amplification progressive des proportions des rondos, le refrain devient une section séparée, le plus souvent une phrase ternaire à reprises complète, c'est-à-dire de structure aa – ba'ba'. Le *b*, qui était le premier couplet d'un petit rondo classique, est devenu pour le classicisme avancé un commentaire de la phrase principale *a*, et s'insère au cœur même de la section du refrain. L'élément *a* reste dans les deux cas l'idée mémorisable. Le finale de la *Sonate pour piano op. 14 n° 2* en *sol* majeur de Beethoven donne un bon exemple de refrain traité comme une section indépendante : une idée *a* de 8 mesures, ascendante, piquante, en décalage rythmique, suivie d'une idée *b*, scherzando, introduisant des triolets, puis des triples croches, et finalement interrompue par un point d'orgue, et enfin, pour conclure, une reprise écourtée de la première idée. Après une cadence affirmée, un brusque accord *forte* modulant lance le premier couplet. Ce finale constitue une des rares occurrences d'une forme rondo simple chez Beethoven, plus coutumier de la forme rondo-sonate présentée plus loin. Par ailleurs, Beethoven a intitulé son finale en rondo *Scherzo!* Pour une sonate en trois mouvements (au lieu des quatre habituels), il semble que Beethoven ait tenté une synthèse entre un rondo (usuel mvt 4) et un scherzo (usuel mvt 3), et que les couplets (de la forme rondo) soient composés dans l'esprit de trios (rappelant le genre et le caractère du scherzo).

La dimension des couplets est tout aussi problématique que celle du refrain. Initialement de simples phrases, ils sont devenus de conséquentes sections caractérisées. Leur nombre reste variable, le plus souvent trois ou quatre, bien que deux ou cinq soit tout à fait possible. Du point de vue tonal, si le refrain est systématiquement au ton principal, les couplets explorent habituellement les tons voisins ou le ton homonyme, tout en évitant le plus souvent la dominante.

L'idée-force de la forme rondo, le retour périodique d'un refrain d'allure populaire encadrant quelques couplets contrastants, associée avec la fonction de finale, donne souvent un tour joyeux, voire espiègle, à ces mouvements de tempo enlevé. Les transitions tendent à se multiplier, notamment celles précédant les retours du refrain. Souvent de plus en plus longues au fil du déroulement de la forme, elles peuvent jouer avec les nerfs de l'auditeur. Comble de cet état d'esprit, le finale du *Quatuor op. 33 n° 2* de Haydn est surnommé *La Plaisanterie*. Les transitions, attentes et points d'orgue envahissent le mouvement jusqu'à devenir extravagants. Après un *Adagio* intempestif, la dernière présentation du refrain est littéralement trouée par des mesures entières de silence. Survient alors une grande pause de quatre mesures. Persuadé de la fin de l'œuvre, le public commence généralement à applaudir. La tête du refrain stoppe brutalement les applaudissements. Cette fois, c'est pourtant vraiment fini. Totalement déstabilisé, attendant une hypothétique suite, le public reste le plus souvent tétanisé..., avant d'éclater de rire!

Le type du finale joyeux ne doit pas masquer qu'il existe également d'autres possibilités, bien que plus rares. Citons notamment la romance, vocale ou instrumentale, à l'image des deux *Romances* modérées et lyriques pour violon et orchestre de Beethoven, ou encore l'*Aria in rondò*, typique de l'*opera seria*, faisant se succéder un rondeau lent et un rondeau vif, genre illustré deux fois par Mozart dans son ultime opéra *La Clemenza di Tito*. À noter également le rondo lent de Fiordiligi, à l'acte 2 de *Così fan tutte*, et qui constitue l'air le plus développé de l'opéra. Les arias *in rondò*, peu fréquentes, sont assez rarement étudiées, ce qui explique probablement les difficultés des principaux commentateurs du 1er mouvement de la *Sonata quasi una Fantasia op. 27 n° 1* de Beethoven. Lorsqu'il est joué comme une aria modérée de type *in rondò* avec un second couplet vif, le mouvement semble révéler sa véritable physionomie.

Vers la fin du classicisme, les compositeurs désormais rompus à l'organicité de la forme sonate, ne pouvaient plus se contenter d'un finale en rondo constitué d'une simple alternance d'un refrain et de couplets. Ils ont de ce fait doté le rondo d'une dynamique nouvelle et forgé le rondo-sonate. Passionnante forme hybride, complexe et modulante, qui connaît une grande fortune chez les compositeurs romantiques, elle possède de ce fait une notice spécifique.

Remarque : tout ce qui revient n'est pas refrain! Par exemple, un motif unificateur peut apparaître périodiquement au sein d'une forme sonate (voir dans cet esprit, le 1er mouvement de l'*Octuor* de Beethoven). Quand il ne correspond pas à une section formelle bien délimitée, on pourra éventuellement parler de motif ritournelle, certainement pas de refrain.

En pratique

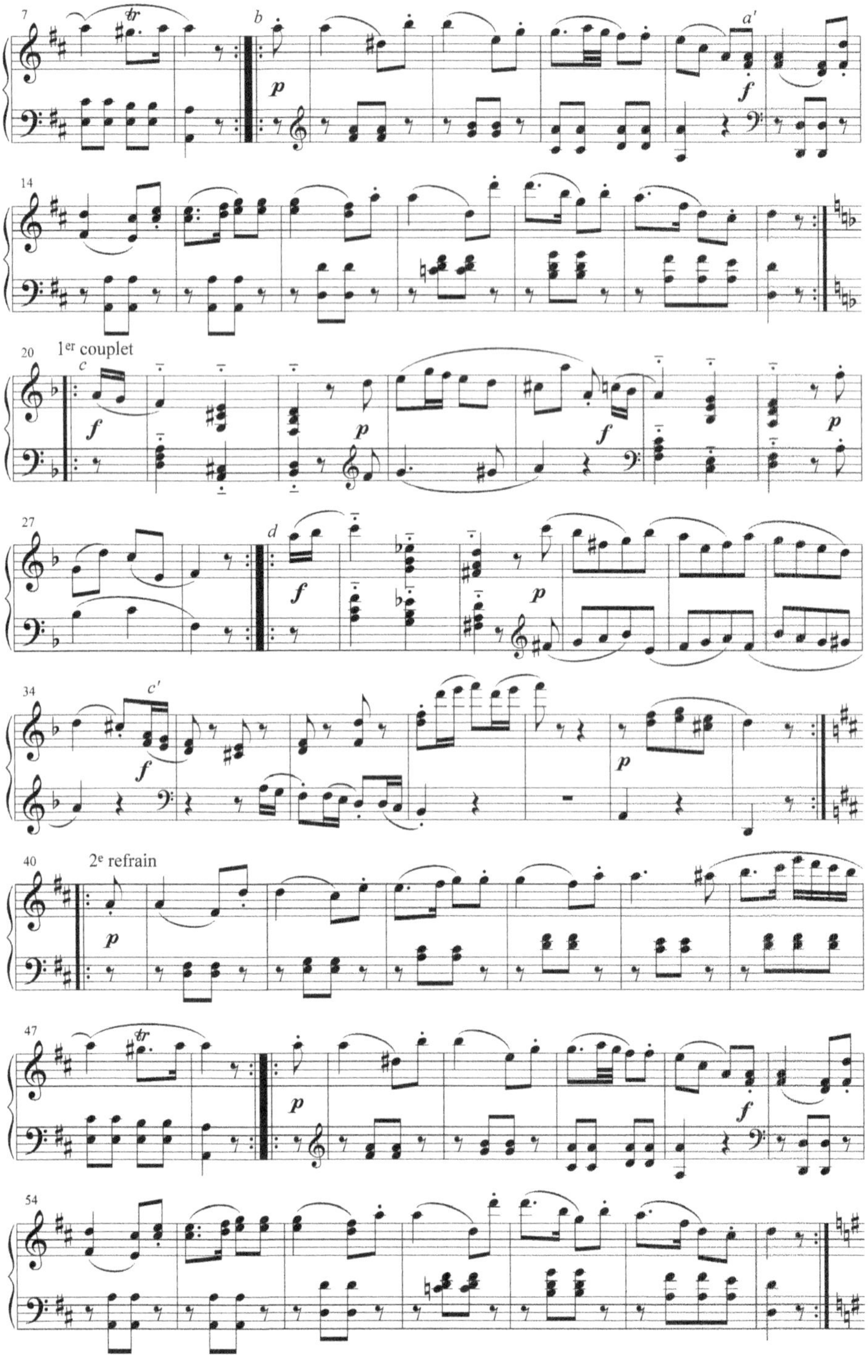
1er couplet
2e refrain

LA FORME RONDO

Exemple 25 : Haydn, finale de la *50ᵉ Sonate* Hob XVI : 37

Émergeant d'un extraordinaire *Largo e sostenuto*, le finale de la *50ᵉ Sonate* de Haydn constitue un rondo particulièrement clair. Un refrain en *ré* majeur encadre deux couplets, le premier en *ré* mineur, ton homonyme, et le second en *sol* majeur, ton de la sous-dominante. La forme globale est : A B A C A. Chacune des cinq parties de la forme présente une phrase ternaire à reprises de proportion identique : un premier volet de huit mesures et un second de douze mesures articulées en 4 + 8 (refrain et couplet 2) ou en 6 + 6 (couplet I).

En résumé ‖: a (8 mesures) :‖: b a' (12 mesures articulées en 4 + 8 ou 6 + 6) :‖

En dépit des apparences, l'ultime refrain ne renouvelle pas les proportions. Il présente des reprises écrites pour dynamiser la forme avec l'apparition périodique d'une basse d'Alberti. La variété de ce rondo tient essentiellement au caractère de ses différentes idées : mélodie galante pour le refrain, oppositions concertantes et jeux de registres pour le premier couplet, et enfin «musique de plein air» pour le second couplet. La logique tonale sous-tendant la phrase initiale des différentes parties présente également une grande variété : phrase modulant vers la dominante pour le refrain, modulation au ton relatif pour le premier couplet et stabilité tonale pour le second couplet. Afin de conclure leurs parties respectives, les phrases initiales du refrain et du premier couplet sont transformées lors de leurs retours pour ne plus être modulantes (transformations signalées par le ' dans le schéma). Seule la phrase du second couplet donne lieu à une reprise sans transformation : elle n'était pas modulante.

La transition qui débute à la mesure 80 constitue probablement le moment le plus spirituel du mouvement. Elle mène à une longue pédale de dominante qui diffère le retour du refrain. Pour accentuer l'attente, la prolonger le plus longtemps possible, Haydn joue avec l'élément le plus simple possible, la répétition vingt et une fois de suite d'une même note! Par-dessus tout, il s'amuse à glisser une treizième mesure, déstabilisant un public confortablement installé au sein de carrures de 8 ou de 12 mesures.

La forme rondo-sonate

La *forme rondo-sonate* constitue une synthèse originale entre une forme rondo (qui alterne un refrain et des couplets contrastants) et une forme sonate (qui comporte une réexposition, c'est-à-dire une idée contrastante présentée la première fois dans une tonalité secondaire, puis reprise vers la fin de la pièce au ton principal). Quelles raisons ont pu conduire à ce qu'elle devienne, à partir de la fin du XVIIIe siècle, la forme la plus fréquente pour les finales de sonates, quatuors, symphonies, etc.? Le début du classicisme avait perpétué et même amplifié la logique à grande échelle des mouvements constituant les genres instrumentaux baroques (*sonata da chiesa*, suite, concerto grosso, etc.). La plupart supposent de la part de l'auditeur une écoute attentive au début et plus relâchée vers la fin. Les différents genres musicaux de cette époque suivent pour cette raison un parcours menant d'une pièce initiale complexe à un dénouement pris en charge par un mouvement plus simple et souvent d'esprit populaire : chez les premiers classiques, cette trajectoire se manifeste par un premier mouvement de forme sonate – la forme la plus organique – opposé à un finale en rondo – la forme la plus «compartimentée», simple alternance de quelques couplets et d'un refrain. Dès la fin du XVIIIe siècle, avec la rapide complexification du style classique, les compositeurs pratiquent un équilibre à grande échelle assez différent et, dans cette perspective, substituent au traditionnel finale relâché, un mouvement qui propose au contraire un véritable pendant au premier, certes de texture souvent plus légère, mais de facture tout aussi élaborée. La *forme rondo-sonate*, c'est-à-dire un authentique rondo doté de l'organicité de la forme sonate, constitue la solution la plus fréquente et représente l'une des formes les plus riches et complexes de l'histoire de la musique. Elle a supplanté le rondo de l'époque classique, qui avait lui-même écarté la gigue ou la fugue conclusive baroque.

Six caractéristiques de la forme rondo-sonate permettent de la reconnaître, et de la différencier du rondo simple tout autant que de la forme sonate ; la première de celles-ci est la seule à être indispensable.

1. Sur le modèle du second thème de la forme sonate, le premier couplet est présenté au ton de la dominante ou du relatif majeur (voire simplement dans une tonalité secondaire, comme le 6e degré majeur), puis est réexposé au ton principal en tant que troisième couplet. Une forme rondo simple à trois couplets A B A C A **D** A devient donc une forme rondo-sonate en adoptant la découpe suivante (le point d'interrogation signale la tonalité variable du 1er couplet) : A B$_{(?)}$ A C A **B'**$_{(I)}$ A.
2. La modulation vers le premier couplet peut être effectuée par un pont modulant.
3. Le premier thème a l'allure d'un refrain, mélodie marquante, populaire, exprimée par des phrases musicales claires, et que le compositeur prend souvent plaisir à faire attendre (retours fréquemment raccourcis ou élidés).
4. Plutôt qu'un développement, c'est une reprise du refrain au ton principal qui succède au premier couplet.
5. La première grande partie qui, sous l'angle de la forme sonate, correspondrait à l'exposition, n'est pas dotée de reprises dans la forme rondo-sonate.
6. Une section du rondo peut être traitée dans l'esprit d'un développement central, ou d'un développement terminal, voire d'un développement secondaire (cf. la section sur la forme Allegro de sonate), bien que ce ne soit pas systématique.

LES FORMES DE LA MUSIQUE OCCIDENTALE

Schéma de la forme rondo-sonate la plus simple							
Refrain	Couplet 1 dans une tonalité secondaire	Refrain	Couplet 2	Refrain	Couplet 1 à la tonalité principale	Refrain	

Schéma de forme sonate type servant de référence								
‖:	**Exposition**	:‖‖:	**Développement**		**Réexposition**			**Coda**
Thème A au ton principal	Pont modulant	Thème B dans une tonalité secondaire	Libre travail modulant sur des éléments de l'exposition ou des motifs nouveaux	Thème A au ton principal	Pont modulant	Thème B à la tonalité principale	:‖	Coda éventuellement précédée d'un développement terminal

Schéma d'une forme rondo-sonate complète								
Refrain	Pont modulant	Couplet 1 dans une tonalité secondaire	Refrain ou développement du refrain	Couplet 2 ou développement du refrain	Refrain	Pont modulant	Couplet 1 à la tonalité principale	Refrain de style coda, éventuellement précédé d'un développement terminal

Remarques :

1. Le schéma illustre l'absence au sein de la forme rondo-sonate des reprises usuelles d'une forme sonate. Si une forme sonate ressort de la grande coupe binaire à reprises et est donc articulée en deux volets d'inégales longueurs dotés de reprises (bien que les reprises, tout d'abord celles du second volet, disparaissent pendant le XIXe siècle), le rondo-sonate se déroule de façon continue et, d'une certaine façon, le second refrain tient lieu de reprise. Une telle forme peut certes présenter des barres de reprise, mais d'une autre nature, situées au sein du refrain et des couplets, sections souvent articulées comme de grandes phrases ternaires à reprises du type aa/ba'ba' (pour le finale de la *4e Sonate pour piano op. 7* de Beethoven, la seule partie dotée de reprises est le second couplet, présenté au relatif mineur).

2. Certains analystes, en raison du fait que le sentiment de couplet apparaît dès le pont modulant, conçoivent ce dernier comme une composante à part entière du premier couplet.

La mise en œuvre d'une forme rondo-sonate peut présenter de nombreuses variantes. Le finale du *4e Quatuor op. 18 n° 4* de Beethoven permet de découvrir un cas assez simple. Le refrain est simplement alterné avec des couplets contrastants, sans ponts modulants ou sections développantes, avec de nombreuses transitions, et toutes les parties sont organisées suivant le schéma aa/ba'ba' avec ses reprises caractéristiques. La référence à la forme sonate tient en un point unique : le premier couplet, initialement exposé au ton du 6e degré majeur, est réexposé au ton principal, avec une nouvelle disposition instrumentale privilégiant le suraigu, amplifiant la sensation de résolution. En résumé : 1er refrain (m. 1, *do* mineur), 1er couplet (m. 17, *la* ♭ majeur, 6e degré majeur), 2e refrain (m. 41, ton principal), 2e couplet (m. 73, *do* majeur, ton homonyme), 3e refrain (m. 87, ton principal), 1er couplet réexposé (m. 117, ton principal majorisé), 4e refrain (m. 163, ton principal). Le finale de la *8e Sonate «Pathétique» op. 13* pour piano de Beethoven propose une forme rondo-sonate tout aussi claire.

Le finale du *3e Concerto pour piano op. 37* de Beethoven permet d'aborder une forme rondo-sonate légèrement plus complexe. Les parties sont souplement enchaînées : un pont modulant (m. 56), constitué d'accords énergiques aux vents auxquels répondent des arpèges du piano, mène du *do* mineur du refrain au *mi* ♭ majeur du premier couplet (ton relatif, m. 68), comme au *do* majeur de la réexposition (ton principal majorisé, m. 321). La notion de développement est également présente. Il s'agit d'une section spécifique (m. 230) : le second refrain (m. 127) se déroule sans variations significatives et le second couplet (m. 182) est une belle phrase lyrique au 6e degré, de coupe aa/ba'ba', et dont les reprises écrites permettent un élégant dialogue entre la clarinette solo et le piano. Le développement est dévolu à une section de transition entre le second couplet et le troisième refrain (équivalent d'une retransition) : il débute par un fugato sur le refrain, puis permet de réentendre ce dernier transposé dans la tonalité éloignée de *mi* majeur. Ce point est particulièrement important : comme la forme rondo implique une présentation du refrain systématiquement au ton principal, les sections développantes sont les seules à pouvoir doter le refrain de couleurs tonales variées.

Le développement peut constituer une section spécifique, mais peut également concerner la seconde présentation du refrain (Beethoven, *3e Sonate pour piano op. 2 n° 3*, où le second refrain est un développement suivi d'un authentique second couplet à la sous-dominante). Le développement peut aussi tenir lieu de second couplet (Beethoven, *15e Sonate op. 28* où, après une amorce de second couplet à la sous-dominante, trouve place un développement très modulant qui culmine avec la phrase conclusive du second thème). Il peut même conduire à fusionner le second refrain et le second couplet (Beethoven, *16e Sonate op. 31 n° 1*). Il peut aussi exister un développement terminal (Beethoven, *2e Sonate op. 2 n° 2*, dont le développement terminal permet de réentendre le second couplet au ton napolitain), ou une allusion à la cadence d'un concerto (Beethoven, *3e Sonate op. 2 n° 3*).

Certaines formes rondo-sonate se révèlent si complexes que leur analyse devient périlleuse. La forme du finale du *Quintette avec deux altos K 516* de Mozart n'a pas fini de diviser les analystes. Considéré en tant que rondo-sonate, il semble posséder un couplet supplémentaire et élider un refrain! Le schéma suivant résume une situation plutôt rare :

Refrain	Couplet supplémentaire au ton principal	Couplet 1 à la dominante	Refrain	Couplet 2 à la sous-dominante	Développement sur le couplet supplémentaire	(élision d'un refrain)	Couplet 1 au ton principal	Refrain	Coda sur le couplet supplémentaire

Si l'élision du troisième refrain au sein de la forme rondo-sonate est coutumière de Mozart, la présence d'un couplet supplémentaire est tout à fait exceptionnelle. Il se pourrait qu'elle provienne du lien intime noué entre le finale et le 1er mouvement du quintette. Le refrain, et encore plus nettement le couplet 1, semblent provenir du second thème du 1er mouvement, tandis que le couplet supplémentaire dériverait plutôt du premier thème. Bien que particulièrement difficile à schématiser, le mouvement reste naturel à l'écoute et tous les thèmes évoluent dans des sphères expressives spécifiques : le refrain, mélodie populaire, articule la grande forme, le couplet supplémentaire avec ses notes répétées et ses chromatismes est associé aux articulations de l'œuvre (transitions, développements et coda), le premier couplet, plus lyrique, agit comme un second thème contrastant qui doit être réexposé, tandis que le second couplet, dansant, évoque un trio central.

Remarque : bien que, dans l'immense majorité des cas, les refrains soient systématiquement présentés au ton principal, quelques œuvres procèdent tout de même à des reprises transposées. Par exemple, dans le finale de son *Concerto pour piano* (1846), Schumann présente son refrain au ton principal *la* majeur pour le début de l'exposition, puis en *mi* majeur (ton de la dominante) pour ouvrir le développement, et ensuite en *ré* majeur pour la réexposition (ton de la sous-dominante, souvenir probable des réexpositions à la sous-dominante de Mozart et Schubert). Il ne revient au ton principal que pour lancer la conclusion à la mesure 739! Ce traitement particulier de la forme rondo-sonate semble constituer un hommage à la forme à ritournelles baroque. Darius Milhaud est encore plus radical dans son ballet *Le Bœuf sur le toit* (1919), suite de danses brésiliennes en forme de rondo, avec un refrain qui intervient dans les douze tons majeurs. Les tonalités des quinze refrains sont organisées de façon systématique par cycles d'accords de septième diminuée, chacun étant une quinte au-dessus du précédent : *do – mi♭ – sol♭ – la* ; *sol – si♭ – ré♭ – mi* ; *ré – fa – la♭ – si*. Au bout de trois cycles, alors que le total chromatique est atteint, Milhaud semble lancer un nouveau cycle, encore une quinte au-dessus : *la – do*. La tonalité initiale retrouvée dans le quatorzième refrain signe la fin de l'œuvre : pour la première et unique fois, le quinzième et dernier refrain conserve le ton du précédent.

Pour les générations qui succèdent aux compositeurs classiques, la forme rondo-sonate reste une référence majeure ; c'est par exemple la forme choisie par Bartók pour le finale de sa *Sonate pour deux pianos et percussion*. Le plus souvent, les occurrences tardives de la forme rondo-sonate ne remettent pas en cause son cadre général, bien que deux mutations méritent d'être évoquées. La première est celle du finale du *Trio op. 100* de Schubert. Véritable dédale sonore, ce mouvement propose un étonnant foisonnement thématique. Il possède un refrain, mais d'une importance limitée. Il revient certes pour la réexposition et pour conclure le mouvement, mais comme une ultime pirouette, car un autre motif, initialement à fonction de pont, hante le mouvement comme un second refrain. Une trouvaille formelle, fulgurante et plus inattendue, est l'utilisation de la marche funèbre du 2ᵉ mouvement en tant que second couplet (en *si* mineur, pour un mouvement en *mi♭* majeur!). Le développement terminal permet de réintroduire la marche funèbre en *mi♭* mineur, puis de la résoudre en majeur. Ce rondo-sonate conclusif possède donc la délicate mission de réexposer le mouvement le plus tendu de l'œuvre et de le résoudre au ton principal. Cette idée, géniale, est reprise par Brahms dans sa *Sonate pour violon et piano nº 1 op. 78* (1879), puis systématisée par Schoenberg dans son premier *Quatuor op. 7* : dans ce dernier cas, tous les couplets sont des réexpositions des mouvements précédents (voir aussi la notice sur les formes différées)!

Quant au finale de *La Mer* de Debussy, il présente probablement le mouvement le plus organique que l'on puisse imaginer. Non seulement de nombreux éléments cycliques des mouvements précédents y réapparaissent, mais l'esquisse symphonique propose, en tant que rondo, l'alternance d'un refrain et d'un unique couplet, mettant en scène le dialogue du vent et de la mer, opposant des moments agités et d'autres plus calmes, voire une soudaine « mer d'huile » irisée par un son harmonique suraigu tenu pendant vingt-deux mesures (chiffre 54 de la partition). Les deux atmosphères, initialement opposées, entrent en résonance dans le troisième refrain, avant d'exploser dans la coda.

La forme scherzo

Voir les formes de la suite

Les formes sonate baroques

Le terme sonate mit longtemps avant de désigner un genre musical défini clairement. Du point de vue de l'architecture formelle, il n'existe pas non plus de schéma pouvant, même approximativement, synthétiser une sonate baroque. Cette dernière offre au contraire une physionomie différente selon le temps et le lieu. Nombreuses, les typologies peuvent tout de même être, plus ou moins, réduites à cinq types principaux : 1) de la fin du XVIe siècle au milieu du XVIIe siècle, les sonates en un mouvement, comme celles de Gabrieli ; jusqu'au début du XVIIIe siècle, 2) les sonates d'église et 3) les sonates de chambre, aux types fixés par Corelli ; et, jusqu'au milieu du XVIIIe siècle, 4) les sonates en quatre mouvements d'esprit da chiesa, ou 5) les sonates en trois mouvements d'esprit concerto italien, genres portés à leurs sommets par Bach. Chacun des termes de cette typologie manifeste des différences de texture notables selon qu'il s'incarne en sonates pour instrument seul, duos, trios ou polychoralité (dans cette acception essentiellement vénitienne, un chœur désigne un petit ensemble instrumental). Enfin, les sonates de Scarlatti constituent un type encore différent, abordé au sein d'une notice particulière.

LA SONATE EN UN MOUVEMENT DU DÉBUT BAROQUE

D'esprit concertant, l'effectif d'une sonate du début baroque comporte de trois à vingt-deux parties instrumentales. Elle est voisine d'une *canzona* ou d'un *motet* et des cadences articulent sa forme en petites sections. Chacune d'elles introduit généralement un motif spécifique, dont tout ou seulement le début (*Kopfmotiv*, motif de tête) est traité, soit en imitation, soit avec des effets de dialogue ou d'écho, soit encore de façon plus homorythmique, l'accent étant mis sur la dimension harmonique, notamment avec une recherche de retards dissonants. Il arrive qu'une section soit réexposée, parfois à la fin. Une grande diversité de figures rythmiques, des changements de mètre fréquents et des traits rapides placés dans les sections conclusives, participent à la dimension spectaculaire de sonates dont les parties aiguës sont le plus souvent réservées à des cornettistes virtuoses.

L'organisation de la sonate du premier baroque en tant que succession de sections autonomes n'implique pas que la forme soit arbitraire. Au contraire, une attention profonde est fréquemment portée à l'unité. Dans la *Sonate XXI* pour trois violons et continuo de Gabrieli, par exemple, si le motif initial, après avoir été traité en canon, ne revient jamais, la plupart des autres motifs semblent en dériver : par un jeu de diminutions (aux mesures 18, 28 et 68, ex. 26, 1re portée), par mouvement contraire (m. 51, ex. 26, 1re portée) ou encore en combinant mouvements droits et contraires (m. 36 ou m. 12, ex. 26, 2e portée). La *Sonate XVIII* à quatorze parties regroupées en trois chœurs présente une situation complémentaire. Son motif initial, au dessin proche de celui de la *Sonate XXI*, est présenté en marche ascendante (ex. 26, 2e portée). Comme dans la sonate précédente, tous les motifs semblent dériver de ce motif initial, soit par diminution (m. 38, 51 et 55, ex. 26, 2e et 3e portées), soit par mouvement contraire (m. 27, 10 et 12, ex. 26, 3e et 4e portées), soit en insérant un intervalle disjoint (m. 25, ex. 26, 4e portée), mais le motif principal reste présent sous sa forme initiale tout au long de la sonate, conjuguant unité directe (un même motif unifie la sonate) et unité sous-jacente (les motifs secondaires dérivent du motif principal).

Exemple 26 : motifs issus de deux sonates de Gabrieli

LA SONATA DA CHIESA CORELLIENNE

Une organisation en quatre mouvements qui suivent la progression *lent-vif-lent-vif* se retrouve presque systématiquement dans les vingt-quatre sonates en trio qui constituent les op. 1 et 3 de Corelli. Un mouvement supplémentaire, virtuose et continu, placé avant ou après le second mouvement lent, caractérise les six premières sonates pour violon solo et basse continue de l'op. 5. Nous aborderons successivement les quatre mouvements d'une sonate type. Le mouvement supplémentaire des sonates solistes s'assimile à une invention continue qui peut éventuellement comporter des changements de mesure (op. 5 n⁰ˢ 2 et 4). Celui de l'op. 5 n° 3 est présenté plus loin, dans la section *En pratique*.

▶ Le musicologue Claude V. Palisca a esquissé une description de la progression des quatre mouvements d'une *sonata da chiesa* de Corelli : « Il commence dans un climat sévère, majestueux, solennel ou fier, passe ensuite à un ton résolu et satisfait, puis à une expression tendrement mélancolique pour conclure sur une note légère et insouciante. » Le premier des quatre mouvements, « sévère, majestueux, solennel ou fier », est normalement un *Grave* ou un *Adagio* à 4 temps. Son articulation avec l'*Allegro* fugué qui suit évoque plus ou moins franchement l'ouverture à la française, allusion particulièrement frappante pour la *Sonate op. 3 n° 10*. Un mouvement lent initial n'est toutefois pas systématique. Pour certaines sonates d'allure rhapsodique, le *Grave* peut être absent ou intervenir de façon épisodique pendant l'*Allegro* (op. 1 n° 9, op. 3 n° 12). Le *Grave* peut aussi apparaître en tant que second mouvement. Les trois autres mouvements sont alors des mouvements vifs (op. 1 n° 2, op. 3 n° 6). La *Sonate op. 1 n° 5* présente un cas plus curieux : son mouvement lent initial est de rythme ternaire. Proche d'une sarabande, il offre la typologie d'un troisième mouvement, ce qui se justifie dans une sonate présentant un troisième mouvement assez inhabituel, continu et d'esprit rhapsodique. En ce qui concerne les sonates pour violon seul de l'op. 5, c'est au sein des mouvements initiaux que l'ornementation optionnelle peut être la plus luxuriante.

Les premiers mouvements présentent une nette articulation en phrases. Deux phrases suffisent quelquefois, comme pour la sonate op. 1 n° 10, mais le plus souvent, il y a trois ou quatre phrases. La dimension proprement thématique est alors dévolue aux deux premières, la seconde reproduisant le dessin de la première à la dominante ou au relatif majeur. Les phrases suivantes, généralement plus simples et plus longues, privilégient des marches harmoniques élégantes, des canons sur une basse en croches ou de petits jeux de dialogues. Une brève coda ou la reprise *piano* de la fin de la dernière phrase (ce qui est usuellement nommé « petite reprise ») concluent souvent le mouvement lent.

▶ Le deuxième mouvement, *Allegro* et léger, à 4 temps, est généralement de composition continue, constitué d'une seule grande section dotée d'une reprise, bien que la plupart des interprètes en fasse abstraction. S'il peut s'agir d'une fugue assez élaborée (op. 1 n° 3 au sujet disjoint, comme la *Sonate n° 11* au sujet chromatique, ou encore l'op. 3 n° 4 à deux sujets), le contrepoint reste le plus souvent assez libre, se concentrant sur quelques motifs issus du sujet, fréquemment traités en marches harmoniques (op. 1 n° 2). De même, si le début peut parfois évoquer une stricte exposition de fugue comme pour l'op. 3 n° 9 qui comporte une réponse tonale, il peut aussi être traité de façon plus libre comme dans l'op. 3 n° 2, dont la seconde entrée est en miroir, l'op. 3 n° 1, plus proche d'un canon ou encore l'op. 3 n° 5, cette fois dans l'esprit d'une invention. Ces mouvements abondent en travail motivique, combinant souvent sujet et contre-sujet, fréquemment avec des effets de miroir et de strettes (op. 1 n° 11 ou op. 3 n° 4). Le sujet initial disparaît parfois ou se transforme au fur et à mesure du mouvement : dans l'op. 1 n° 5, dès la troisième entrée, le sujet est abrégé (m. 9), un deuxième sujet en notes répétées est alors introduit (m. 16), les deux se combinent, puis aboutissent à un troisième sujet (où le second constitue la tête du premier, m. 28).

Les deuxièmes mouvements de type fugué de l'op. 5 sont assez spectaculaires, et le violon solo peut prendre en charge deux voix distinctes de la polyphonie, le continuo se chargeant de la troisième. Le travail motivique alterne avec de nombreux passages de virtuosité consacrés aux doubles cordes, arpèges et bariolages. Une innovation formelle singularise l'op. 5 n° 3 en *do* majeur : après avoir visité quelques tons voisins, Corelli effectue une cadence claire et stable au ton du relatif de la dominante *mi* mineur (m. 30). La mesure suivante lance la conclusion par un retour soudain du début au ton principal Il est rare à cette époque de théâtraliser autant une réexposition thématique (contrairement à la forme sonate classique où la chose est usuelle). Ce trait, exceptionnel dans les deuxièmes mouvements, se retrouve plus fréquemment dans les *finales*.

Quant aux sonates op. 1 n° 8 et op. 3 n° 3, elles tendent vers la *sonata da camera* en utilisant comme deuxième mouvement des pièces d'esprit dansé, respectivement un *Allegro* à 4 temps de coupe binaire proche d'une allemande et un *Vivace* à 3/8 aux hémioles très marquées.

▶ Les troisièmes mouvements réintroduisent l'esprit des premiers mouvements, dans une mesure ternaire pouvant évoquer une sarabande. Ils constituent une halte dans le déroulement de la *sonata da camera*, à laquelle ils apportent fréquemment de l'instabilité tonale. Leur parcours modulant peut explorer des tonalités éloignées (l'op. 1 n° 1, au ton principal *fa* majeur, visite *ré* mineur, une tonalité proche, mais aussi *do* mineur et *fa* mineur). Ce sont également les seuls mouvements qui peuvent être composés dans une tonalité distincte du ton principal : généralement le relatif mineur (par exemple les op. 1 n°s 3, 12, ou l'op. 3 n° 2), mais quelquefois aussi le sixième degré majeur, c'est-à-dire le relatif de la sous-dominante (op. 3 n° 11 et op. 5 n° 5). Ces mouvements peuvent comporter une évolution tonale interne : lorsqu'ils sont au relatif mineur, ils concluent couramment en réintroduisant le ton principal (rare cas de mouvement dont la tonalité finale est distincte de la tonalité initiale, trait singulier partagé par le 3e mouvement du *14e Quatuor* de Beethoven, comme par le *Scherzo* de la *Sonate funèbre* de Chopin, à la fin particulièrement surprenante). Ils peuvent finir par une demi-cadence (plutôt rare dans les premières sonates, cela devient systématique dans l'op. 5). L'enchaînement de la dominante du relatif avec le premier degré du ton principal qui lance alors le finale peut être assez brusque (op. 1 n° 12) ou raffiné (op. 3 n° 2, dont l'enchaînement exploite exclusivement les notes communes aux deux tonalités).

Les mélodies des troisièmes mouvements, qui débutent le plus souvent sur le second temps, privilégient les homorythmies : soit des deux dessus opposés à la basse (op. 3 n° 4), soit des trois voix simultanément (op. 3 n° 11). Des notes longues semblent parfois nécessiter une légère ornementation improvisée (op. 1 n° 3). Quand la mélodie est ample, elle peut être présentée successivement aux deux dessus (dans l'op. 1 n° 2, la mélodie du second violon des mesures 12 à 17 présentée à la dominante, est immédiatement reprise à la tonique par le premier violon des mesures 18 à 23). Le contrepoint reste généralement discret, et ce sont plus fréquemment des imitations courtes, des dialogues et des effets d'échos qui sont utilisés. Le début de la *Sonate op. 3 n° 2* évoque quelques jeux canoniques, mais les deux dessus deviennent homorythmiques en tierces parallèles dès la mesure 13, puis en écho mesure 22. L'op. 1 n° 12, *Grave* à 4 temps fait figure d'exception (comme le très contrapuntique op. 1 n° 8 à quatre parties réelles combinant deux sujets bien marqués) : il frappe par d'importantes oppositions de registre. Sa mesure 6 reprend le début à l'octave inférieure, contredisant un mouvement vers l'aigu et provoquant une étonnante octave diminuée (m. 3).

> ▶ L'évolution stylistique opérée pendant les huit années qui séparent l'op. 3 de l'op. 1 est particulièrement nette dans les finales : moins de fugues travaillées au profit de finales chorégraphiques de coupe binaire (cinq contre deux) ou de pièces d'esprit concertant (dont l'étonnant op. 3 n° 8). Poursuite de cette évolution, trois des six finales des sonates de l'op. 5 sont de coupe binaire. Avec son indication *Giga*, le finale de l'op. 5 n° 5 est le seul à revendiquer ouvertement une dimension chorégraphique. En résumé, toutes les sonates concluent par un mouvement vif qui peut être d'un seul tenant (avec ou sans reprise) ou de coupe binaire à reprises. À titre de comparaison, deux des six premières sonates en trio (1654) de Purcell concluent par un mouvement lent, et aucune de celles qui concluent par un mouvement rapide ne possède de reprises.

Les finales de coupe binaire sont donc conçus comme des danses : par exemple une *gigue* (op. 3 n° 10), une *gavotte* (op. 1 n° 4), une *allemande rapide* (op. 3 n° 9) ou un *balletto* (op. 3 n° 7). Les notions développées dans la notice sur les formes de la suite peuvent s'appliquer. Les finales contrapuntiques continus s'analysent pour leur part comme des fugues (voir la notice sur les formes contrapuntiques), bien qu'ils soient également fréquemment composés dans l'esprit de gigues, à 3/4 ou à 6/8. Avec ou sans reprise, ils peuvent atteindre une grande densité d'écriture (op. 1 n° 1, avec une surprenante insertion d'un adagio privilégiant le mineur, op. 1 n° 3, au très long sujet, op. 1 n° 6, op. 3 n° 1 et surtout l'op. 1 n° 2). Leurs expositions présentent des réponses réelles (op. 1 n° 3) autant que tonales (op. 1 n° 4), les strettes abondent (op. 1 n° 6) et la cadence finale peut être préparée par une longue pédale de dominante (op. 1 n° 5).

À l'image du 2e mouvement de l'op. 5 n° 3 évoqué plus haut, quelques finales corelliens possèdent une réexposition et adoptent clairement une forme ternaire : si la réexposition de l'op. 1 n° 7 n'est qu'une brève coda, celle de l'op. 3 n° 8 occupe plus du tiers du mouvement. La réexposition par mouvement contraire de l'op. 1 n° 8 est particulièrement originale.

Remarque : une analyse des sonates de Corelli mouvement par mouvement ne doit pas faire perdre de vue le soin apporté à l'unité d'ensemble ; les différents mouvements suivent parfois un même profil mélodique (op. 3 n° 2), un thème peut surgir naturellement du thème du mouvement précédent (troisième mouvement de l'op. 3 n° 9), ou un mouvement peut être cité (dans l'op. 1 n° 4, la thématique du second mouvement est citée dans le finale, à partir de la mesure 29).

LA SONATA DA CAMERA CORELLIENNE

Les sonates de chambre de Corelli (les op. 2, 4, et les six dernières de l'op. 5) sont de petites suites de danses, également qualifiées de *balletti*. Elles comportent de trois à cinq pièces, à l'exception de la fameuse *Ciaconna* qui conclut l'op. 2 – modèle d'écriture en trio – et de la non moins célèbre *Follia*, dernière des sonates de l'op. 5, toutes deux constituées d'une série de variations.

Toutes les sonates de chambre débutent par un mouvement lent (l'op. 5 n° 7 est la seule exception) et concluent par un mouvement vif. Le mouvement initial peut être un prélude continu dans l'esprit d'un début de *sonata da chiesa* ou une allemande lente. Quelques préludes plus ambigus possèdent une coupe binaire qui évoque une danse dont la nature n'est pas pas spécifiée. Le prélude de la *Sonate op. 5 n° 10* est encore plus étonnant : de conception continue, son lien avec une allemande lente est pourtant flagrant, comme le montre une comparaison avec celle de l'op. 2 n° 2. Les différentes catégories peuvent décidément être bien flexibles !

Hormis les préludes, les pièces composant les sonates de chambre sont essentiellement des danses de coupe binaire : des allemandes, lentes lorsqu'elles ouvrent la suite, vives quand elles constituent une danse au cœur de la suite, habituellement en seconde place, ou très vives quand elles constituent un finale, des courantes, parfois écrites comme un solo du violon 1 (op. 2 n° 10), des sarabandes lentes ou vives, des gigues enlevées ou espiègles (op. 2 n° 5) ou encore des gavottes. Les deux volets des danses présentent le plus souvent des carrures simples et régulières : par exemple, pour l'op. 2 n° 1, chaque volet de l'allemande comporte 8 mesures, chaque volet de la courante, 16 mesures et chaque volet de la gavotte, 4 mesures. Le second volet peut être légèrement plus long que le premier, notamment lorsqu'il inclut une petite reprise. Il peut aussi être plus court, comme pour la gigue de l'op. 2 n° 4. Il s'agit là d'une configuration rare et qui sera totalement abandonnée par les compositeurs des générations ultérieures. Le second volet rappelle le plus souvent le matériau du premier, mais il peut également introduire des motifs nouveaux (gigue de l'op. 2 n° 2), ou effectuer un jeu de miroir (allemande de l'op. 2 n° 5).

Les gavottes en position de finale comportent très souvent une réexposition (op. 2 n° 8, op. 4 n°s 3 et 9). Ce trait se rencontre aussi dans la courante de l'op. 4 n° 5, comme dans l'*Allegro* de la sonate atypique op. 5 n° 11. Une telle disposition formelle, probablement liée aux danses françaises de petites dimensions, peut donc concerner des danses de natures variées. Si l'on tient compte des réexpositions déjà constatées dans les sonates d'église, il apparaît que le prometteur retour thématique est presque systématiquement utilisé par Corelli pour rehausser l'éclat des mouvements conclusifs.

Abandonnant parfois la dimension chorégraphique, Corelli n'hésite pas à introduire des mouvements lents en troisième position. Voisins des troisièmes mouvements des sonates d'église, ils ont, à l'image de ces derniers, la fonction d'introduire de l'instabilité tonale, essentiellement avec la tonalité du relatif mineur, et avec une fin marquée par une demi-cadence. L'*Adagio* de l'op. 4 n° 1, assez original, d'une écriture chromatique en notes répétées, anticipe les mouvements similaires qui émaillent les concertos de Vivaldi.

Dans les sonates de chambre, Corelli fait assez peu appel au contrepoint et les moments d'écriture rigoureuse sont assez rares (allemande de l'op. 2 n° 5). L'harmonie a plutôt tendance à se simplifier. Le cas extrême des mesures 3 à 5 de la première allemande de la *Sonate op. 2 n° 3* fut à l'origine de l'«affaire des quintes» :

Exemple 27 : l'«affaire des quintes», la *Sonate op. 2 n° 3* de Corelli

De prime abord, l'écriture des mesures 3 à 5 (exemple 27 A) peut paraître d'une grande indigence, accumulant cinq quintes parallèles consécutives, ce qui évoque une faute de débutant. Les premiers interprètes de cette sonate, désarçonnés par un passage qui leur semblait indigne de Corelli, sollicitèrent des avis éclairés. S'ensuivent deux mois et demi d'une âpre correspondance sur la légitimité des trois mesures. Corelli y mit fin de façon péremptoire : « Dans cet extrait, on peut voir que j'ai chiffré les quintes successives de la basse de façon à les marquer clairement, à faire ressortir mon intention, et prouver qu'il n'y avait pas d'erreur. Si, au lieu du demi-soupir, j'avais pointé la note précédente, qui n'aurait rien changé aux valeurs, ces débutants, qui ne connaissent rien de plus que les règles de base, n'auraient pas eu le moindre doute. » En résumé, pour des raisons d'énergie et de phrasé, Corelli a délibérément simplifié son écriture, laissant une harmonie implicite (réalisée dans l'exemple 27 C, de notre cru). On constate que lorsque Corelli présente le motif principal à la basse (m. 4), les violons renoncent aux silences pour soudainement adopter une riche écriture liée : le rythme harmonique semble alors deux fois plus dense (exemple 27 B). Si Corelli avait utilisé cette écriture dès le début (comme dans l'exemple 27 C déjà cité), les quintes auraient été masquées. En partant d'une écriture apparemment fautive, il crée une tension qui trouve sa résolution dans le merveilleux enchevêtrement polyphonique de la mesure 4, révélant enfin le potentiel harmonique et contrapuntique de la disposition initiale.

Remarque : avec un raffinement comparable à celui des sonates d'église, le souci d'unité est souvent spectaculaire dans les sonates de chambre. Une comparaison entre l'allemande et la courante de l'op. 2 n° 1 montre que, non seulement les éléments thématiques sont apparentés, mais que toute la progression harmonique est également similaire.

LA SONATE DE TYPE *DA CHIESA* DE BACH

Lorsque Bach écrit les six *Sonates pour violon et clavecin*, BWV 1014 à 1019, il suit le modèle de la *sonata da chiesa* corellienne en quatre mouvements, à l'exception de la sixième, plus atypique, notamment avec son mouvement central pour clavecin solo. Elles permettent d'aborder le quatrième type de sonate, que l'on peut bien entendu rencontrer aussi dans d'autres recueils. Deux points sont immédiatement frappants : l'allongement des mouvements (pensons aux 109 mesures du 2e mouvement, fugué, de la 4e *Sonate*) et une plus grande caractérisation thématique (le 1er mouvement de la 4e, une sicilienne, évoque une aria émouvante, comme en comporte quelquefois la *Passion selon saint Matthieu*). Le lien qui relie le violon au clavecin est également assez différent de celui qui existe entre le soliste et le continuo dans l'op. 5 de Corelli. Il s'agit le plus souvent d'une écriture en trio et non en duo, la main droite du clavecin tenant le rôle d'un second dessus. C'est probablement une des raisons pour lesquelles la partie de clavecin est entièrement réalisée par Bach, hormis quelques rares mesures chiffrées pour les débuts des mouvements fugués. Une seconde raison justifiant l'existence d'une partie de clavecin obligée tient vraisemblablement aux nombreuses formules d'accompagnement que Bach expérimente dans le recueil, certaines semblant plus proches d'une écriture pianistique (elles furent peut-être composées au clavicorde) que clavecinistique (notamment les 1er et 3e mouvements de la 3e *Sonate*).

Les typologies ne sont plus aussi marquées que chez Corelli, par exemple concernant les choix des chiffrages de mesure. Les 1ers mouvements, tous lents, sont assez variés : ceux des sonates 2 et 5 sont contrapuntiques, alors que la 4e présente une sicilienne de coupe binaire. Les sonates 1 et 3 évoquent franchement le modèle corellien, avec une ligne de violon ornementée et une formule d'accompagnement caractérisée. Les seconds mouvements, vifs et fugués, présentent des sujets d'aspect populaire et enlevé. Loin de la rigueur contrapuntique qui caractérise les fugues du *Clavier bien tempéré*, celles-ci sont d'esprit concertant. La récapitulation que nous avons précédemment relevée dans l'op. 5 n° 3 de Corelli est ici presque systématique. Elle se double d'une influence de l'aria da capo qui débouche sur un plan A B A comportant une authentique partie médiane. Cette dernière peut présenter une version dansante du sujet (1re), s'aventurer vers la virtuosité (2e), introduire de nouvelles figures rythmiques (4e, sans réel da capo) ou reprendre un motif du mouvement précédent (3e). Le 2e mouvement de la *5e Sonate* est le seul à présenter une coupe binaire à reprises. Très surprenant, son matériau est multiple : sa cadence présente un motif évoquant la 13e invention en *la* mineur, tandis que son second volet introduit un contre-sujet. De même que chez Corelli, les troisièmes mouvements recherchent la variété tonale en privilégiant les tonalités des relatifs majeurs ou mineurs, et en optant souvent pour des fins ouvertes, comme dans le 3e mouvement de la *5e Sonate* analysé plus loin. Proche d'une étude, il est assez exceptionnel, les autres sonates adoptant plutôt une écriture d'aria en duo, celle de la 3e étant écrite sur une basse obstinée de 4 mesures, et celle de la 6e étant issue de la Cantate *Gott, man lobet dich in der Stille* BWV 120. Quant aux *finales*, le plus souvent des danses de coupe binaire, ils évoquent des mouvements à ritournelle d'écriture fuguée (3e et 6e sonates).

Le cinquième type de sonate que nous aborderons dans la prochaine section, celui en trois mouvements, est inspiré du concerto italien tel que Vivaldi l'a pratiqué. Une telle influence n'est pas absente des sonates en quatre mouvements que nous venons de présenter, bien que leur facture soit pourtant d'esprit «plus ancien». Il suffit pour s'en convaincre de comparer le finale d'allure dansante de la *1re Sonate* en *si* mineur avec le début du *10e Concerto* de l'op. 3 de Vivaldi, écrit dans la même tonalité. Dans un ordre d'idée similaire, des sujets de fugue comme ceux du 2e mouvement de la *2e Sonate* ou du finale de la 6e évoquent clairement des ritournelles vivaldiennes.

LA SONATE DE TYPE *CONCERTO ITALIEN* DE BACH

Moins fréquentes que les sonates en quatre mouvements, celles en trois mouvements n'en sont pas moins significatives. Elles expriment le volet italien de l'inspiration de Bach, influence particulièrement sensible dans ses six sonates en trio pour orgue. Leurs mouvements 2 et 3 sont comparables aux mouvements 3 et 4 d'une *sonata da chiesa*, c'est-à-dire des arias suivies de danses de coupe binaire ou de fugues enlevées. Leurs premiers mouvements constituent l'aspect le plus caractéristique : d'amples formes concerto à ritournelles. Envisagé sous cet angle, le premier mouvement *Vivace* de la *2e Sonate* est très lisible. Ses 8 premières mesures, au ton principal *do* mineur, constituent une énergique ritournelle marquée par le chromatisme de la basse (m. 5 et 6). Un premier solo présente un nouveau motif, ample et concertant, qui mène à une cadence au relatif *mi*♭ majeur, ton de la seconde ritournelle, écourtée, de trois mesures et demie. Le second solo reprend les éléments du premier, quelques-uns en miroir, puis module à la dominante *sol* mineur, ton de la troisième ritournelle, celle-ci complète. Le dernier solo, le plus long, comporte des effets d'écho, un développement sur pédale du motif de la ritournelle, des épisodes trillés et de fugitifs rappels du motif des solos. Une ultime ritournelle au ton principal clôt ce brillant premier mouvement. Il n'est toutefois pas aisé de percevoir instantanément la forme car il manque l'opposition *forte/piano* et tutti/solo, signature caractéristique du genre concertant.

En pratique

La plupart des mouvements d'une sonate baroque s'analysent sur le modèle des typologies dont ils sont issus, par exemple des danses de coupe binaire, des fugues ou des mouvements de forme concerto à ritournelles. Il en va différemment pour les mouvements continus, parfois lents et expressifs, parfois idiomatiques et virtuoses. Ils semblent à première vue offrir peu de prise à l'analyse et s'assimiler à des improvisations notées. Deux exemples permettront de confronter intuition et réalité.

Exemple 28 : 4ᵉ mouvement de la *Sonate op. 5 n 3* de Corelli

Dans l'*Allegro* de l'exemple 28, Corelli offre au violon une guirlande de doubles croches virtuoses, le continuo se contentant d'un léger accompagnement. Pas de caractérisation thématique ou de reprises complètes, mais un léger travail motivique continu. Par exemple, l'élément arpégé des deux premiers temps est très présent. Il revient à la mesure 3, à la fin de la mesure 4, mesure 6, fin de la mesure 8, mesure 9, en marche dans les mesures 15 à 19, et encore plusieurs fois jusqu'à la fin. Un second élément, plus disjoint avec un saut de septième, articule la pièce : soutenu par un mouvement de croches à la basse, il intervient pour les cadences : mesure 4 en *do* majeur, mesure 8 en *sol* majeur, mesure 14 en *la* mineur et enfin mesure 26 pour lancer la cadence finale en *do* majeur. Quelques autres motifs interviennent de façon plus épisodique, comme celui du premier temps de la mesure 7, traité en marche mesure 23, celui du second temps de la mesure 2 qui revient mesure 10, ou encore la batterie de la mesure 12, reprise à la mesure 23.

La pièce ne se résume cependant pas à une simple mosaïque de motifs. En s'appuyant sur les cadences, une organisation par phrases peut être dégagée : la première occupe 3 mesures et demie ; la seconde (m. 4-8), qui débute comme la première mais à l'octave inférieure, fait 4 mesures et module à la dominante ; la troisième (m. 8-14) fait 6 mesures et demie, module au relatif et amplifie la marche de quintes de la mesure 2 ; la quatrième et dernière (m. 15 à la fin), qui débute par un commentaire en marche ascendante du motif principal, réintroduit progressivement le ton principal (à partir de la m. 20 : iii, V de ii, ii, V, I...), avant de procéder à une brillante cadence disjointe qui mène à un accord en quadruples cordes.

L'organisation interne de la pièce qui vient d'être dégagée reste délicate à percevoir car, au fur et à mesure de l'avancée, les éléments thématiques semblent commentés plutôt que repris, et tout particulièrement parce que les phrases, devenant au fur et à mesure plus développantes, deviennent également plus longues : 3,5 – 4 – 6,5 – 15 mesures! Ce dernier point constitue presque une règle dans de telles pièces corelliennes. Fantaisie et rigueur cohabitent harmonieusement.

À première vue, le mouvement lent suivant, extrait de la *5ᵉ Sonate pour violon et clavier* de Bach, paraît relever d'une même logique : une écriture continue en croches pour le violon en doubles cordes, accompagnée d'une élégante figure de triples croches qui circule entre les deux portées du clavecin.

LES FORMES DE LA MUSIQUE OCCIDENTALE

**Exemple 29 : 3ᵉ mouvement
de la 5ᵉ Sonate pour violon et clavier de Bach**

Comme dans l'exemple 28 de Corelli, le retour de différents motifs unifie l'exemple 29, par exemple la mesure 4 réintervient mesure 6, mesure 12, mesure 18 et mesure 24. On peut aussi noter que le début est réexposé au relatif mesure 5, à la dominante mesure 13 et à la sous-dominante mesure 16. Le rapport entre les quelques mouvements de chromatisme descendant des mesures 7, 15 et 19 est un autre point immédiatement perceptible.

Les retours de motifs cachent pourtant une forme générale tout à fait rigoureuse, c'est-à-dire une forme binaire en deux volets symétriques de 12 mesures, suivis d'une conclusion modulante de 3 mesures. La sonate est dans son ensemble en *fa* mineur, et la surprenante conclusion prépare le retour au ton principal par une modulation au ton relatif *la* ♭ majeur.

Il existe une profonde symétrie entre les deux volets : le début du second constitue un développement du début du premier, et les 7 mesures et demie conclusives au ton principal *do* mineur du second volet sont la transposition à la quinte inférieure, avec quelques adaptations de registre, des 7 mesures et demie conclusives à la dominante *sol* mineur du premier volet. L'élégance baroque consiste à masquer une réexposition qui intervient ici sur le troisième temps de la mesure 17, dans la continuité, et de ce fait parfaitement indécelable. L'analyse de telles symétries oblige à travailler à rebours pour mettre à jour l'endroit exact des articulations, point de peu d'importance dans la réalité musicale de telles œuvres. Dans les formes classiques au contraire, les débuts de réexposition sont des moments souvent spectaculaires, clairement articulés, et presque toujours immédiatement perceptibles.

Sous l'apparente continuité, l'architecture est donc d'une rigueur implacable. Seconde surprise, mais moindre pour qui est familier de l'œuvre de Bach : les doubles cordes d'apparence harmonique du violon cachent une riche polyphonie : au tout début, la voix supérieure imite la voix inférieure avec une noire de décalage, alors qu'une ronde sépare l'imitation des mesures 5 et 6 et que la musique devient canonique à la blanche à partir de la mesure 8! Ultime remarque, l'harmonie de la mesure 9, combinant des *la* ♭, des *sol* et des *fa* ♯ démontre, s'il en était besoin, l'inventivité de Bach en ce domaine.

La forme sonate classique

PRÉSENTATION GÉNÉRALE

Les trois ou quatre mouvements des principaux genres classiques (allegro initial, mouvement lent, menuet ou scherzo optionnel et finale presto) mettent en œuvre un grand éventail de types formels (formes menuet, lied, rondo, thème et variations, fugue, etc.), chacun traité dans une notice particulière. Nous abordons ici la forme née dans les premiers mouvements *Allegro* des sonates, quatuors, symphonies, etc., du début du classicisme, c'est-à-dire la *forme Allegro de sonate*, parfois simplement nommée *forme sonate*. Fondée sur de petites cellules thématiques caractérisées ou sur d'amples mélodies expressives, elle est le plus souvent constituée de trois parties : une exposition (qui se termine dans une tonalité secondaire, distincte du ton principal), un développement (modulant) et une réexposition (réécriture de l'exposition qui permet de terminer cette fois au ton principal).

Tout se passe comme s'il y avait une rencontre historique idéale entre la dimension dynamique et organique de cette forme et les enjeux esthétiques du classicisme. Dès la fin du XVIIIe siècle, on peut en déceler l'existence quasiment partout : dans un mouvement lent, un menuet, un finale, mais aussi dans une fugue ou une ouverture d'opéra ! C'est pourquoi Charles Rosen (auteur du remarquable essai *Formes sonate*) a pu proposer de parler de *style sonate* pour définir le style classique. Loin d'être stéréotypée, la forme sonate classique présente d'importantes variantes, preuve qu'elle est capable de s'adapter en profondeur au cadre dans lequel elle s'incarne : pour donner un bref aperçu de cette diversité, notons simplement que la forme sonate d'un premier mouvement est souvent élaborée autour de brefs motifs qui permettent de riches développements, celle d'un mouvement lent est plus fréquemment d'esprit continu, sans reprises ni développement, chantante, voire rhapsodique, tandis que celle d'un finale est généralement contrastée et fermement articulée par les retours d'un thème à l'allure de refrain, etc. Les plus importantes de ces variantes possèdent des notices spécifiques (formes *rondo-sonate*, *sonate-rondo*, *sonate monothématique*, *sonate de concerto* et *sonate sans développement*).

La gestation de la forme a été longue et complexe, son esprit et son plan ont suivi une évolution considérable, et aucun type formel n'est devenu prédominant avant les années 1770. Pendant une cinquantaine d'années, plusieurs schémas ont coexisté, attestant d'origines diverses, notamment les grandes danses de la suite de forme binaire, essentiellement l'allemande, mais aussi les petites danses de forme ternaire comme les gavottes, menuets ou bourrées (voir l'entrée sur les *formes de la suite*). Les origines essentiellement instrumentales de la forme ne doivent pas faire oublier que son histoire est également liée à celle de la musique vocale, particulièrement à certains types d'*aria da capo* (voir cette entrée), tout autant qu'à la musique concertante. À l'issue de fécondes années expérimentales, son âge d'or (qui se confond avec les œuvres des compositeurs de la première école de Vienne : Haydn, Mozart et Beethoven) ne représente que quelques brèves décennies. Lorsque A. Marx forge le terme de *forme sonate* en 1837, cette dernière est déjà éloignée des nouvelles préoccupations des compositeurs : ce qui les motive alors est essentiellement la création de pièces brèves que Rosen qualifie de « miniatures romantiques ». La forme sonate reste néanmoins la référence essentielle des œuvres aux dimensions plus amples (symphonie, sonate, quatuor, etc.), qui font parfois preuve d'une grande originalité – mais sont à d'autres moments plus académiques –, la forme évoluant encore en profondeur, tant en ce qui concerne son parcours tonal que par l'introduction d'une dimension programmatique.

Il semble incontournable de se demander pourquoi la forme sonate a connu une si grande vogue. On pourrait tenter d'ébaucher une réponse en notant l'entrée en force de la psychologie dans l'univers de l'opéra pendant la seconde moitié du XVIIIe siècle, notamment dans les arias. Pour exprimer les sentiments humains avec le plus de souplesse possible, loin des affects baroques qui avaient pu finir par sembler figés et convenus, quelques compositeurs, au premier rang desquels Mozart, expérimentent une nouvelle façon de traduire en musique une évolution progressive des sentiments. Il est naturel que d'aussi grandes nouveautés aient été testées également au sein de l'écriture instrumentale. La forme sonate constitue le vecteur idéal d'une telle dramatisation de l'écriture : le début (l'exposition) peut être mis en parallèle avec l'entrée en scène de personnages musicaux, le milieu (le développement) peut évoquer l'intensification de leurs conflits latents, tandis que la fin (la réexposition) peut s'assimiler à l'épilogue, la résolution des tensions.

L'analogie avec l'opéra ne justifie pas à elle seule l'extraordinaire engouement pour la forme. Une raison plus spécifiquement musicale joue un rôle tout aussi important ; ce qu'on pourrait nommer « la surface » (les thèmes et motifs) est régi par une force plus profonde : le *plan tonal* directionnel, avec tension initiale et résolution finale. La forme est vécue comme organique, chacun des épisodes occupant une place nécessaire et unique dans un parcours global, la résolution étant repoussée à la fin. Aux yeux des compositeurs classiques, les formes plus anciennes, plus compartimentées, commencent à apparaître d'articulation plus lâche et arbitraire.

Pour bien saisir cette forme dans sa réalité, il faut être attentif simultanément aux *thèmes* (leurs matériaux, leurs caractères), à *l'architecture générale* (l'ordre d'apparition des différents personnages, leurs transformations, leurs conflits, leurs réapparitions, les conséquences à long terme de leurs particularités), au *plan tonal général* (la tonalité principale, les tonalités secondaires, mais aussi les grandes zones stables opposées aux zones modulantes) et enfin à la *différenciation des textures* (les formules d'accompagnement caractéristiques, les moments qui exposent un matériau thématique, ceux qui le développent, d'autres encore, très nombreux, qui sont consacrés aux introductions, conclusions, transitions, etc.).

Enfin, lorsqu'on aborde un mouvement de forme sonate, il ne faut pas oublier de le replacer au sein de l'ensemble de l'œuvre afin d'être sensible à la présence éventuelle de facteurs d'unité à grande échelle : par exemple, la dernière section de la *Symphonie pastorale* de Beethoven ne conclut pas seulement le finale, mais également les éléments encore en suspens du 1er mouvement. Autre exemple, la tonalité de *mi* majeur, si étonnante au centre du développement du 1er mouvement de la *Sonate en mi♭ majeur L 62* de Haydn, sert également à préparer l'originale tonalité de son 2e mouvement, un demi-ton au-dessus de celle du premier.

LA FORME *ALLEGRO* DE SONATE EN DÉTAIL

Le nombre de parties composant une forme sonate peut aller de deux à six. La disposition minimum consiste en une *exposition* (présentation du matériau thématique sous une forme ouverte et terminant dans une tonalité distincte de la tonique) et une *réexposition* (reprise du même matériau sous une forme close terminant par la tonique). Ce type resserré de forme sonate est caractéristique des mouvements lents. Il ne présente pas de barres de reprises (voir la notice sur la *forme sonate sans développement*).

Le plus fréquemment, la réexposition est précédée d'un *développement*, intense moment de travail thématique et aspect souvent le plus spectaculaire de la forme sonate. Au XVIIIe siècle, chacun des deux volets (de tailles inégales) de cette forme en trois parties est doté de barres de reprises et donc joué deux fois : l'exposition d'une part, puis le développement enchaîné à la réexposition. Avec l'amplification des formes sonates, les reprises ont progressivement disparu. D'abord celles du second volet, puis également celles de l'exposition.

Le schéma de base peut s'enrichir d'une *introduction lente*, qui précède la barre de reprise initiale de l'allegro, et d'une *coda*. Celle-ci suit la dernière barre de reprise et n'est jouée qu'une fois. Pour les formes les plus amples, un *développement terminal* ou une *cadence* type concerto peuvent précéder la coda. Le tableau suivant illustre les principales facettes de l'architecture si variée de la forme sonate.

	Exposition		Réexposition				2 parties
	‖: Exposition :‖	‖:Développement	Réexposition	:‖			3 parties
	‖: Exposition :‖	‖:Développement	Réexposition	:‖		Coda	4 parties
Introduction lente	‖: Exposition :‖	‖:Développement	Réexposition	:‖		Coda	5 parties
	‖: Exposition :‖	‖:Développement	Réexposition	:‖	Cadence	Coda	Id.
	‖: Exposition :‖	‖:Développement central	Réexposition	:‖	Développement terminal	Coda	Id.
Introduction lente	‖: Exposition :‖	‖:Développement central	Réexposition	:‖	Développement terminal	Coda	6 parties

Attention : la forme sonate est fréquemment résumée par A – B – A´, ce qui constitue une erreur de perspective. En effet, si les formes lied ou aria da capo sont bien des formes architecturales constituées d'un assemblage de parties conservant une certaine autonomie (donc schématisables par A – B – A), la forme sonate constitue en réalité une forme organique insécable : l'exposition ne peut conclure, elle s'achève dans une nouvelle tonalité, le développement la prolonge, et surtout la réexposition est bien plus qu'une récapitulation de l'exposition, puisqu'elle est sa résolution, que le plan tonal y est différent, que des éléments nés au sein du développement peuvent subsister, que des transformations du matériau peuvent s'opérer, l'équilibre des nuances et de l'instrumentation s'inverser, etc.

L'exposition

L'équilibre des tonalités d'une exposition de sonate est identique, que celle-ci soit ample ou dans l'esprit d'une miniature, qu'elle présente une foule de motifs fugitifs ou au contraire des thèmes solidement charpentés. Après une présentation d'un *premier thème* ou d'un *premier groupe thématique*, ou encore d'un *premier ensemble de motifs* qui affirme la tonalité principale du mouvement, l'exposition installe une tonalité secondaire avant d'exposer un *second thème*, ou un *second groupe thématique*, ou un *second ensemble de motifs*. Contrairement aux danses de la suite, dans lesquelles l'apparition d'une seconde tonalité s'opère dans la continuité, ce moment est presque systématiquement « théâtralisé » dans la forme sonate : l'apparition du matériau exposé dans la nouvelle tonalité peut être mise en valeur par une cadence emphatique, et par l'apparition d'une nouvelle texture, comme une formule d'accompagnement caractéristique. Le second groupe thématique, généralement plus long que le premier, conclut la plupart du temps l'exposition par un net *moment cadentiel*, parfois encore suivi d'une *codetta* (ou *coda d'exposition*). Il renforce ainsi la stabilité de la seconde tonalité. Pour la fin de l'exposition, Charles Rosen parle d'une dissonance tonale à grande échelle qui ne sera résolue qu'à la fin du mouvement.

- ▶ pour une œuvre en majeur, la tonalité secondaire est la dominante majeure ;
- ▶ pour une œuvre en mineur, la tonalité secondaire est soit le relatif majeur, soit la dominante mineure ;
- ▶ à partir du XIXe siècle, d'autres tonalités secondaires deviennent possibles comme, pour une œuvre en majeur, la médiante mineure ou majorisée.

Comment passer de la première tonalité à la seconde ? Bien que les deux tonalités puissent être juxtaposées de façon abrupte, comme dans le finale de la *5ᵉ Sonate op. 10 n° 1* pour piano de Beethoven, une section entière dénommée *pont modulant* procède généralement à cette modulation. Souvent écrite dans l'esprit d'un petit développement, instable, au phrasé irrégulier, sa thématique est variable :

- de figuration libre, le pont, qui ne présente pas d'élément thématique spécifique, utilise des motifs issus de gammes, d'arpèges, de broderies, etc. (Mozart, *Sonate K 309*) ;
- une nouvelle présentation du premier thème acquiert progressivement la fonction de pont en devenant modulante (Mozart, *Sonate K 333*) ;
- un épisode modulant, de caractère contrastant et à la rythmique spécifique, est attaqué subitement (Mozart, *Sonate K 332*) ;
- l'épisode modulant introduit un thème expressif nouveau, un *thème de pont* (Beethoven, *7ᵉ Sonate op. 10 n° 3*) ;
- le pont peut aussi introduire progressivement le second thème (Franck, finale du *Quintette*) ;
- plusieurs de ces situations peuvent être combinées.

Il n'y a cependant pas systématiquement de pont. Quand la zone modulante n'existe pas comme une entité, il est inutile de l'isoler. Beethoven par exemple, dans sa *Sonate pathétique op. 13* pour piano en *do* mineur, répartit la zone modulante entre la seconde phrase du premier thème (elle élargit la dynamique initiale en une série de marches modulantes) et la première phrase du second thème (la plus expressive, bien qu'encore instable tonalement) : ce n'est que la seconde phrase du second thème qui affirme enfin la tonalité secondaire de *mi* ♭ majeur.

Deux méthodes sont précieuses pour percevoir la construction et la dynamique d'un pont modulant : observer les transformations subies par la section modulante dans la réexposition, et surtout rechercher l'accord-clé, stratégique, celui qui clôture le processus modulant en introduisant la dominante de la nouvelle tonalité (fréquemment une sixte augmentée, m. 35-36 de l'ex. 31, ou une dominante de la dominante de la nouvelle tonalité, m. 35 de l'ex. 32, voire même la dominante de la dominante de la dominante).

En résumé, une exposition comporte deux ou trois sections principales :

- les épisodes à la tonique (exposition du premier thème ou du premier groupe thématique) ;
- éventuellement un épisode modulant, le pont ;
- les épisodes à la tonalité secondaire (exposition du second thème ou du second groupe thématique suivie des phrases cadentielles et de la codetta).

Exposition					
Premier thème (thème A) ou premier groupe thématique	Pont modulant (facultatif)	Second thème (thème B) ou second groupe thématique	Phrase cadentielle (facultative)	Codetta (facultative)
Tonalité principale	Zone modulante	Tonalité secondaire (en majeur : la dominante et en mineur : soit le relatif majeur, soit la dominante mineure)		

Précision : quelle est la différence entre une *coda* et une *codetta* ? La codetta est placée juste avant les barres de reprise et apparaît donc deux fois : pour conclure l'exposition comme la réexposition. Elle constitue la conclusion ultime du second groupe thématique et est rejouée lors des reprises. Au contraire, la coda se situe après la double barre de la réexposition. Partie à part entière, conclusion de l'ensemble du mouvement, elle n'est jouée qu'une seule fois. Une coda peut donc parfaitement succéder à la codetta de la réexposition.

À partir de la 2de moitié du XIXe siècle, avec le goût nouveau des compositeurs pour les relations de tierces et les modulations aux tons homonymes, le plan d'une exposition peut se complexifier. Le 1er mouvement de la *7e Symphonie* de Bruckner présente trois zones tonales distinctes : une zone en *mi* majeur, une seconde en *si* mineur-majeur et une troisième en *si* mineur. Dans la réexposition, elles deviennent respectivement *mi* majeur, *mi* mineur/*sol* majeur et *sol* majeur/*mi* majeur.

La notion de bithématisme doit également être nuancée. Il existe en effet une vision conventionnelle de la forme sonate en tant que lieu d'opposition entre un thème rythmique et un thème mélodique, voire entre un thème « masculin » et un thème « féminin ». Ces conceptions datées proviennent essentiellement d'analyses romantiques de sonates beethovéniennes. Si une telle opposition est parfois justifiée, le matériau est le plus souvent élaboré à partir d'une multitude de motifs, de façon souple et sans étanchéité entre les groupes thématiques, un même élément pouvant appartenir au premier thème, au pont, au second thème et à la codetta, comme dans le 1er mouvement de l'*Octuor* de Beethoven, ou dans les finales des *39e* et *41e Symphonies* de Mozart. Que les différentes zones tonales d'une exposition ne soient pas incarnées en personnages thématiques forts n'affaiblit en rien la dynamique d'une forme sonate.

Le développement

Le développement qui succède à l'exposition est le centre des formes sonate des compositeurs de la génération de Mozart. Il est pour cela souvent qualifié de *développement central*. Incomparable moment de liberté, il n'existe aucune prescription sur ce qu'il doit être : il peut aussi bien atteindre 192 mesures, comme dans le *2^d Trio en mi*♭ *op. 100* de Schubert, qu'être réduit à quelques brèves mesures de pédale de dominante, et s'il s'agit le plus souvent d'un intense travail thématique, modulant et dramatisé, cette section centrale est parfois prise dans l'esprit d'un intermezzo, comme dans la *3e Sonate op. 108* pour piano et violon de Brahms. Si n'importe quel élément de l'exposition peut être travaillé, du premier thème au motif de codetta, un nouveau thème peut aussi faire son apparition, comme dans le 1er mouvement de la *3e Symphonie « héroïque »* de Beethoven.

Surgissant après l'exposition, le développement possède une fonction de contraste associée à une fonction d'intensification. Il est le révélateur principal des hiérarchies thématiques. Les éléments travaillés, les luttes parfois métaphysiques entre les motifs, tout comme les éléments laissés de côté, jettent un éclairage souvent déterminant sur le sens de l'exposition, et *a fortiori* sur celui de la réexposition.

Comment débute un développement ? Fréquemment, un changement abrupt de tonalité ou de mode inaugure ce moment d'instabilité. Ou bien, particulièrement lorsque l'exposition ne possède pas de reprises – comme dans le *7e Quatuor op. 59 n° 1* de

Beethoven – les modulations ne se révèlent qu'après un retour des premières mesures du premier thème au ton principal, simulation d'une reprise de l'exposition qui accentue le potentiel de surprise du début de la zone d'esprit développant. Parfois encore (souvenir des seconds volets des formes binaires de l'époque baroque?), le développement présente tout d'abord le premier thème au ton de la dominante (*Quatuor K 428* de Mozart).

En ce qui concerne les principes développants, en dépit de la multiplicité des scénarios possibles, un certain nombre de procédés et de climats se retrouvent fréquemment et deviennent de ce fait représentatifs. En y étant sensible, on peut percevoir que certaines sections d'œuvres sans rapport apparent avec la forme sonate, comme par exemple un couplet d'un *Lied*, peuvent être composées dans l'esprit d'un développement :

- ▶ L'instabilité tonale est au premier plan. Le développement est un moment où toutes les zones du cycle des quintes, même les plus éloignées, peuvent être explorées, et avant tout les tonalités mineures (le 1er mouvement de la *Symphonie pastorale* de Beethoven, privilégiant les tonalités majeures, constitue à cet égard une exception). Au sein du flot modulant, des épisodes à la tonalité du relatif mineur sont extrêmement fréquents, au début du développement comme lors de sa fin.

- ▶ Des modulations peuvent bien entendu apparaître à tout moment dans une forme sonate. Ce qui caractérise celles du développement, souvent présentées sous forme de marches harmoniques ou de séquences (voir les exemples plus loin), ce sont leurs liens avec les éléments thématiques de l'exposition. Le développement permet de les découvrir sous des éclairages nouveaux et leurs personnalités se trouvent profondément transformées, voire déstabilisées.

- ▶ Hormis l'instabilité tonale, des textures caractéristiques sont également attachées aux développements. Apparues avec le courant préromantique du *Sturm und Drang*, en opposition avec le *style galant*, elles se caractérisent par un goût pour les syncopes rythmiques, les accords de septièmes diminuées, de grands sauts d'intervalles, des nuances contrastées, des accents, des interruptions dramatiques, le tout provoquant un climat extrêmement tendu.

- ▶ La notion de développement est intimement associée à celle de travail thématique. Des motifs peuvent subir de profondes transformations, être progressivement éliminés, quitte à ne conserver qu'une ou deux notes, ou au contraire être amplifiés, élargis jusqu'à d'importants points culminants. Ils peuvent être morcelés, combinés, superposés, s'opposer ou se répondre. Une texture contrapuntique est de ce fait souvent caractéristique du développement, alors que l'exposition relève généralement de la mélodie accompagnée.

- ▶ La prégnance d'une texture contrapuntique peut devenir telle que le développement se transforme en un authentique *fugato*, comme pour le 1er mouvement de la *Sonate op. 106* de Beethoven.

Un grand développement peut être constitué de nombreuses sections, certaines dédiées à un travail de développement spécifique, d'autres exposant un thème nouveau, nommé dans ce cas *thème de développement*. Le comble du travail thématique développant a peut-être été atteint par Dvořák dans le finale de la *Symphonie du Nouveau Monde* (1893). Les transformations thématiques s'y effectuent en plusieurs étapes : la fanfare impérieuse qui marque le mouvement s'adoucit progressivement, perd lentement ses caractéristiques principales, et finit par se métamorphoser, prenant l'apparence du délicat thème de l'*Adagio* qui, à son tour, acquiert insensiblement les caractéristiques du thème du finale!

Comment conclure un développement? La section reliant le développement à la réexposition, dénommée depuis Schoenberg *retransition,* est d'une importance capitale. Pour pouvoir retrouver un univers thématique stable, il faut regagner la tonalité principale de façon convaincante. Tout va dépendre du climat du premier thème et de la tension accumulée au cours du développement. Les *39ᵉ* et *40ᵉ Symphonies* de Mozart permettent de découvrir deux cas fréquents :

- La demi-cadence qui ponctue le développement de la *39ᵉ Symphonie* n'est pas au ton principal, mais au ton relatif (*do* mineur). Avec une incomparable élégance, il suffit à Mozart d'une *retransition* de 4 mesures (un appel des bois soutenu par un glissement chromatique) pour réintroduire le délicat premier thème au ton principal de *mi* ♭ majeur.

- Au contraire, la *retransition* de la *40ᵉ Symphonie* occupe 32 mesures. Attaquée sur la dominante de la dominante, point culminant d'intensité du mouvement, elle semble replonger dans un épisode de développement en s'emparant de la tête d'un premier thème qui se trouve morcelé, brutalisé. Quand l'ultime combat se résout sur la dominante, 8 mesures de stabilisation sont encore nécessaires avant le retour du lyrique et passionné premier thème.

L'instant où le développement s'enchaîne avec la réexposition peut parfois se révéler insaisissable, certains éléments étant déjà réexposés au cours du développement, et ne revenant éventuellement plus par la suite. Dans cet esprit, un procédé, qualifié de *fausse réexposition*, est très intéressant : le retour du premier thème simule une réexposition, mais dans une tonalité erronée (Haydn, *Sonate en ut* ♯ *mineur* Hob XVI : 36). La logique développante reprend par la suite ses droits, la réelle réexposition pouvant surgir à tout moment de façon inopinée.

La réexposition peut aussi ne se révéler qu'a posteriori par l'entremise d'une absence de césure, ce que Claude Ballif nomme «réexposition dans le mouvement». Dans sa *6ᵉ Sonate en fa majeur op. 10 n° 2*, Beethoven simule une réexposition. À la mesure 118, le thème principal complet est réexposé en *ré* majeur. Le pont débutait par une mutation des quatre premières mesures du thème : elles devenaient modulantes et amorçaient l'éloignement vis-à-vis du ton principal. Les mêmes mesures réintroduisent cette fois le ton principal, atteint à la 5ᵉ mesure du thème, lequel se poursuit ensuite normalement : on n'entend donc *jamais* la réexposition des premières mesures du premier thème au ton principal! La réexposition de la *2ᵉ Symphonie* de Brahms est encore plus mystérieuse. En augmentation rythmique, le premier trombone présente la tête du thème principal à la mesure 298. Toute l'attention se porte pourtant sur une figure descendante des flûtes et clarinettes harmonisée par un accord de sous-dominante altérée particulièrement expressif. Il faut attendre la résolution de cette harmonie, à la cinquième mesure du thème, pour que la réexposition devienne enfin perceptible.

La réexposition

La réexposition réintroduit les principaux éléments de l'exposition, mais cette fois avec un parcours tonal conclusif. Elle effectue une résolution à distance de la modulation initiale.

Dans la plupart des cas, la réexposition reste au ton principal : la première zone thématique ne subit donc pas de modifications, et se déroule à la tonique comme la première fois ; c'est uniquement la seconde zone qui nécessite une réécriture.

Exposition		Réexposition	
Premier groupe thématique au ton principal	Second groupe thématique au ton secondaire	Premier groupe thématique au ton principal	Second groupe thématique au ton principal

Quand il existe un pont modulant entre les deux groupes thématiques, il est nécessairement transformé. Sa fonction a en effet changé : il doit désormais relier le premier groupe thématique présenté à la tonique avec le second groupe, également à la tonique. En résumé, dans la réexposition, le pont modulant n'a plus de fonction modulante! Il peut donc être supprimé. Si quelques compositeurs procèdent effectivement ainsi, par exemple Mendelssohn dans son *5ᵉ Quatuor op. 44 n° 3* (1838), le pont modulant de la réexposition est au contraire fréquemment plus long que celui de l'exposition. Son importance reste considérable : il constitue la seule zone qui apporte de l'instabilité tonale à une réexposition qui, sinon, risquerait l'asphyxie en restant en permanence à la tonique.

Hormis la réorganisation du pont, d'autres transformations peuvent toucher la réexposition : des motifs apparus dans le développement peuvent être réintroduits, les dynamiques ou l'orchestration peuvent être transformées, ou encore l'ordre des thèmes être bouleversé jusqu'à parvenir à ce qu'on nomme une *réexposition inversée*, le second groupe précédant le premier. C'est le cas dans la *Sonate K 311* en *ré* majeur de Mozart, où seule la codetta de deux mesures est restée en place.

Une section du début de la réexposition est également souvent remaniée en profondeur et peut donner lieu à un second développement, qualifié de *développement secondaire*. Lors de la réexposition de sa *21ᵉ Sonate* «Waldstein» pour piano, par exemple, Beethoven métamorphose l'harmonie de la 12ᵉ mesure du thème principal, inaugurant de façon inattendue une zone tendue et modulante de 7 mesures, avant de retrouver le cours naturel de la phrase. Un développement secondaire déborde le plus souvent du cadre du premier thème en provoquant une fusion de celui-ci avec le pont modulant, le fil normal étant retrouvé avec l'ultime phrase du pont. La *1ʳᵉ Symphonie* de Beethoven constitue un bon exemple. Le premier thème est de construction séquentielle, organisé par carrures de 6 mesures. Lors de la réexposition, la seconde séquence, au lieu d'aboutir comme la première fois à la dominante, lance une impressionnante série de strettes canoniques modulantes. Le pont ne réapparaît jamais en tant que tel, et c'est directement la section développante qui se charge d'introduire le second thème. Pour les formes sonate sans développement central, le développement secondaire constitue souvent la seule section développante et peut de ce fait prendre une grande importance (voir cette entrée).

Il existe aussi une forme simple et rare de réexposition : la réexposition à la sous-dominante. Il s'agit d'une reprise transposée de l'exposition. La modulation à la quinte ascendante qui nous menait de la tonique à la dominante nous mène cette fois de la sous-dominante à la tonique. Il en existe quelques exemples, notamment la *Sonate « facile » K 545* de Mozart ou la *2ᵉ Sonate* en *ut* majeur de Schubert.

Précision : les mouvements en mineur permettent plusieurs solutions tonales. Quand le second thème est exposé à la dominante mineure, il est réexposé à la tonique mineure (Beethoven, *Sonate op 2 n° 1, Finale*). La situation est plus complexe quand le second thème est exposé au relatif majeur. En effet, il a dans ce cas un mode distinct de celui de l'ensemble du mouvement. Le compositeur a deux possibilités : soit il respecte le mode du mouvement et doit donc changer celui du thème, qui subit une réelle métamorphose pour passer du majeur au mineur (Beethoven, *1ʳᵉ Sonate op 2 n° 1*), soit il respecte le mode du thème et le réexpose à la tonique majorisée. Il peut ensuite finir en majeur (Haydn, *95ᵉ Symphonie*), ou profiter d'une section conclusive pour réintroduire le mode mineur originel (Beethoven, *23ᵉ Sonate op. 57, Appassionata*).

Remarque : au XIXᵉ siècle, la réexposition des seconds thèmes qui avaient été exposés initialement à la médiante a généralement lieu à la sus-dominante (ce qui s'explique encore mieux dans le système allemand où le degré VI est appelé sous-médiante).

La coda

La plupart des formes sonate classiques se terminent avec la réexposition et ne possèdent pas de coda. La présence d'une coda affaiblit en effet la symétrie ternaire de la forme sonate. Quelles sont les raisons qui peuvent tout de même décider un compositeur à en écrire une ? Quelques exemples vont illustrer les différentes fonctions des codas :

1. La *1ʳᵉ Sonate pour piano* en *do* majeur de Brahms présente un parcours tonal atypique : au premier thème en *do* majeur répond un second thème en *la* mineur ! La réexposition emprunte pour sa part un chemin qui mène de *do* majeur à *do* mineur. Une coda est indispensable pour retrouver le ton principal *do* majeur.

2. La coda majestueuse de l'*Allegro* de la *1ʳᵉ Symphonie* de Brahms a une fonction essentielle : résoudre en majeur la cellule chromatique qui, depuis l'introduction lente, hante tout le mouvement.

3. Il faut attendre la coda de la *Sonate pour piano et violon K 304* en *mi* mineur, pour que le premier thème devienne enfin une mélodie comportant une délicate formule d'accompagnement. Auparavant, Mozart lui avait conféré l'allure d'une introduction en homorythmie piano/violon puis, dans la réexposition, un caractère emporté avec des accords répétés, larges et tendus, au piano (voir l'ex. 32).

4. Dans le finale de sa *5ᵉ Sonate pour piano op. 10 n° 1*, Beethoven attend la coda pour dévoiler le lien qui unit les deux thèmes : on découvre alors que les six notes du thème A constituent une réponse aux six notes du thème B.

5. L'immense coda du finale de la *8ᵉ Symphonie* est peut être la page où le sens de l'humour de Beethoven se révèle de la façon la plus éclatante. Tout part d'une

étrangeté de son premier thème en *fa* majeur : un *do* ♯ intempestif à la mesure 18. Ses conséquences sont surprenantes, depuis des épisodes en *la* majeur (*do* ♯ devient médiante) jusqu'au second thème en *la* ♭ puis *ré* ♭ (= *do* ♯) majeur. La conséquence la plus inattendue est réservée à la coda : en prenant brusquement le *do* ♯ pour une dominante, Beethoven bascule dans l'improbable tonalité de *fa* ♯ mineur, métamorphose ultime de son thème.

6. Comme la *Symphonie héroïque* de Beethoven possède un magnifique thème de développement, une coda est nécessaire pour le réexposer au ton principal.

7. La coda du finale de la *5ᵉ Symphonie* de Beethoven est dans l'esprit d'une coda de bravoure, et couronne la symphonie en apothéose avec un effet de type *stretto*. Franchissant trois paliers de tempo, *Allegro*, *più Allegro*, puis *Presto*, elle constitue une partie en soi qui impose une thématique propre.

8. La coda du finale de la *Symphonie Jupiter K 551* de Mozart, aboutissement de l'ensemble de la symphonie, constitue indiscutablement son sommet, équivalent de la strette d'une fugue, combinaison contrapuntique des cinq principaux éléments thématiques.

En résumé, ces huit exemples se réduisent à quatre fonctions spécifiques :

- s'il reste une tension à la fin de la réexposition, c'est à la coda de la résoudre (ex. 1-3) ;
- quand la thématique présente des propriétés particulières, la coda permet de différer la révélation de celles-ci jusqu'au dernier moment (ex. 4-5) ;
- si le développement central possède une thématique propre, la coda permet sa réexposition (ex. 6) ; elle s'apparente alors à une coda récapitulative ;
- enfin, la coda d'un finale possède une fonction spécifique. Elle est souvent composée dans l'esprit d'une partie autonome concluant l'œuvre avec panache (ex. 7-8) ; elle s'apparente cette fois à une coda de bravoure.

Bien que pensées le plus souvent comme de simples *postludes*, les codas peuvent se subdiviser en deux parties distinctes. La fonction *postlude* est dans ce cas réservée à la seconde partie, la première pouvant avoir deux types distincts :

- Celui d'un ultime développement, parfois très long, qualifié de *développement terminal*. De même que la réexposition témoigne d'un parallélisme avec l'exposition, le développement terminal est souvent proche du développement central, avec un parcours tonal orienté plutôt vers la sous-dominante. La *3ᵉ Sonate pour piano et violon op. 108* de Brahms présente un cas extrême : son développement central étant intégralement sur pédale de dominante, son développement terminal est sur pédale de tonique! Quant au développement terminal de la *Symphonie héroïque* de Beethoven, il est assez caractéristique d'une ultime reprise du style développant. Son introduction est spectaculaire, avec un glissement de tout l'orchestre par mouvements parallèles, depuis la tonique *mi* ♭ jusqu'au sixième degré *do*.

- Celui d'une cadence de type concerto. Fusion de deux genres, la sonate et le concerto, ce type de conclusion est souvent présent quand le compositeur est également l'interprète de son œuvre, comme pour la *Sonate Waldstein op. 53* de Beethoven. Lors de tels épisodes, tous les éléments stylistiques des cadences peuvent être présents : longue quarte et sixte cadentielle initiale, points d'orgues, trilles et écriture non mesurée.

L'introduction lente

Une introduction lente précédant l'*Allegro* initial est dans la plupart des œuvres un souvenir de l'ouverture à la française. Les traits stylistiques liés au genre apparaissent alors tout naturellement : rythmes nobles et pointés, gammes fusées et esprit baroque (*Sonate pathétique op. 13* de Beethoven).

Une seconde raison peut justifier la présence d'une introduction : évoquer un univers troublé, chaotique, dont le début de l'*Allegro* nous ferait sortir, à l'image du *Quatuor K 465* « des dissonances » de Mozart ou de la *9ᵉ Symphonie* de Beethoven.

Une troisième raison semble encore plus prometteuse : présenter sous une forme embryonnaire le matériau futur, puis le faire émerger progressivement.

La *32ᵉ Sonate op. 111* de Beethoven combine les trois points. Elle débute par un *Maestoso* évoquant le premier, l'ouverture à la française. Comme par une gestation organique, les intervalles du futur premier thème se mettent en place, notamment la très caractéristique quarte diminuée. L'*Allegro con brio ed appassionato* de l'ultime sonate de Beethoven surgit ensuite, un peu à la manière d'une naissance en plusieurs étapes.

Une fois lancé, l'*Allegro* efface le plus fréquemment tout souvenir de l'introduction, qui quitte définitivement la scène musicale. Quelques compositeurs ont tenté une imbrication de l'introduction avec le reste de l'œuvre. La *Sonate en fa ♯ mineur op. 11* de Schumann est particulièrement intéressante de ce point de vue. Après avoir été traitée comme une partie indépendante, toute la thématique de l'introduction lente assume une dimension cyclique : elle réapparaît au cœur du développement et fournit la thématique du mouvement lent. La *Sonate pathétique op. 13* de Beethoven constitue un autre exemple célèbre d'imbrication de l'introduction avec l'*Allegro*. Elle réapparaît à deux endroits stratégiques : pour lancer le développement et juste avant la coda. Toute la perception du mouvement en est modifiée, et sa thématique semble du coup faire en partie intégrante. La *Sonate op. 34 n° 2* de Muzio Clementi (antérieure à celle de Beethoven) constitue une autre occurrence d'une telle imbrication, peut-être encore plus saisissante car le matériau de l'*Allegro* semble naître de celui du *Largo*.

Schéma récapitulatif

Le schéma suivant résume les sections et parties constituant une forme sonate. La première ligne présente les grandes parties de la forme, la seconde leur articulation en grandes sections, la troisième le plan tonal général, tandis que la quatrième récapitule les trois moments principaux où peuvent intervenir un développement. Il faut également tenir compte du fait que la plupart des éléments sont optionnels, et que leur ordre est fréquemment bouleversé.

Introduction	‖: Exposition :‖				‖: Développement		Réexposition :‖				Coda
Section facultative	1ᵉʳ groupe thématique	pont	2ᵈ groupe thématique	Codetta	Travail thématique ou contrastes	Retransition	1ᵉʳ groupe thématique	pont	2ᵈ groupe thématique	codetta	Section facultative
Modulant	Ton principal	Modulant	Ton secondaire		Modulant, puis stabilisation sur une pédale de V	Ton principal	Modulant		Ton principal		Ton principal
					Développement central		Développement secondaire				Développement terminal-modulant

Mutations de la forme sonate

À partir des générations romantiques, il semble acquis que lorsqu'une œuvre instrumentale manifeste une haute ambition, elle doit s'inscrire dans la tradition de la forme sonate devenue synonyme d'architecture aux vastes proportions et de «véhicule du sublime». Les œuvres ambitieuses suivent donc globalement le modèle que nous venons de dégager, autant pour Chopin que pour Prokofiev, et même paradoxalement pour Boulez dans sa *2ᵉ Sonate*! Passée rapidement de ferment inventif du style classique au stade de référence académique, la structure de la forme sonate est devenue un modèle emblématique et omniprésent. Périodiquement, elle s'adapte au langage propre d'une époque ou d'un compositeur, à l'image de Schoenberg qui privilégie pour son *3ᵉ Quatuor* composé pendant sa période sérielle (1927), une série possédant de nombreux liens avec sa transposition à la quinte, ce qui lui permet, dans le cadre d'un langage pourtant radicalement neuf, de parvenir à créer deux groupes thématiques apparentés (même série) et en rapports de quinte, hommage autant que référence aux deux groupes thématiques du langage tonal.

Au fil des œuvres, quelques innovations remarquables sont apparues. Elles sont toutefois liées à des œuvres singulières et n'ont pas fait école, condamnées à rester éphémères. Pour les présenter, nous ne pouvons que piocher au sein de ces trouvailles, tout en renonçant à les généraliser. Notre choix comporte un certain caractère subjectif, puisque nous présentons les œuvres qui nous semblent marquantes, et que d'autres auraient légitimement pu faire un choix d'exemples bien différent.

Et il ne faut pas oublier que la forme sonate aurait pu être tout autre! Le modèle retenu par l'histoire à travers le prisme des écrits de Czerny ou d'A. Marx est celui de la trilogie viennoise. Ce n'était pourtant pas le seul possible. Si on avait pris comme modèle Luigi Boccherini (1743-1805), par exemple, contemporain presque exact de Haydn (1732-1809) et co-créateur avec lui du genre du quatuor à cordes, tout autant que principal artisan de l'histoire du quintette avec deux violoncelles (113 spécimens), la généralisation d'un modèle compositionnel aurait été nettement plus délicate. D'une œuvre à l'autre, son plan est variable et ses thèmes manifestent une grande fantaisie, comme l'attestent les suraigus de violoncelle de l'*Allegro bizarro* du *Quatuor op. 32 n° 4 G. 204*. Le nombre des parties ou l'emplacement des reprises sont eux-mêmes variables. Même le type des mouvements est imprévisible, un mouvement vif pouvant être inséré entre deux mouvements lents, comme pour le *Quintette op. 29 n° 3 G. 315* en *fa* majeur où les tempos des mouvements sont respectivement : *Adagio*, *Allegro vivo* et *Andante lentarello*. Pour ne prendre qu'un seul des exemples de forme sonate originale qui auraient pu faire école, il suffit de regarder l'*Allegro con brio* du *Quintette op. 25 n° 3 G. 297* en *la* majeur. Boccherini ne s'intéresse que peu au développement sous l'aspect de travail motivique modulant, celui-là même qui passionne tant les Viennois. Cela explique son absence ici, et justifie le fait que les deux volets de sa forme soient sensiblement de même taille. Ils suivent la découpe suivante, originale et efficace :

| ‖: Premier thème en *la* majeur | Pont modulant | Second thème en *mi* majeur :‖ |
| ‖: Premier thème en *mi* majeur | Épisode en *fa*♯ mineur doté de reprises | Second thème en *la* majeur :‖ |

Ce déroulement est très convaincant, mélangeant une exposition de type sonate avec une réexposition proche de l'esprit d'un rondo à un couplet et débutant comme un second volet de forme binaire ; mais nous n'allons pas réécrire l'histoire, un tel modèle ne s'est pas imposé...

Le conflit thématique, notion importante bien que peu présente lors de la naissance de la forme, est au cœur de l'une de ses évolutions. Les compositeurs romantiques abordent les deux thèmes, de plus en plus marquants et mémorisables, comme l'émanation de deux principes opposés, le développement étant le lieu idéal pour exacerber leurs oppositions. Dans sa *Sonate en si ♭ mineur*, Chopin consacre l'essentiel du développement au premier thème, qui perd finalement son potentiel énergétique et n'est même plus réexposé, la réexposition consacrant de ce fait la victoire du second thème, celui d'essence lyrique. Un compositeur comme Prokofiev perpétue une telle conception dramatisée de deux thèmes opposés.

Autre possibilité d'évolution : deux thèmes suffisent-ils à la dramaturgie, n'en faudrait-il pas trois ? Des compositeurs de plus en plus nombreux ont opté pour la présence de trois groupes thématiques. La naissance d'une articulation ternaire de l'exposition peut être attribuée à l'*Allegro* du *Quatuor K 465* dit « des dissonances » de Mozart. Son exposition présente bien les deux zones tonales usuelles (tonique et dominante), mais ce sont trois personnages musicaux caractérisés qui sont introduits de façon marquante. Chaque personnage possède une unité rythmique qui lui confère une allure particulière : les croches pour le premier (m. 23), les doubles croches pour le second (m. 56) et les triolets pour le troisième (m. 72). L'hypothèse d'une interprétation maçonnique de cette singulière disposition a été souvent avancée, et le célèbre mouvement a probablement servi de modèle à de nombreux compositeurs ultérieurs.

Pour se généraliser, la présence de trois thèmes devait se coupler avec une organisation de l'exposition en trois zones tonales : ce fut notamment la démarche de Bruckner. La présence de trois thèmes distincts d'importance comparable, dont l'un est souvent un choral, s'appuie chez lui sur trois phases tonales qui articulent l'exposition et requièrent une triple résolution dans la réexposition. Quand Bartók écrit sa *Sonate pour deux pianos et percussion* (1938), pourtant dans un langage proche de l'atonalité, seulement appuyé sur quelques pôles de perception, sa forme sonate adopte cet élargissement et s'appuie de ce fait sur trois thèmes : un premier, rythmique, au début de l'*Allegro* autour du pôle *do* (m. 32), un second, plus mélodique, autour du pôle *mi* (m. 84), dans l'esprit du second thème de la *Sonate op. 53 Waldstein* de Beethoven, et enfin un troisième, à fort potentiel polyphonique, autour du pôle *si* (m. 105). Bartók conçoit son troisième thème de façon conclusive : il constitue en effet l'aboutissement de l'exposition et c'est lui qui, dans la réexposition, lance la coda avec un spectaculaire fugato (m. 332).

La *Symphonie fantastique* (1830) d'Hector Berlioz – tout particulièrement son 1er mouvement – réalise de son côté une mutation en profondeur de la logique interne de la forme sonate. Nous n'aborderons pas ici la dimension programmatique, qui mériterait pourtant d'amples développements, mais nous nous concentrerons sur la conception formelle. Il semble que Berlioz ait été le premier à tirer les conséquences de la forme beethovénienne en cinq parties. En effet, si le développement constitue le centre de la forme sonate en trois parties, dans celle en cinq parties le centre se déplace vers la réexposition, encadrée d'une part de l'exposition et du développement, d'autre part du développement terminal et de la coda. De ce fait, Berlioz lui retire la fonction de résolution que Beethoven lui avait conservé, repoussant celle-ci jusqu'à la coda devenue le point stratégique de l'œuvre et pouvant chez Berlioz, dramaturge avant tout, être assimilée à une fin d'acte. Autres innovations à grande échelle, les deux développements sont traités comme des épisodes narratifs, et Berlioz encadre son mouvement d'un prologue et d'un épilogue, aboutissant à une ample forme en sept volets, pour laquelle nous proposons la terminologie suivante : prologue (m. 1), exposition (m. 64), épisode 1 (m. 166), réexposition centrale (m. 232), épisode 2 (m. 329), coda fin d'acte (m. 410), épilogue (m. 490). De nombreux points de détail mériteraient d'être précisés, notamment d'importantes symétries entre les parties. Signalons tout de même la dialectique si novatrice qui relie les deux thèmes de l'exposition : la tradition beethovénienne nous a accoutumé à un premier thème nerveux, rythmique (en reprenant le vocabulaire ancien, «masculin»), opposé à un second, lyrique, ample et développé («féminin»). Pour une fois, il s'agit de l'inverse : un premier thème lyrique, très long, proche d'un sentiment de sidération, et un second thème bref, actif, énergique. Ce point est si déstabilisant (mais d'une cohérence parfaite avec le programme) que de nombreux commentateurs ont contesté l'existence d'un second thème. Mahler, dans ses immenses formes sonate, fut un des principaux héritiers des conceptions berlioziennes.

Le 1er mouvement de la *3e Sonate pour violon et piano op. 108* de Brahms propose une autre transformation significative. Nous avons déjà commenté l'étonnant développement central sur pédale de dominante, transformation polyphonique du thème principal, couplé à un développement terminal sur pédale de tonique. L'innovation qui concerne l'apect dynamique induit par la modulation initiale de l'exposition, nous semble encore plus riche de potentialités. Le premier thème de cette sonate est immédiatement modulant et s'achève à la dominante! Dans la réexposition, il garde une même trajectoire. Brahms procède à une troisième présentation de son thème, à la toute fin de la réexposition, pour lui conférer enfin une forme stable, tout en résolvant la cellule mélodique principale. La coda propose une ultime réinterprétation de la cellule initiale, cette fois stable et sur pédale de tonique. En résumé, l'innovation de Brahms consiste à ne pas attendre le pont modulant pour introduire de l'instabilité tonale, et à maintenir celle-ci jusqu'à la présentation conclusive du premier thème reportée à la fin de la réexposition. Pour qui voit la forme sonate comme une forme dynamique menant à une résolution tardive, l'op. 108 constitue l'apogée de cette idée.

Le dernier point à aborder concerne la possibilité de lier la *forme* sonate et le *genre* sonate (ou quatuor, symphonie...). Ce point est également abordé dans la notice sur les *formes différées*. Quelques œuvres ont expérimenté un mouvement unique qui effectue une fusion entre le genre de la sonate et l'articulation même d'une forme sonate, forme quelquefois nommée *Double function form* ou *forme intégrée*. Le plus souvent, l'exposition joue alors le rôle du 1er mouvement (l'*Allegro*), le développement du deuxième (le mouvement lent) et éventuellement aussi du troisième (scherzo) et la réexposition du finale. Il faut, dans cet esprit, citer la *Wanderer-Fantasie* de Schubert, la *Sonate en si mineur* de Liszt et les dernières sonates de Scriabine. Une grande forme sonate peut aussi prendre en charge le déroulement d'œuvres au genre distinct de celui de la sonate, comme pour la *Symphonie lyrique* de Zemlinsky, le *3ᵉ Quatuor* de Bartók ou le *1ᵉʳ Quatuor* de Schoenberg analysé en détails dans la notice sur les *formes différées*. Les *Variations pour orchestre op. 30* de Webern (1940) constituent un exemple encore plus complexe. Une première lecture révèle, après une brève introduction, la présence d'un thème en mélodie accompagnée m. 21 qui fait ensuite l'objet de différents procédés de variation, la notion de variation étant essentielle au sein de la conception esthétique webernienne, apparentée à celle de Goethe. Une seconde lecture laisse toutefois deviner une forme sonate abrégée sous-jacente : introduction (m. 1), premier thème (m. 21), transition (m. 56), second thème (m. 74), réexposition du premier thème en forme de développement (m. 110), transition (m. 135) et enfin, coda (m. 146).

Un dernier exemple illustre, quant à lui, la complexité de la pensée de Stravinsky, associée à sa vision toute particulière de l'histoire de la musique. Il s'agit du 1ᵉʳ mouvement de son *Capriccio* (1929, révisé en 1949) pour piano et orchestre. Avec comme modèle déclaré un Konzertstück « alla Weber », Stravinsky tente l'improbable synthèse d'une forme sonate romantique brillante, plutôt en *do* majeur, avec une forme concerto à ritournelles de type vivaldien, celle-ci en *sol* mineur. La multiplicité des lectures possibles devient extravagante : en effet, pour ne prendre qu'un exemple, le thème en *sol* majeur (chiffre 10) est à la fois le second thème à la dominante de la forme sonate en *do* majeur et un *solo* au ton homonyme de la forme à ritournelles en *sol* mineur ! On touche probablement là à la plus grande abstraction possible, qui plus est mâtinée d'une grande dose d'humour, démontrant comment quelques compositeurs du xxᵉ siècle ont pu styliser une forme qui fut pourtant si concrète lors de sa naissance.

En pratique

Une forme sonate en miniature

Le finale de la *Sonate Hob XVI : 16* de Haydn propose la mise en œuvre d'une forme sonate réduite à l'essentiel. Elle comporte 51 mesures en tout : respectivement une exposition de 20 mesures, un développement de 14 mesures et une réexposition de 17 mesures. Malgré sa brièveté, la forme est pourtant complète. Elle permet de découvrir chaque partie constitutive de la forme réduite à sa plus simple expression.

Premières remarques : la découpe des vingt mesures de l'exposition est régulière, constituée de quatre phrases de cinq mesures. La première idée, au ton principal, alterne souplement croches et triolets, mouvements ascendants et descendants, arpèges et gammes. Sa seconde présentation (m. 6) acquiert une fonction modulante dès la mesure 8. Elle débouche sur un motif caractéristique nouveau constitué d'une gamme descendante de six trilles. Celle-ci s'enchaîne sans rupture avec la seconde idée à la dominante (m. 11), qui occupe ses cinq mesures de façon nettement plus dynamique : un motif de deux mesures en triolets, répété, et qui aboutit à une mesure cadentielle. Les cinq mesures restantes, en tierces parallèles sur pédale, constituent la codetta.

Autres remarques : les motifs de cette sonate sont si simples, leurs apparitions si peu dramatisées qu'il est problématique de dégager un premier ou un second thème.

N'avons-nous pas péché par excès, s'agit-il vraiment d'une forme sonate ? N'est-ce pas plutôt une simple phrase musicale ? Un bithématisme peut-il être aussi minimaliste ?

Pour vaincre le doute qui traverse spontanément l'esprit, il suffit de comparer l'exposition avec la réexposition (m. 35). La façon dont Haydn réorganise et resserre son matériau ôte toute équivoque sur la fonction respective de chaque motif : la première idée fusionne avec la fin caractéristique en trille de sa seconde présentation et perd sa fonction modulante, ce qui aboutit à une phrase de sept mesures (les mesures 35-38 correspondent à 1-3 et 38-41 à 7-10). Les dix mesures suivantes (la seconde idée et la codetta) ne sont pas modifiées mais simplement réexposées à la tonique.

Bien que dans cette sonate Haydn ait effectivement très peu caractérisé son matériau, chaque motif remplit toutefois une fonction spécifique, dans l'exposition autant que dans la réexposition :

- ▶ la première idée lance l'exposition et la réexposition ;
- ▶ une zone transitoire, qui n'est modulante que dans l'exposition, sert à préparer la seconde zone thématique, la première fois à la dominante, la seconde fois à la tonique ;
- ▶ un nouveau motif lance la seconde zone tonale ;
- ▶ une codetta stabilise la nouvelle tonalité.

Enfin, les 14 mesures centrales constituent-elles bien un développement ? Le matériau de cette section provient du premier thème (essentiellement de ses triolets descendants), ainsi que du pont (les secondes descendantes au rythme blanche-noire, les gammes en trilles descendants, et surtout les batteries en croches), mais on ne trouve pas réellement de travail thématique. Vu la brièveté de chaque motif, Haydn a opté pour une section simple et fluide. L'esprit développant se ressent plus franchement au plan tonal : Haydn profite de cette section pour visiter quelques tonalités mineures et introduire de la variété. En effet, après une brève pédale de dominante introductive, il évoque le relatif mineur de la sous-dominante (*fa* mineur), puis le relatif mineur (*do* mineur), avant d'aboutir à une demi-cadence qui réintroduit le ton principal et prépare ainsi la réexposition.

Exemple 30 : *Sonate pour piano* Hob XVI : 16 de Haydn

La notion de groupe thématique

Le second exemple, de dimension plus habituelle, permet de se confronter à l'une des principales difficultés de perception de la forme : distinguer entre thème et simple mélodie.

L'exposition du 1er mouvement de la *Sonate K 332* de Mozart est particulièrement riche. Ses quatre mesures initiales présentent une première idée sous la forme d'une mélodie accompagnée : un dessin ascendant avec une cellule rythmique présentée trois fois et qui se termine par une figure interrogative, le tout sur une pédale de la tonique *fa* (a). Le dessin descendant qui lui répond est d'une nature différente et constitue une seconde idée à trois voix, d'écriture imitative (b). Les dix mesures suivantes présentent une troisième idée, à trois voix homorythmiques, sous une forme simple, puis ornementée, et proche d'une musique de chasse (c). En prolongeant la dynamique des deux cadences de l'idée (c), mais avec un passage à la nuance *forte*, la quatrième idée offre un contraste saisissant : une écriture d'esprit *Sturm und Drang*, tendue, modulante, utilisant de nombreux accords mineurs et des septièmes diminuées (d). La charmante et primesautière mélodie de style galant qui surgit ensuite (Verdi s'en est-il souvenu?) semble une phrase décisive au ton de la dominante (cinquième idée e), avec une carrure de deux fois 8 mesures (une version simple, puis ornementée d'un thème). Une sixième idée (f), syncopée, réintroduit pourtant soudainement le mineur et l'esprit *Sturm und Drang* (elle débute de façon anticipée sur la mesure qui aurait dû être la seizième de e). Le retour du rythme de la cinquième idée offre un humoristique clin d'œil tonal : l'accord de *fa* majeur attaqué trois fois, résultante d'un mouvement rare du cinquième vers le quatrième degré (proscrit dans la pratique de l'harmonie car provoquant une fausse relation de triton, ici entre le *si* de la m. 70 et le *fa* de la m. 71), semble présager un retour du ton initial (g). Il se révèle être le quatrième degré de *do* : nous n'avions donc pas quitté le ton de la dominante. Tout peut désormais s'accélérer. L'idée h présente un mouvement cadentiel en deux élans, syncopes en croches puis en doubles croches et l'idée i impose définitivement la tonique *do* avec des trilles et des *sf*. À ce stade, avec pas moins de neuf idées distinctes, il semble que Mozart n'ait que l'embarras du choix pour décider du thème qui pourra lancer le développement et être l'objet d'un travail thématique. Décidément inspiré, c'est une dixième idée (j) qui lance la partie centrale.

Dix thèmes! Comment rendre compte d'une telle profusion? Sommes-nous en présence d'une forme sonate à dix thèmes?

Il s'agit d'une question fondamentale. Si nous avons bien dix idées mélodiques, elles ne correspondent pas à dix thèmes distincts. Il faut être prudent au moment d'aborder une forme sonate «bithématique» qui ne comporte pas nécessairement deux thèmes d'esprits «beethovéniens» (un premier thème rythmique, un second mélodique), comme nous y avons été accoutumés par de nombreuses analyses effectuées dans l'esprit du traité de Vincent d'Indy. Si ce type d'œuvre existe bel et bien, il est plus fréquent de rencontrer une foule de petits motifs agencés au sein de groupes thématiques. Ce qui les réunit? Le phrasé, une dynamique globale et la stabilité tonale.

Revenons à la *Sonate K 332*. Les éléments *a*, *b* et *c* établissent la tonique *fa* majeur et sont ponctués par une nette cadence au ton principal : ils constituent un *premier groupe thématique*. L'élément *d* est modulant. Il attaque directement au relatif mineur (*ré* mineur), puis visite l'homonyme de la dominante (*do* mineur). L'accord de sixte augmentée de la mesure 35 stoppe cet épisode modulant en se résolvant sur la dominante de la dominante. Cette zone transitoire constitue un *pont modulant* dirigé vers la tonalité de la dominante. Le *do* majeur de la section *e*, surprise élégamment préparée, lance la troisième étape tonale. L'ensemble des éléments *e*, *f*, *g* et *h* concourt à la stabilité de la tonalité de la dominante en tant que nouvelle tonique, les modulations de la section *f* n'étant que passagères. Il s'agit du *second groupe thématique*. Enfin, l'élément conclusif *i* est la *codetta* de l'exposition. Pourquoi une idée *j* pour le développement ? Mais pourquoi pas ? Rien n'interdit de lancer un développement par une idée nouvelle, profusion thématique dont Mozart est si coutumier. Toutefois, le doute ne plane pas longtemps : dès la fin de l'idée *j*, Mozart commence à travailler un élément du second groupe thématique, le motif en syncope *f* (passage non reproduit dans l'exemple).

Chercher à percevoir les personnages mélodiques n'est qu'une première approche, indispensable pour se familiariser avec une œuvre, mais qui ne suffit pas. Il faut, en un second temps, les replacer au sein de la grande logique tonale et ainsi dégager les zones thématiques qui architecturent la pensée formelle. Conséquence sur le vocabulaire : plutôt que Thème A et Thème B, ou premier thème et second thème, expressions pouvant parfois être sources de confusion, il vaut souvent mieux parler de premier et de second groupe thématique. Claude Ballif parlait du monde de A opposé au monde de B.

LES FORMES DE LA MUSIQUE OCCIDENTALE

Exemple 31 : exposition de la *Sonate K 332* de Mozart

Face à la complexité de la forme sonate

La forme sonate du 1er mouvement de la *Sonate pour piano et violon K 304* en *mi* mineur de Mozart est assez délicate à cerner. Les réponses aux trois questions suivantes peuvent légitimement diviser les analystes, même expérimentés : 1) où débute le second thème, 2) à quel moment se situe la réexposition, et enfin 3) pourquoi le motif de la m. 8 réintervient-il à la mesure 59 ?

Le premier thème est d'une découpe franche. Il présente une ample et mémorisable première idée de 8 mesures énoncée en octaves parallèles à la manière d'une introduction, une seconde idée plus rythmique au phrasé détaché de 4 mesures, une reprise de la première idée, cette fois exclusivement au violon, le piano faisant un discret accompagnement, et enfin une phrase conclusive présentée au piano, colorée au violon par les demi-tons d'une sixte napolitaine. Ces 28 mesures présentent une grande stabilité tonale.

Après une respiration, un élément contrastant intervient brusquement, en *do* majeur (ton du sixième degré majeur), avec une levée de cinq accords *forte* répétés qui débouchent sur un motif descendant en rythme pointé (marqué *1* dans l'exemple). Du point de vue musical, il s'agit évidemment du début d'une nouvelle section, et le ton de *mi* mineur est définitivement quitté. Est-ce déjà le second thème ? Dans le cas contraire, y a-t-il une autre articulation importante ? Il y en a effectivement une, à la levée de la mesure 45 (indiquée par *3*). Le violon s'interrompt, la main gauche du piano entame une nouvelle formule d'accompagnement en batterie de croches, tandis que la main droite déroule une belle mélodie en *sol* majeur, ton du relatif majeur. Mais est-ce bien le début d'une phrase ?

Selon nous, aucune de ces deux articulations ne constitue le début du second thème. Pour les dégager, nous nous sommes focalisés sur les articulations apparentes, délaissant le phrasé et la logique tonale. Nous avons négligé le fait que, lorsqu'il existe un pont modulant, nous devons pouvoir en trouver l'aboutissement, l'accord stratégique qui clôt le processus modulant : ici, la dominante de la dominante du ton relatif qui se trouve sur la seconde blanche de la mesure 35 et qui se résout sur une demi-cadence. Ce n'est qu'après cette articulation – que Mozart a pour une fois choisi de ne pas dramatiser (signalée par *2*) – que le second groupe thématique débute avec sa mélodie propre.

Nous pouvons désormais comprendre le déroulement de l'exposition. Les 8 mesures qui succèdent à la mesure 28 constituent un bref pont modulant : elles conduisent au ton relatif *sol* majeur, tout en annonçant déjà le motif du second thème. La première phrase du second thème, d'une grande richesse, est articulée en quatre grands membres de phrases. Le premier membre de la mélodie est exposé à la main droite du piano avec un discret accompagnement du violon (4 mesures), le second membre constitue une reprise en mineur de cette mélodie au violon (4 mesures), le troisième membre est une poursuite de la mélodie culminant dans un trille au piano seul (6 mesures), et le quatrième et dernier membre de phrase est une reprise en octaves parallèles piano/violon du troisième membre ; il mène à la cadence parfaite de la mesure 59 (8 mesures). Une lecture superficielle de la partition aurait donc mené à une interprétation musicale erronée, l'interprète mettant en valeur des articulations de moindre importance structurelle et négligeant la respiration déterminante, celle qui lance les 22 mesures de la première phrase du second thème, idée complète qu'il faut interpréter dans une vraie continuité de pensée! Au cas où un doute subsisterait dans l'esprit du lecteur sur la pertinence de cette analyse, il lui suffirait de comparer ce passage avec son homologue dans la réexposition. Les 8 mesures du pont modulant y sont transformées, suivant un chemin harmonique différent, cette fois en marche harmonique (m. 129-136). Par contre, le fil est retrouvé pour les 22 mesures du second thème transposées au ton principal, cette fois plus simples à percevoir en tant qu'entité car la phrase se déroule intégralement dans un mode unique, celui de *mi* mineur.

La phrase suivante du second groupe thématique (m. 59) est surprenante puisqu'il s'agit de la reprise transposée de la seconde idée du premier thème. Une telle situation est pourtant fréquente, l'intégralité des éléments d'une forme sonate n'étant pas nécessairement associée à un groupe thématique déterminé. Mozart utilise cet élément comme un motif ritournelle et le fait périodiquement intervenir pour articuler son mouvement. Autre élément d'unité, l'ultime cadence des m. 67-72 est constituée d'une reprise de l'écriture du pont modulant. Les mesures 73 à 77 forment une codetta élaborée à partir du rythme du second thème. Quant au canon sur le premier thème des 8 dernières mesures de l'exposition, il permet une transition soit vers une reprise de l'exposition, soit vers le développement.

Celui-ci est bref mais particulièrement dense, contrapuntique, constitué de séquences modulantes autour de motifs extraits du premier thème, le tout rythmé par des batteries de croches. La dominante est atteinte à la mesure 104, donnant une allure de retransition à la pédale de dominante qui s'installe.

Le sentiment de réexposition est également profondément perturbé. Une articulation a bien lieu à la mesure 112, quand le violon reprend le premier thème, cependant le piano martèle des accords tendus. Sommes-nous donc encore dans le développement? Il faut attendre la m. 120 pour que le fil soit clairement renoué, mais le thème le plus important est déjà achevé! À nouveau, une lecture superficielle peut lancer sur de fausses pistes, bien que cette situation soit assez différente de la première. Mozart a tronqué le premier thème de son premier membre en homorythmie, a présenté le second en tant que fin de la retransition (*4*), a déstabilisé le troisième par des accords tendus (*5*) et ne retrouve le fil naturel que pour le quatrième. Il y a donc un décalage entre la structure et sa perception : si l'on entre bien dans la réexposition au repère *4*, on ne s'en aperçoit qu'au repère *5*! Comme il s'agit d'un effet dramatique, l'interprète doit suivre la volonté de Mozart et ne pas dévoiler la réexposition avant le silence de la mesure 112. Après le destin perturbé du premier thème, la suite de la réexposition se poursuit sans surprises jusqu'à la codetta. À nouveau, une transition canonique permet, soit de réentendre le développement, soit de lancer une coda (*6*). Cette dernière est dotée de la cruciale mission de résoudre l'intense tension du développement et du début de la réexposition, avec une version enfin détendue du premier thème, couronnée par l'unique reprise simultanée au violon et au piano du motif conclusif.

La souplesse avec laquelle Mozart aborde la forme sonate est éblouissante. Elle interdit toute approche stéréotypée d'un répertoire où forme et thématique constituent les deux facettes complémentaires d'une même dramaturgie.

LES FORMES DE LA MUSIQUE OCCIDENTALE

LA FORME SONATE CLASSIQUE

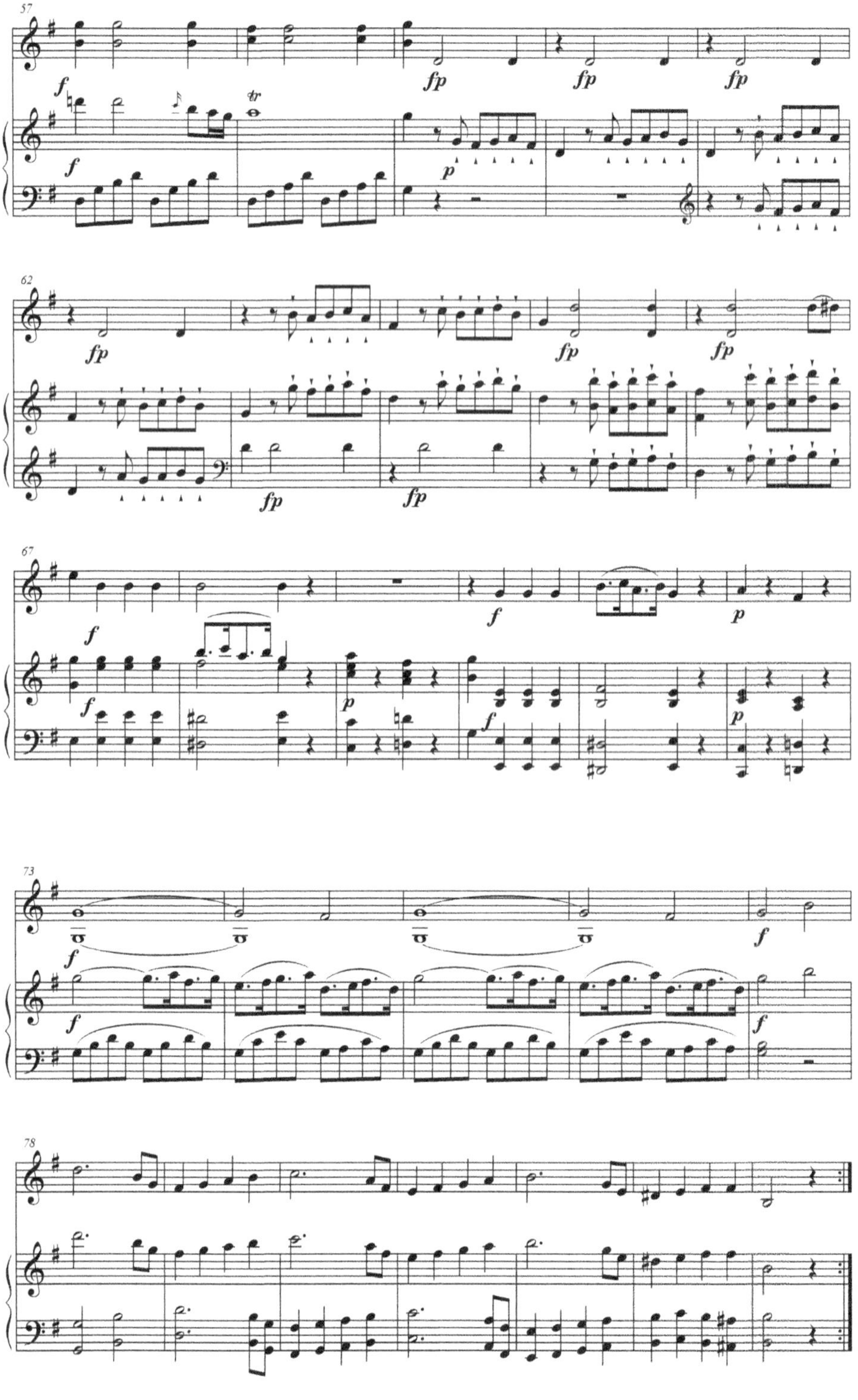
57
62
67
73
78

LA FORME SONATE CLASSIQUE

LES FORMES DE LA MUSIQUE OCCIDENTALE

LA FORME SONATE CLASSIQUE

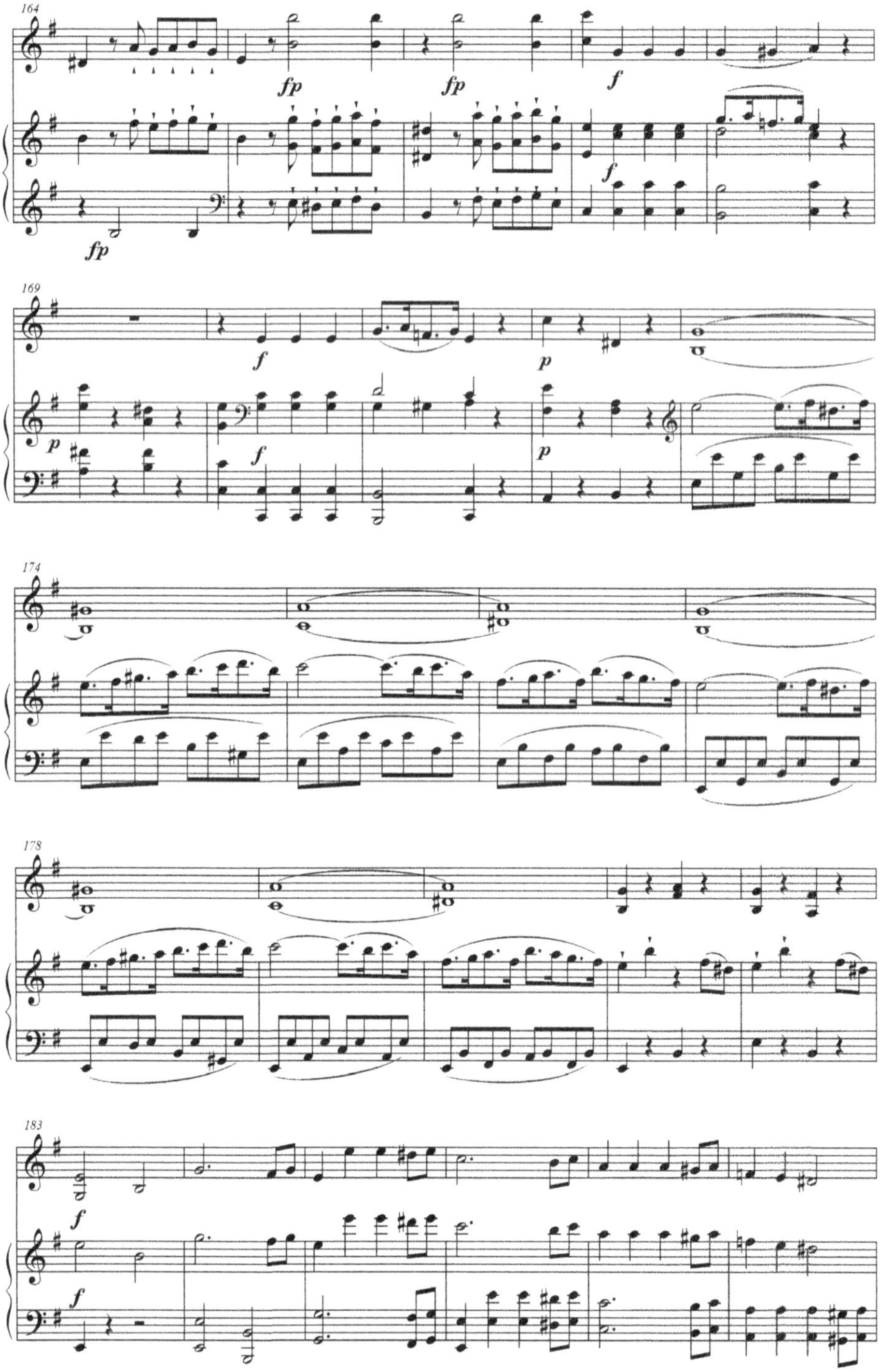
164
169
174
178
183

Exemple 32 : *Sonate K 304* pour piano et violon de Mozart

La forme sonate de concerto

Bien que rarement commentée, la forme sonate de concerto est une passionnante forme hybride qui sous-tend de nombreux chefs-d'œuvre (pour mieux la comprendre, il est utile de parcourir auparavant les entrées sur les formes rondo, rondo-sonate, concerto à ritournelles, et sur la forme sonate classique). De même que la forme rondo a réussi à s'adapter au style classique – passant d'une simple alternance d'un refrain et de couplets à la riche et complexe forme rondo-sonate –, la forme du concerto, avec ses alternances de ritournelles et de solos, s'est à son tour pliée aux nouvelles exigences stylistiques.

La répartition même des rôles entre soliste et orchestre change avec la génération de la fin du XVIIIe siècle. À l'époque baroque, le soliste, ou les solistes dans le cas d'un concerto grosso, jouent le plus souvent en permanence. Pendant les ritournelles, ils doublent en effet la (ou les) partie(s) supérieure(s). Les solos apparaissent donc dans la continuité, un peu comme un simple allègement de la texture.

Rompant avec cette tradition, les compositeurs classiques préfèrent accentuer la distinction entre l'orchestre et le soliste. Ce dernier peut dialoguer avec l'orchestre, mais aussi présenter intégralement un thème avec ou sans accompagnement, briller lors des passages de virtuosité et des cadences, et même – c'est une des plus grandes originalités du classicisme – devenir l'accompagnateur d'un thème présenté à l'orchestre. Une franche opposition entre le soliste et l'orchestre reste par contre assez rare (la situation conflictuelle que présente le mouvement lent du *4e Concerto* pour piano et orchestre de Beethoven est vraiment exceptionnelle).

Le début d'un concerto classique est, sauf exceptions, joué par l'orchestre seul. L'apparition du soliste, devenue un événement crucial dans le déroulement de la forme, est longtemps différée, ce qui explique l'un des aspects principaux de la forme sonate de concerto : le principe de la double exposition. Celle-ci est rendue possible par l'assimilation des deux premières parties de la forme concertante baroque (la première ritournelle et le premier solo) aux deux premières parties de la forme sonate (l'exposition et sa reprise) : elles deviennent ainsi l'*exposition de l'orchestre* (parfois nommée *exposition* ou *pré-exposition*) suivie de l'*exposition du soliste* (parfois nommée *contre-exposition*).

Loin de ne présenter qu'une simple redite variée, ces deux parties du concerto – qui peuvent être des expositions de forme sonate complètes ou incomplètes – présentent une grande variété de réalisations :

- ▶ L'exposition de l'orchestre (parfois nommée *grand tutti* en opposition avec le tutti qui lance le développement, nommé *petit tutti*) possède souvent des sections spécifiques. Le retour de ces sections orchestrales plus loin dans le mouvement, permet une articulation claire des grandes parties de la forme, tout en ménageant des instants de repos pour le soliste.

- ▶ Les principaux éléments du premier groupe thématique sont le plus fréquemment présents dans les deux expositions.

- ▶ Le cas du second groupe thématique est plus délicat. Souvent complètement absent de l'exposition orchestrale, il peut aussi apparaître partiellement. La question essentielle concerne sa tonalité : la modulation doit-elle avoir lieu dès la première exposition ou être réservée à l'exposition du soliste? Les trois premiers concertos pour piano de Beethoven explorent les trois solutions les plus fréquentes. Les deux premiers ébauchent une modulation, mais réservent la dominante pour la seconde exposition. Ils lui préfèrent la tonalité instable du relatif de l'homonyme mineur, parfois dénommé *faux-relatif* (*mi* ♭ majeur pour le premier concerto en *do* majeur, et *ré* ♭ majeur pour le *si* ♭ majeur du second). Le troisième concerto s'aventure au contraire jusqu'à la réelle tonalité du second groupe thématique (ici, le relatif majeur *mi* ♭ majeur pour un concerto en *ut* mineur). En ce qui concerne les éléments thématiques, le second concerto ignore complètement ceux du second groupe. Les premier et troisième concertos exposent déjà les éléments du groupe thématique B, bien que cela s'effectue dans un contexte de forte instabilité tonale, le ton principal revenant dès le milieu du groupe. Dans les trois différents cas, ce n'est que lors de l'exposition du soliste que le second groupe thématique affirme de façon stable la tonalité secondaire.

▶ Les principaux éléments thématiques peuvent être énoncés par le soliste comme par l'orchestre, mais il peut aussi arriver qu'un thème soit exclusivement réservé à l'un des deux «protagonistes». Mozart parvient de cette façon à une réelle dramaturgie, les thèmes respectifs du soliste et de l'orchestre pouvant s'affronter dans le développement, transposition parfois bouleversante d'une situation conflictuelle. Un des thèmes perd quelquefois littéralement le «combat» et n'est alors pas réexposé.

▶ L'entrée du soliste ne s'effectue pas nécessairement en s'emparant immédiatement du premier thème. Une brève zone transitoire peut séparer les deux expositions. Réduite à trois gammes énergiques en levée dans le *3ᵉ Concerto* de Beethoven, elle constitue au contraire un épisode significatif du *Concerto en ut majeur K 467* de Mozart – que nous détaillons plus loin. Trois appels des vents (hautbois, basson puis flûte) y sollicitent le soliste, qui intervient avec une triple réponse prolongée jusqu'à un point d'orgue, première cadence improvisée (évidemment plus courte que la traditionnelle grande cadence qui précède la coda). Il n'est en effet pas rare de trouver de brèves cadences à différents endroits des formes concertantes (par exemple au cœur même du refrain du finale du *3ᵉ Concerto* de Beethoven).

Hormis la double exposition, deux sections de l'*Allegro* initial caractérisent également la forme concertante : le *petit tutti* qui inaugure le développement et qui évoque une ritournelle transposée à la dominante – la plupart des sections du développement privilégient d'ailleurs souvent des passages de virtuosité et des marches modulantes à des épisodes développants proprement dits – et l'arrêt de l'orchestre sur une quarte et sixte cadentielle suivi d'un silence surmonté d'un point d'orgue, qui lance la *cadence* du soliste peu avant la coda du mouvement. Cette cadence – moment où le soliste reste seul et peut donc improviser sans égards pour la mesure – se partage habituellement entre travail thématique modulant et traits de virtuosité. Sa conclusion prépare le plus souvent le retour de l'orchestre par un épisode trillé. La cadence du soliste peut être envisagée comme étant l'homologue du développement terminal de la forme sonate non concertante. Dans certaines sonates pour piano de Beethoven, comme la troisième, l'insertion de cadences non mesurées avant la coda est une allusion à de tels épisodes concertants.

Ces trois points (double exposition, petit tutti et cadence) suffisent à caractériser la forme sonate de concerto. Mais la fusion de la forme à ritournelles et de la forme sonate peut parfois être plus intime. Le tableau suivant – une analyse complète du 1ᵉʳ mouvement du *Concerto en ut majeur K 467* – révèle que Mozart a assimilé en profondeur la logique de la ritournelle vivaldienne, tout en parvenant comme personne à lui insuffler l'esprit classique. La première colonne du tableau segmente le mouvement sous l'angle usuel de la forme sonate de concerto, la seconde rappelle les liens avec une forme sonate simple, tandis que, plus surprenante, la troisième dégage le soubassement d'une forme en six ritournelles encadrant cinq solos, rendant la réexposition étonnamment discontinue. La première ritournelle présente quatre éléments thématiques différents nommés T(utti) 1, T(utti) 2, T(utti) 3 et T(utti) 4 dans le tableau. De même qu'à l'époque baroque, les ritournelles suivantes réintroduisent ces éléments avec des regroupements renouvelés et parfois transposés. Enrichissant encore une forme pourtant déjà multiple, de nombreux motifs n'apparaissent qu'une seule fois et semblent tisser de nombreux liens entre ce mouvement et le suivant, ainsi qu'avec le *Concerto en ré mineur K 466* (qui lui est contemporain) ou avec la *40ᵉ Symphonie*.

Forme sonate de concerto	Forme sonate	Forme à ritournelles	Matériau	Détails
Grand tutti : exposition de l'orchestre (m. 1 à 80)	Exposition (m. 1 à 80)	Ritournelle 1 (m. 1 à 80)	Thème A, T_1 m. 12, T_2 m. 28, T_3 m. 43, T_4 m. 52, transition m. 68 et petite cadence du soliste m. 79	L'exposition de l'orchestre, en *ut* majeur, n'aborde aucun des éléments du second groupe et élude ainsi toute modulation. Après une sobre évocation du premier thème A, T_1, puissant et massif, le présente en tutti. Il reviendra trois fois. T_2, discret jeu de questions-réponses des vents et, après un bref contrepoint sur A, T_3, épisode plus sombre en mineur, ne reviendront chacun qu'une fois. T_4, triple opposition (vents-cordes, montée-descente, chromatisme-diatonisme) est une phrase cadentielle. Elle conclut également petit tutti et coda.
Exposition du soliste (m. 81 à 194)	Reprise de l'exposition (m. 81 à 194)	Solo 1 (m. 81 à 194)	A1 m. 80, A2 m. 91, pont m. 109, B1 m. 128, B2 m. 143, B3 m. 169	L'exposition du soliste présente A, puis le prolonge par une phrase expressive qui lance la zone modulante. Une surprenante halte en *sol* mineur semble l'ébauche du thème de la *40ᵉ Symphonie* (m. 110). Elle ne reviendra plus ! Les trois sections du thème B se déroulent au ton de la dominante. La première, charmante, est la plus caractéristique. La seconde réintroduit le motif principal du premier groupe.
Petit tutti (m. 194 à 222)	Développement (m. 194 à 274)	Ritournelle 2 (m. 194 à 222)	T_1 m. 194, T_4 m. 205	Le petit tutti, à la dominante, enchaîne l'épisode brillant T_1 doté de quelques inflexions en *mi* ♭ majeur, avec la phrase cadentielle T_4. Celle-ci bifurque soudainement vers le relatif de la dominante : *mi* mineur.
Zone virtuose (m. 222 à 274)		Solo 2 (m. 222 à 274)	Nouvel élément m. 222, marches m. 237, retransition m. 266	Dans cette dernière tonalité, le second solo s'ouvre par un thème évoquant l'univers du *Concerto K 466*. Il aborde ensuite une série de marches harmoniques modulantes, plutôt en mineur. Huit mesures de pédale de dominante font office de retransition et réintroduisent progressivement le majeur.

Forme sonate de concerto	Forme sonate	Forme à ritournelles	Matériau	Détails
Réexposition (m. 274 à 396)	Réexposition (m. 274 à 384)	Ritournelle 3 (m. 274 à 295)	A1 à l'orchestre m. 274, T_1 lance la modulation m. 285	Comme pour le premier tutti, A précède l'épisode T_1 qui module cette fois jusqu'à la sous-dominante.
		Solo 3 (m. 295 à 351)	Suite pont avec piano sur A1 m. 295, B1 m. 313, B2 m. 328	Dans cette tonalité de *fa* majeur, l'épisode contrapuntique qui avait séparé T_2 et T_3 permet le retour du soliste. B1 et B2 reviennent ensuite, réexposés au ton principal.
		Ritournelle 4 (m. 351 à 359)	Interruption par T_2 m. 351	Les quatre premières mesures de T_2 interviennent soudain.
		Solo 4 (m. 359 à 384)	B3 m. 359	Les quatre mesures suivantes de T_2 sont prises en charge par le soliste qui poursuit ensuite la réexposition de B.
	Développement terminal (m. 384 à 397)	Ritournelle 5 (m. 384 à 396)	T_1 m. 384	Le retour de T_1 conserve les inflexions de la ritournelle 2 (cette fois vers *la* ♭) et s'arrête sur la quarte et sixte cadentielle qui lance la cadence.
Cadence du soliste (m. 396 à 397)		Solo 5 (m. 396 à 397)	Cadence improvisée m. 396	La cadence n'étant pas notée par Mozart, le soliste est libre d'improviser, d'écrire une nouvelle cadence ou de puiser au sein des quelques cadences déjà composées.
Coda orchestrale (m. 397 à la fin)	Coda (m. 397 à la fin)	Ritournelle 6 (m. 397 à la fin)	T_3 m. 397, T_4 m. 405, codetta m. 413	L'unique retour de T_3 lance la coda. Après la phrase cadentielle T_4, une codetta humoristique contrepointe avec de légères notes répétées piquées le motif principal de A (et du mouvement).

Après Mozart, la forme sonate de concerto a progressivement été simplifiée : d'une part, les compositeurs semblent moins bien connaître la forme à ritournelles, et ils souhaitent plus encore approfondir l'imbrication du soliste et de l'orchestre. Dans ses *4ᵉ et 5ᵉ Concertos*, par exemple, Beethoven fait immédiatement débuter le soliste (directement par une cadence dans le 5ᵉ). Les solistes participent également de plus en plus fréquemment à la fin du 1ᵉʳ mouvement du concerto, sa coda.

Brahms s'inscrit dans cette tendance. Quant à Liszt, la rapide entrée du soliste de son *2ᵈ Concerto pour piano* en *la* majeur crée un inoubliable climat de musique de chambre, à l'antipode d'une quelconque ritournelle. Il en va de même pour l'ultérieure reprise du thème initial au violoncelle solo accompagnée par des arpèges du soliste. Le lien avec le baroque semble définitivement rompu. Des compositeurs comme Stravinsky y font pourtant encore quelquefois allusion, bien sûr avec l'humour et la distance du néoclassicisme.

Quant à la forme d'un finale concertant, elle possède également quelques spécificités, le *rondo-sonate* y devenant le *rondo-sonate de concerto*. Les particularités se résument globalement en deux points : le refrain, réparti librement entre le soliste et l'orchestre, se termine généralement par un tutti caractéristique. Celui-ci marque les grandes articulations de la forme, et permet notamment l'introduction de la deuxième spécificité du rondo-sonate concertant, la cadence du soliste qui précède le dernier refrain, celui dont la fonction est conclusive. Parfois également, le rondo-sonate de concerto peut présenter son refrain dans différentes tonalités, autre souvenir des ritournelles : celui du *Concerto pour piano op. 54* (1845) de Schumann est exposé au ton principal *la* majeur (m. 117), à la dominante *mi* majeur (m. 359), à la sous-dominante *ré* majeur (m. 485), avant de revenir au ton principal (m. 739).

Les formes sonate monothématiques

L'expression *forme sonate monothématique* possède deux acceptions distinctes :

1. Elle peut être un simple synonyme de forme sonate baroque. Au XVIIe siècle et pendant la 1re moitié du XVIIIe siècle, elle signale la façon courante de générer une forme entière à partir d'un motif unique. Hors du monde de la sonate, la section sur les formes contrapuntiques analyse sous cet angle la *1re Invention* de Bach, tandis que la section sur la forme sonate baroque commente le 4e mouvement de la *Sonate op. 5 n° 3* de Corelli, ainsi que le 3e mouvement de la *5e Sonate pour violon et clavier* de Bach.

2. À l'époque classique, cette expression prend un sens plus spécifique. Elle désigne cette fois une façon particulière d'articuler la forme sonate dont Haydn est coutumier. Si le début de la seconde zone tonale d'une exposition de sonate est normalement inauguré par un motif nouveau, Haydn s'est illustré en préférant utiliser à cet effet le premier thème transposé dans la nouvelle tonalité. Bien qu'une forme sonate monothématique possède bien les deux zones tonales distinctes, elle privilégie le sentiment d'unité par l'utilisation d'un thème unique. Le monothématisme de Haydn est toutefois souvent plus apparent que réel. Il est presque systématiquement possible de distinguer la forme seconde du thème de sa forme première, soit par l'existence d'un accompagnement caractéristique, soit, plus souvent, la reprise exacte ne concerne que les seules premières mesures. De plus, la seconde zone tonale peut être caractérisée par un motif nouveau succédant à la reprise transposée du thème principal. L'originalité principale de la forme sonate monothématique se dévoile généralement lors de la réexposition. Quand celle-ci se déroule sans élisions, le thème principal doit être présenté deux fois de suite au ton principal. En tenant compte des barres de reprise, le thème principal sera donc entendu huit fois au cours du mouvement entier, et parfois un nombre de fois encore plus important si on inclut les reprises complètes transposées dont Haydn émaille ses développements. De plus, six de ces présentations doivent se dérouler au ton principal. Dans les formes sonate-rondo parfois humoristiques que nous abordons dans une notice distincte, de telles répétitions prennent toute leur saveur. Mais, quand il s'agit d'une forme sonate simple, elles risquent plutôt de provoquer un sentiment d'intense monotonie. C'est pourquoi un remaniement en profondeur dynamise presque systématiquement les réexpositions, proposant une condensation des deux zones thématiques avec une fusion entre la fin de la première et le début de la seconde. Le 1er mouvement du *Trio Hob XV : 14* en *la* ♭ majeur de Haydn (1790) fournit un bon exemple : le premier thème y est complètement réexposé, mais la cadence conclusive est devenue 7 mesures de pédale

de dominante qui s'enchaînent directement avec la 20ᵉ mesure du second groupe thématique, élidant la seconde présentation du thème. Le développement avait toutefois déjà permis de l'entendre intégralement, dans l'improbable tonalité de *si* majeur.

Le monothématisme constitue au sein des œuvres tardives de Haydn un raffinement magistral de la forme sonate. Ses expérimentations plus précoces permettent au contraire de déceler tout ce que la forme sonate doit aux formes baroques, et notamment aux danses de la suite telles que l'allemande. Par exemple, le 1ᵉʳ mouvement de sa *45ᵉ Symphonie, Les Adieux* (1772), propose un équilibre assez surprenant, éloigné de l'idée traditionnelle d'un *Allegro de sonate*. Il est monothématique avec un thème énergique en *fa* ♯ mineur, en arpèges descendants, d'allure *Sturm und Drang*. Le second groupe thématique permet de le réentendre dans la tonalité éloignée de *la* mineur, et dans la tonalité de la sous-dominante *si* mineur pendant la réexposition. La tonalité attendue du relatif majeur est certes utilisée par Haydn, mais en lieu et place du développement. C'est en effet une reprise complète du thème principal transposé au ton relatif *la* majeur qui ouvre le second volet de cette grande coupe binaire à reprises. Le modèle suivi semble être celui des danses de la suite où une reprise transposée du début ouvre presque systématiquement le second volet : en conséquence, il s'agit plutôt ici d'un archaïsme formel que d'un modernisme (contrairement au style musical particulièrement innovant). Pour succéder à cette reprise transposée, ne souhaitant décidément pas développer, Haydn préfère introduire un nouveau thème en *ré* majeur, dans l'esprit d'un trio central.

Haydn a si profondément imprimé sa marque à la forme sonate monothématique, que lorsque d'autres compositeurs y font allusion, comme Mozart dans sa *Sonate pour piano en si ♭ majeur K 570*, cela suggère un hommage délibéré à un compositeur aimé et respecté.

Un problème de terminologie est posé par la forme sonate monothématique : en effet, faut-il nommer A ou B la reprise transposée du thème principal qui ouvre la seconde zone tonale ? Les deux se justifient : *A* car il s'agit du même thème, et *B* car il s'agit de la seconde zone tonale. Comme les deux présentations du thème sont généralement légèrement différentes, nous proposons plutôt de parler de thème principal dans sa *présentation A* ou dans sa *présentation B*.

Enfin, Beethoven, dans ses œuvres tardives, a fréquemment remplacé la forme sonate par la fugue ou le thème et variations. Peut-être n'était-ce pas sans tenter de réinstaurer un certain monothématisme (usuel dans ces deux formes) dans l'univers de la sonate.

La forme sonate-rondo

Cette notice peut surprendre. Si la forme *rondo-sonate* est connue et bien définie, en quoi peut bien consister une forme *sonate-rondo* ? Est-il, qui plus est, bien nécessaire d'introduire une catégorie supplémentaire à un éventail de formes déjà particulièrement riche ?

En réalité, en l'absence de cette catégorie, de nombreux finales restent difficilement compréhensibles ou même problématiques. En effet, un rondo-sonate suit avant tout le déroulement d'un rondo : la forme sonate ne s'y manifeste que par la réexposition du premier couplet et éventuellement par la présence de sections développantes.

Dans le cas de la forme *sonate-rondo*, la complémentarité est au contraire inversée : la forme sonate prend en charge le déroulement, notamment avec la présence de la reprise caractéristique d'une exposition, tandis que la dimension rondo se révèle principalement par l'état d'esprit général. Il nous semble donc indispensable d'élargir la palette formelle traditionnelle des finales. Ceux-ci peuvent bien sûr être des rondos simples, ou de claires formes sonates classiques ou encore des rondos adoptant la dynamique de la forme sonate (des *rondo-sonates*, voir ces trois entrées), mais également – catégorie nouvelle que nous proposons – des formes sonate prenant quelques-uns des traits stylistiques et techniques du rondo : ce que signifie précisément l'expression *sonate-rondo*.

Une fois cette idée avancée, de nombreux mouvements conclusifs peuvent être abordés non comme des exceptions – d'ailleurs, par rapport à quelle norme ? – mais comme un type de synthèse spécifique (tout aussi légitime que l'autre) entre le rondo et la forme sonate. Deux notions, éventuellement simultanément présentes, constituent les caractéristiques principales de la forme sonate-rondo :

- ▶ *Le premier thème a le caractère d'un refrain.* Le finale de la première symphonie de Beethoven est tout à fait dans ce cas, comme le finale du *Trio op. 99* de Schubert. Pour celui-ci, où l'indication *Rondo* est spécifiée par le compositeur, la structure est pourtant clairement celle d'une *forme sonate sans développement*.

- ▶ *Le développement est remplacé par un couplet.* Le finale de la 1re *Sonate pour piano op. 2 n° 1* de Beethoven est une énergique et passionnée forme sonate en *fa* mineur. Toutefois, sa partie centrale n'est pas constituée d'une section développante mais d'un *couplet* au ton du relatif *la* ♭ majeur ; une belle mélodie accompagnée suivant la structure la plus usuelle pour un couplet : *a-a/ba'– ba'*!

Le finale du *Trio Hob XV : 14* en *la* ♭ majeur de Haydn (1790) est également exemplaire. Analysé sous l'angle de la structure, il n'y a aucune difficulté pour l'identifier comme une forme sonate dotée du monothématisme fréquent chez Haydn (voir cette entrée). Il possède les reprises caractéristiques ; le second groupe thématique, inauguré par une reprise du premier thème, poursuit avec un thème propre ; il y a un développement central conséquent explorant essentiellement le relatif mineur, puis un très intéressant développement secondaire : bref, pour qui ne s'intéresse qu'à la structure, rien ne la distingue particulièrement d'une autre forme sonate. Et pourtant, Haydn indique *Rondo*!!! En quoi une forme ne possédant pas de couplets contrastants peut-elle être un rondo ? La réponse est sans détours : ce finale est un rondo, tout simplement parce que c'est dans cet esprit que Haydn l'a composé. Vu sous cet angle, deux points sont nets : le thème principal a l'allure d'un refrain, il est simple, populaire, mémorisable et régulier ; mais c'est surtout la façon de le réintroduire, de le faire attendre et espérer qui est caractéristique de l'espièglerie qui marque usuellement les rondos. Il relève donc clairement de la catégorie des formes sonate-rondo.

Remarque : pour de simples raisons de traduction et de langage, cette catégorie spécifique est difficilement transposable à la musicologie anglaise, où l'équivalent de l'expression française *rondo-sonate* est *sonata-rondo*.

La forme sonate de Scarlatti

PRÉSENTATION GÉNÉRALE

Il peut sembler étrange de consacrer une notice entière à une forme correspondant à l'œuvre d'un unique compositeur. Et pourtant, les sonates de Scarlatti, composées pendant la partie de sa vie passée en Espagne (à peu près ses vingt-cinq dernières années), suivent une logique si lumineuse qu'elles justifient une étude spécifique : elles représentent de plus un modèle original qui aurait pu s'imposer, à mi-chemin entre l'ancienne forme binaire à reprises baroque et la forme ternaire classique de l'*Allegro* de sonate.

La nouveauté principale de ces sonates en un seul mouvement, à la fois pièces de caractère et études instrumentales à la virtuosité souvent débridée, tient au rôle octroyé au plan tonal. Leurs deux volets à reprises évoquent immédiatement les deux parties d'une danse baroque telle que l'allemande. Le chemin tonal semble d'ailleurs le même : une première moitié qui module vers la dominante ou le ton relatif, et une seconde qui revient au ton principal. La fonction de cette modulation est pourtant différente et se distingue de celle de ses contemporains : au lieu de s'effectuer dans la continuité, comme lors d'une danse baroque, elle articule deux zones formelles présentant un matériau thématique distinct.

Naît ainsi la notion de réexposition : tout le matériau qui était à la dominante dans le premier volet, revient dans le second, mais cette fois présenté au ton principal.

En quoi consistent alors les différences entre la forme sonate classique et la forme scarlattienne ? Cette dernière reste de forme binaire, car elle fait fusionner développement et réexposition. Avec une incomparable élégance, Scarlatti n'énonce souvent qu'une seule fois ses thèmes les plus beaux : les éléments qui ouvrent une sonate de Scarlatti et qui affirment la tonalité principale ne sont généralement pas réexposés. En comparaison avec une sonate classique, la réexposition chez Scarlatti ne concerne que le second groupe thématique.

Ralph Kirkpatrick, qui a longuement étudié l'œuvre de Scarlatti (sa classification de ses sonates fait autorité), a proposé un vocabulaire adapté pour décrire ce qu'il a nommé l'« anatomie » de la sonate de Scarlatti (*Domenico Scarlatti*, traduction de Dennis Collins, J.-C. Lattès, 1982). Ce faisant, il évite l'ambiguïté avec la forme sonate classique, bien que le vocabulaire proposé puisse parfois sembler étrange, voire difficile à mettre en œuvre. Certaines notions, en effet, comme celle de *crux* que nous présentons plus loin, semblent plus anatomiques que perceptives. Pour expliciter les différents termes, il propose un tableau comparatif d'une forme sonate classique et d'une forme sonate de Scarlatti.

Forme sonate classique		Forme sonate de Scarlatti
Exposition	Tonalité principale	*Première moitié*
Premier thème, éléments secondaires, extensions et transitions		Ouverture, section centrale (continuation, transition, pré-crux)
		(Crux)
Second thème, éléments secondaires, extensions, thèmes conclusifs	Tonalité secondaire	Section tonale (post-crux, conclusion, conclusion intermédiaire, conclusion finale)
Développement	Modulations	*Seconde moitié*
		Ouverture (facultative), excursion
Réexposition		
Premier thème, éléments secondaires, extensions et transitions	Tonalité principale	Réénoncé facultatif de la pré-crux et aussi de matériau précédent
		(Crux)
Second thème, éléments secondaires, extensions, thèmes conclusifs	Tonalité principale	Réénoncé de la section tonale (post-crux, conclusion, conclusion intermédiaire, conclusion finale)

Même si un simple tableau peut paraître bien pauvre pour rendre compte de la fantaisie et de la diversité qui s'expriment au fil des 555 sonates de Scarlatti, il peut toutefois éclairer la physionomie générale de la grande majorité de ces œuvres. Il faut simplement rester vigilant quant au fait que la plupart des sections dégagées par Kirkpatrick sont optionnelles, comme la *continuation*, la *transition* ou la *conclusion intermédiaire*.

La notion qui surprend le plus est celle de *crux*, qu'on pourrait traduire par « point névralgique ». Cela correspond au « point de rencontre dans chaque moitié du matériel thématique qui est cité de façon parallèle à la fin de chaque moitié avec l'affirmation de la tonalité conclusive » (p. 281) « [...]. Dans l'une et l'autre moitié de la sonate, la crux se rencontre au moment précis où la tonalité conclusive apparaît clairement [...]. Le réénoncé parallèle de matériel thématique à la fin de chaque moitié se fait parfois avant que la tonalité conclusive ne soit établie [...], mais la crux, elle, se trouve au point où le matériel réénoncé parvient à la tonalité conclusive » (*ibid.*). Notion complexe, délicate à pratiquer, elle peut être sujette à discussion (voir l'analyse présentée plus loin).

La *post-crux*, présente dans presque toutes les sonates, mène à la cadence indispensable pour affirmer la tonalité.

Le début d'une sonate de Scarlatti a été nommé *ouverture* par Kirkpatrick. Il présente les éléments à la tonique et installe le climat général. Comme il a déjà été signalé, dans la plupart des sonates ces éléments initiaux ne sont pas réexposés. Le second volet débute alors directement par l'*excursion*, moment souvent le plus spectaculaire. Pas nécessairement déjà dotée d'une fonction développante, c'est la section de la sonate où l'invention harmonique de Scarlatti peut se montrer la plus fulgurante, démontrant quelquefois un sens de la couleur que seuls des compositeurs tels que Chopin ou Debussy retrouveront.

En pratique

La sonate suivante permet de découvrir une facette de la réalité que recouvre le vocabulaire proposé par Kirkpatrick.

LA FORME SONATE DE SCARLATTI

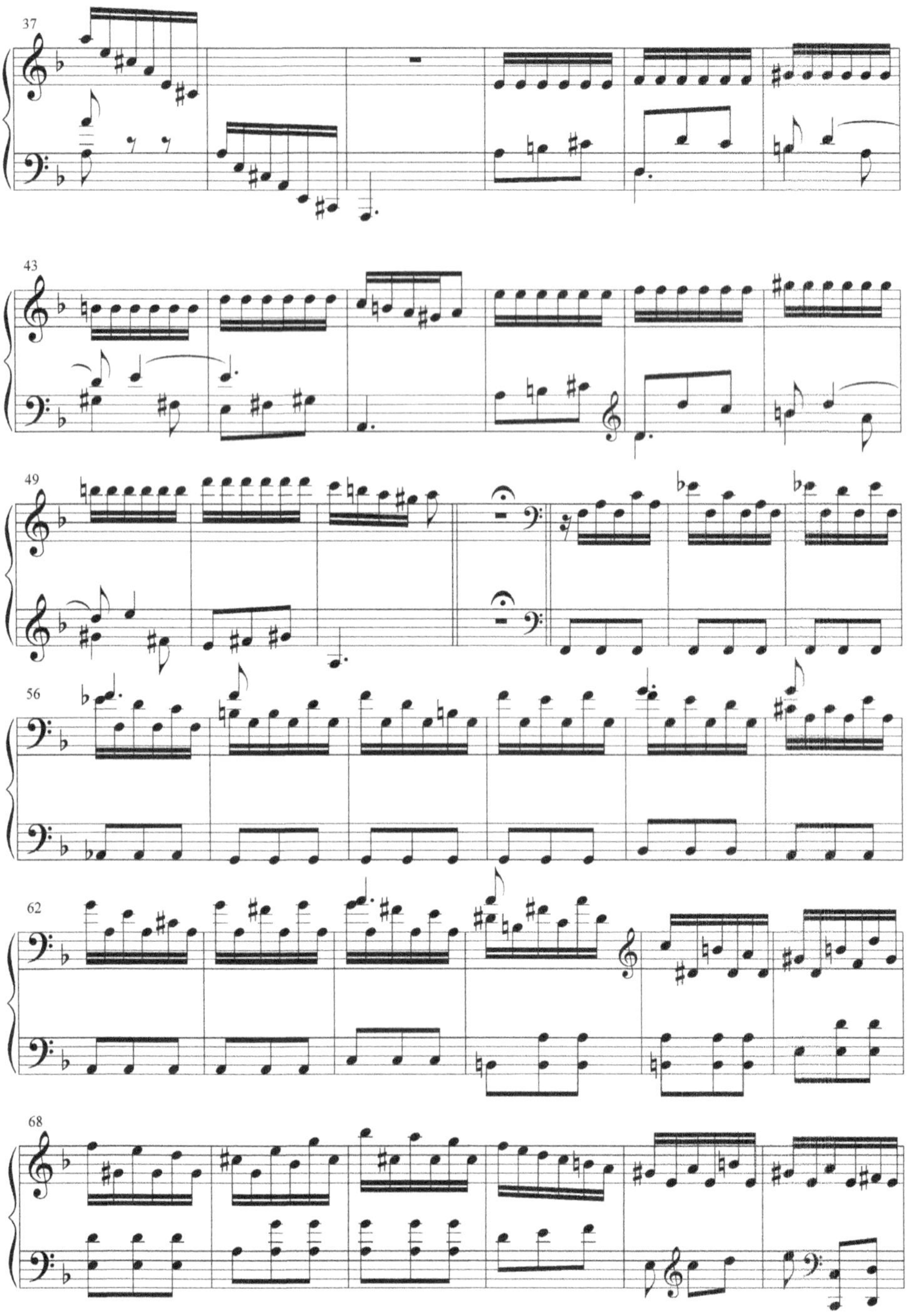
37
43
49
56
62
68

LA FORME SONATE DE SCARLATTI

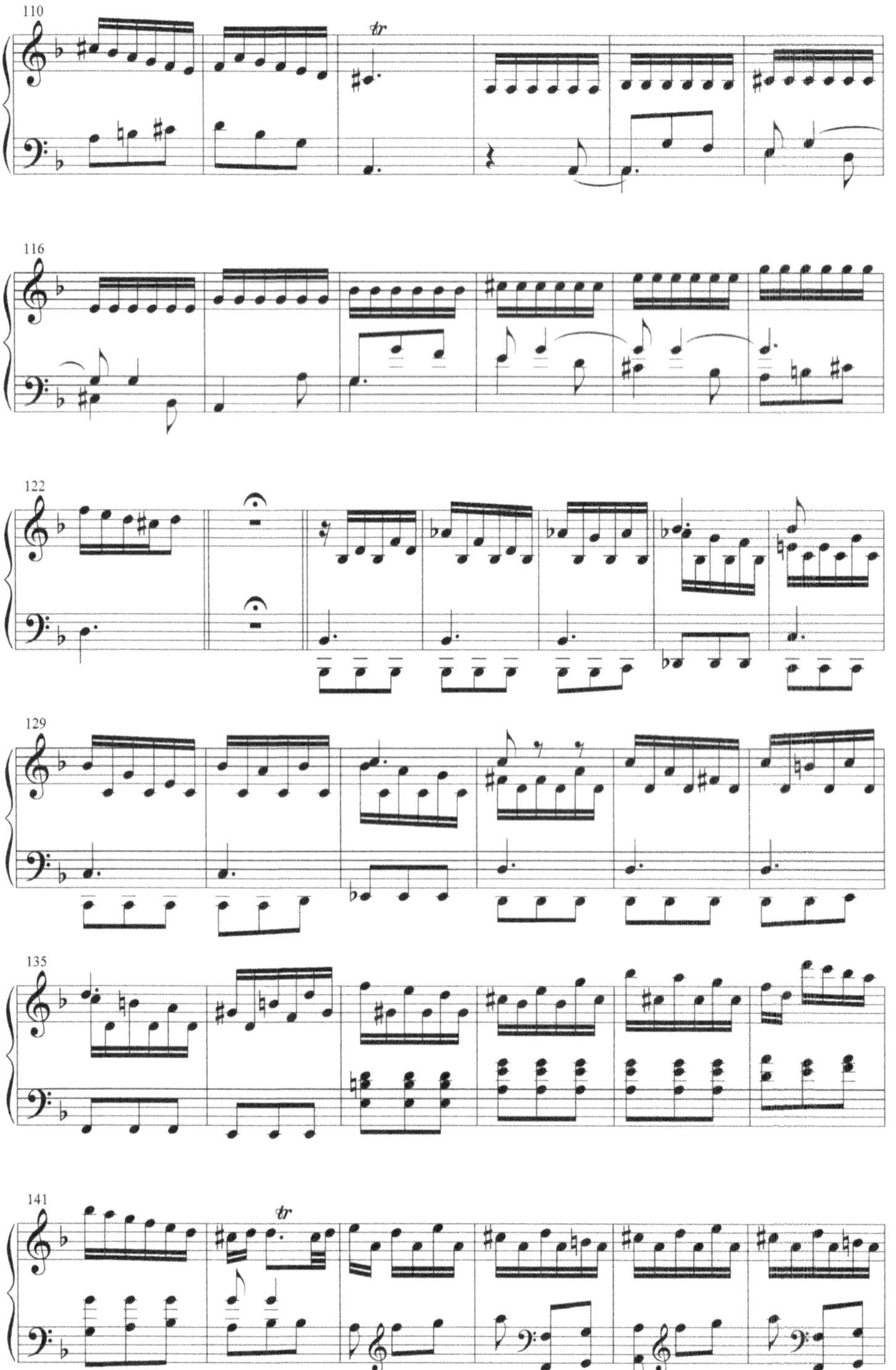
110
116
122
129
135
141

Exemple 33 : *Sonate K 141* **de Scarlatti**

L'*ouverture* (pour reprendre la terminologie de Kirkpatrick) de cette sonate en *ré mineur*, large phrase d'une souple carrure impaire (deux fois 9 mesures, avec une reprise de l'idée thématique principale à l'octave inférieure), instaure immédiatement une couleur espagnole, avec des notes répétées (effets de castagnettes ?) et des imitations de la guitare par les nombreuses acciaccaturas de la main gauche.

La *continuation* mesure 19 est caractéristique de la plénitude qu'affectionne Scarlatti et qu'il obtient souvent en associant une grande clarté harmonique avec une ample utilisation du registre. Après 14 mesures d'arpèges et de gammes en doubles croches, un nouvel élément, trillé avec accents sur la seconde croche, mène à une demi-cadence.

Les 12 mesures suivantes, réintroduisant les notes répétées initiales sous la forme d'une idée cette fois répétée à l'octave supérieure (mouvement inverse de l'ouverture), constituent la *pré-crux* : elles effectuent la modulation de la tonique à la dominante, cette dernière affirmée délicatement par une cadence imparfaite (cette section est un peu l'équivalent d'un pont modulant de forme sonate).

La mesure de pause surmontée d'un point d'orgue matérialise la *crux*.

Une seconde interprétation des concepts de Kirkpatrick est possible et tout aussi convaincante. Il n'y aurait, dans cette optique, pas de *pré-crux*, la *crux* débutant à la m. 40 (à la m. 113 dans le second volet), c'est-à-dire au début du parallélisme thématique entre les deux volets.

La *post-crux* qui suit est un épisode assez stupéfiant : marche harmonique évoluant sur une gamme par tons ascendante, elle atteint mesure 65 la dominante de la dominante de la dominante. Après une résolution de quinte en quinte, la conclusion de la *post-crux* introduit un nouveau motif en *la* mineur, ton de la dominante mineure, en dialogue aigu-grave pendant 8 mesures, avec les croisements de mains si fréquents chez Scarlatti, avant de se jeter dans une *conclusion* cadentielle de 6 mesures, grande descente conjointe de deux octaves.

Le second volet débute immédiatement par l'*excursion*. Épisode modulant, commentaire des notes répétées initiales, évoquant par moment le mode andalou, il atteint des tonalités aussi éloignées du ton principal *ré* mineur que *fa* mineur ou *do* mineur! Si, dans cette sonate, l'excursion peut tout de même faire songer à un développement, ce n'est pas nécessairement le cas.

Le retour de la *pré-crux* mesure 113 (ou de la *crux* dans la deuxième proposition d'analyse) lance la réexposition des différents éléments rencontrés dans le premier volet à partir de la mesure 40. Il ne s'agit pas d'une simple redite transposée au ton principal, mais au contraire d'une réelle réécriture des différents éléments. La *pré-crux* a été refondue en un unique mouvement ascendant de 10 mesures. La *post-crux* a gagné une voix intérieure et quelques mouvements expressifs de la basse. Une mesure nouvelle, la mesure 142, a été insérée avant la conclusion en dialogue. Il s'agit de la seule évocation d'un élément précédant la *pré-crux*, celle de l'épisode trillé qui concluait la *continuation*. La *conclusion* fait désormais 8 mesures. Comme la transposition autorise un registre plus large, la double descente initiale est devenue une triple descente conjointe.

À la vue de la souplesse qui caractérise les reprises thématiques du second volet de cette forme, tout se passe comme si Scarlatti avait déjà fait sienne la maxime de Schoenberg, lequel conseillait à ses étudiants de ne rien écrire qu'un copiste aurait pu noter à leur place!

La forme sonate sans développement

Dérouler une forme sonate complète au sein d'un mouvement lent risque d'entraîner une durée très longue, si longue qu'elle déséquilibrerait peut-être l'ensemble de l'œuvre. Bien que les compositeurs choisissent tout de même quelquefois cette solution, par exemple Beethoven dans sa *1re Symphonie op. 21*, la forme sonate d'un mouvement lent présente le plus souvent deux particularités : l'exposition n'y est pas dotée de barres de reprises et elle enchaîne directement avec la réexposition, élidant le développement central. Par cette suppression d'une partie pourtant essentielle, la forme sonate abandonne sa grande articulation ternaire au profit d'un type binaire. Cette catégorie de forme sonate est parfois nommée *forme sonate mouvement lent* ou forme *exposition-réexposition*. Les désignations *forme lied-sonate, forme cavatine* ou *forme sonatine,* qui furent assez usuelles, sont aujourd'hui abandonnées car elles peuvent s'avérer sources de confusion.

C'est peut-être dans l'équilibre qui relie les deux solos du premier volet de la forme *aria da capo* (voir cette entrée) qu'il est possible de trouver l'origine la plus nette de cette organique forme binaire qui reporte à grande échelle la logique antécédent-conséquent.

La *5e Sonate pour piano en do mineur op. 10 n° 1* de Beethoven présente un exemple particulièrement clair. De tempo *Adagio molto*, au ton du 6e degré majeur, le 2e mouvement énonce un premier thème lyrique de 16 mesures, un pont modulant de 7 mesures, puis une longue section à la dominante qui présente une figure d'accompagnement caractéristique en croches régulières. Après l'ultime cadence de la mesure 44, au lieu de reprendre l'exposition, ou bien de lancer le développement central, Beethoven se contente d'un simple accord de septième de dominante avant de procéder à la réexposition complète (légèrement plus ornée et comportant un pont prolongé de 2 mesures). Une ample coda de 22 mesures referme cette belle page lyrique. Les deux seules particularités de la forme sonate de ce mouvement sont donc bien l'absence de reprises et l'omission du développement central.

Quelques formes sonate sans développement sont plus délicates à percevoir. Le bithématisme du 2e mouvement de la *1re Sonate op. 2 n° 1* de Beethoven, par exemple, bien que réel, est plus difficile à mettre en évidence car le second thème est construit sur un même tétracorde descendant que le premier, et évoque une simple figure conclusive surgissant dans la continuité. De plus, le pont modulant de l'exposition, qui par certains traits évoque la partie B d'une forme lied, est supprimé dans la réexposition. C'est donc ici le plan tonal plus que la logique thématique qui permet d'identifier clairement cette forme en tant que forme sonate sans développement.

Un point important doit être précisé : l'absence de développement central ne signifie nullement l'absence totale de sections développantes. Si le développement central est le développement le plus commenté de la forme sonate, n'oublions pas l'existence fréquente d'un développement secondaire (concernant le thème A et/ou le pont modulant lors de la réexposition), comme celle d'un développement terminal (section située juste avant la coda et proche de l'esprit et des proportions du développement central). Deux œuvres permettent d'éclairer les sections développantes qui figurent au sein de la forme sonate sans développement (sous-entendu « sans développement central »). Pour le mouvement lent de la *4e Symphonie* de Beethoven, celui au fameux *Paukenmotiv* (une figure de quarte évoquant les timbales), le thème principal est une ample mélodie de 16 mesures antécédent-conséquent. Pendant la réexposition de cette forme sonate sans développement (central), Beethoven insère un développement secondaire spectaculaire de 15 mesures, situé entre les deux membres de phrase du thème principal. Le reste de la réexposition se déroule ensuite sans écarts vis-à-vis de l'exposition. L'exemple du mouvement lent du *Quatuor des dissonances K 465* de Mozart est encore plus frappant, tant sa réexposition est placée sous le sceau de l'esprit du développement, autant par l'ornementation du premier thème que par l'intensification du pont ou par l'irruption d'une version dramatisée en mineur du second thème. Une coda polyrythmique résout les profonds épisodes de tension, proposant une synthèse magistrale entre le premier thème en augmentation rythmique et, sous forme d'ostinatos, le pont et le second thème.

Alban Berg devait probablement partager cette conception de la réexposition de la forme sonate sans développement, non comme une simple résolution, mais plutôt en tant que développement de l'exposition. Cela pourrait expliquer qu'il ait choisi cette forme pour le 1er mouvement de sa *Suite lyrique* pour quatuor à cordes, qui n'est pourtant pas de tempo lent mais *Allegretto giovale*. L'écart existant entre l'exposition et la réexposition est tel que la présence d'un développement supplémentaire aurait été inutile. Cela nous conduit à préciser qu'il existe bien quelques rares cas où la forme sonate sans développement peut articuler des mouvements distincts d'un mouvement lent. Et notamment un finale enlevé, comme c'est le cas pour deux œuvres singulières : le *Trio op. 99* de Schubert, où cette forme s'apparente au rondo (il est, pour cette raison, également évoqué dans la notice sur la forme *sonate-rondo*), tout autant que pour un cas encore plus improbable, celui du finale de la *Sonate funèbre op. 35* de Chopin, à première vue une simple ligne vertigineuse exécutée par les deux mains en octaves parallèles (voir son analyse par Charles Rosen dans *La Génération romantique*, Gallimard, 2002, p. 373-377).

Les formes de la suite de danses, le menuet et le scherzo

PRÉSENTATION GÉNÉRALE

Il suffit de mesurer la multiplicité des foyers géographiques où a essaimé la *suite de danses*, genre apparu à la Renaissance et illustré jusqu'aujourd'hui, pour prendre conscience que, sous cette simple appellation, se manifestent des œuvres musicales d'une variété presque infinie. Cette diversité s'exprime tant par le nombre des danses qui composent une suite que par leurs ordonnancements ou leurs types, variant ainsi tempos, métriques, cellules caractéristiques, alternant la nature même des différentes danses, qui peuvent être dansées en rangs, mais parfois aussi glissées, en rondes, en couples, sautées, etc.

Du point de vue formel, la diversité n'est pas moindre. Quelques danses peuvent être traitées en rondeau, d'autres en variations ou comme des arias da capo. Les préludes ouvrant parfois les suites sont, quant à eux, des pièces de caractère, des toccatas, des ouvertures à la française, voire des formes concerto à ritournelles. De nombreuses pièces relèvent donc de formes abordées au sein d'autres notices.

La coupe binaire à reprises est toutefois à la base de la majorité des danses. Au sein de ce cadre général, deux grandes familles peuvent être distinguées.

1. Le noyau principal de la suite baroque est constitué de *grandes danses*, les allemandes, les courantes, les sarabandes et les gigues. Elles sont constituées de deux volets généralement sensiblement de taille similaire. Quelquefois une version ornée ou variée de la danse, et dénommée *double*, lui succède. En résumé :

Grande danse	Forme :	
Allemande ou courante ou sarabande ou gigue, etc.	‖: a :‖: b :‖	Cette danse unique peut éventuellement être suivie d'un ou de plusieurs doubles, c'est-à-dire de la même danse sous une forme variée.

Déroulement des grandes danses

Chacune des grandes danses possède son style caractéristique. On peut ainsi noter, mais sans que cela soit une norme absolue, la dimension contrapuntique ou narrative de l'allemande, l'aspect fluide ou virtuose de la courante, l'apparence harmonique et expressive de la sarabande et la fréquente écriture fuguée de la gigue. En dépit de cette diversité stylistique, les deux volets des grandes danses suivent assez généralement un même parcours harmonique : un premier volet qui quitte progressivement le ton principal et conclut à la dominante ou au relatif majeur, suivi d'un second volet qui revient lentement au ton principal, en faisant le plus souvent quelques haltes, ponctuées de cadences, aux tons voisins. Ni l'arrivée à la tonalité secondaire, ni le retour à la tonalité principale ne sont généralement mis en valeur de façon significative : il s'agit d'un aspect crucial de la différence entre les « philosophies » respectives des parcours de tonalités baroques et classiques.

L'aspect thématique est par contre moins « prévisible ». Comme l'illustre la section *En pratique*, les deux volets peuvent partager un même motif ou en comporter de spécifiques. Des facteurs de symétrie peuvent également être recherchés, comme l'utilisation d'une même formule de cadence, pour terminer les deux parties, parfois étendue à toute une phrase cadentielle, mais également par le choix d'un début similaire pour les deux volets, le second débutant par une transposition du premier (*Gigue* de la *2ᵉ Suite anglaise* de J.-S. Bach), ou par un miroir de celui-ci (*Gigue* de la *3ᵉ Suite anglaise* de J.-S. Bach).

2. Une seconde famille de danses, souvent qualifiées de *petites danses*, comme par exemple les gavottes, bourrées ou menuets, abonde au sein des suites françaises. Ces danses existent également dans les suites allemandes. Elles y constituent une plage de détente, parfois qualifiée de «galanteries» (*Galanterien*), entre la sarabande et la gigue. Vu leurs petites proportions, ces pièces ne se contentent généralement pas d'une seule danse, mais en présentent deux alternées, sur le modèle danse 1 avec reprises, danse 2 avec reprises, et enfin danse 1 da capo, mais sans reprises (ce dernier point est parfois contesté, lorsque l'indication *senza replica* ne figure pas, toutes les reprises étant dans ce cas exécutées par certains interprètes). Du point de vue de la découpe interne, les deux volets des coupes binaires respectives sont usuellement de taille inégale, le second étant plus long que le premier, en raison du fait qu'il intègre le plus souvent une reprise variée du début, créant donc une forme ternaire au sein de la coupe binaire. La musicologie américaine parle pour cela de *rounded binary form*, que l'on traduit dans la musicologie française par *forme binaire à trois phrases*. Perpétuée à l'époque classique dans le cadre du menuet avec trio, elle est souvent également désignée comme une *forme menuet*.

Danse 1	Découpe :	Danse 2	Découpe :	Danse 1 *da capo*	Découpe :
Gavotte 1 ou bourrée 1 ou menuet 1 ou menuet etc.	‖: a :‖: b a' :‖	Gavotte 2 ou bourrée 2 ou menuet 2 ou trio etc.	‖: c :‖: d c' :‖	Gavotte 1 ou bourrée 1 ou menuet 1 ou menuet etc.	a b a'

Déroulement des petites danses

Le plan tonal d'une petite danse est assez proche de celui d'une grande danse, toutefois le retour au ton principal peut cette fois être souligné par une articulation nette du phrasé, voire même par le retour de l'idée principale. La seconde danse peut rester au ton principal, mais parfois aussi se dérouler au ton relatif, à la sous-dominante ou au ton homonyme.

Hormis une mise en valeur du plan tonal, c'est également le caractère thématique souvent assez affirmé des petites danses qui explique probablement pourquoi les compositeurs souhaitent souvent les réexposer. La forme des petites danses est donc assez riche : chacune des deux danses qui la compose enserre entre ses moments de présentation thématique une section centrale qui s'apparente plutôt à un petit commentaire, voire déjà à un germe de développement de l'idée principale (les *b* et *d* du schéma). Mais la notion de contraste est également présente au sein de l'opposition d'écriture fréquente qui existe entre les deux danses. Enfin, une section composée dans l'esprit d'une transition sert quelquefois à revenir de la seconde danse à la première.

Présence d'une transition, de contrastes, de sections développantes, il n'est pas étonnant que le menuet ait été adopté par les compositeurs classiques. Pour trouver sa place légitime au cœur des sonates, des quatuors, des symphonies, etc., il a simplement été adapté au style classique, notamment à son versan galant, tandis que le second menuet était remplacé par un trio, de facture souvent plus intime que le menuet lui-même.

Le menuet et le trio conservent généralement une dimension monothématique, bien que quelques tentatives pour créer des formes bithématiques puissent être relevées, à l'image de la plus fameuse, celle du *Quatuor K 387* en *sol* majeur de Mozart, où la parenté entre la forme menuet et la forme sonate devient patente. Aboutissement logique, quasiment toutes les danses de Schoenberg telle la *Gigue* de sa *Suite op. 29*, adoptent une forme sonate bithématique.

3. Le scherzo

Le menuet a progressivement cédé la place au scherzo, d'abord galant dans les *Quatuors de l'op. 33* de Haydn (1781), puis très enlevé chez Beethoven, avant de devenir fantastique avec Mendelssohn (*Songe d'une nuit d'été*, 1826) et Berlioz (*Roméo et Juliette*, 1839). La différence existant entre un menuet et un scherzo est en fait plus d'ordre stylistique que technique. En effet, du point de vue formel, le déroulement d'un scherzo beethovénien est tout à fait comparable à celui d'un menuet, hormis la naissance de la possibilité d'une seconde occurrence du trio, sur le modèle scherzo-trio-scherzo-trio-scherzo (4e *Symphonie op. 60*, 1806).

Pour mesurer la différence stylistique séparant la danse ancienne et la pièce de caractère qui lui a succédé, il suffit d'écouter un mouvement assez exceptionnel, l'*Allegretto grazioso* de la 2e *Symphonie* de Brahms (1877). Comme pour un clin d'œil historique, Brahms, plutôt que de classiquement alterner un scherzo et un trio, préfère opposer un menuetto assez galant et un scherzo vif et fantasque, partageant une même figure motivique, sur le modèle suivant : *Menuetto Allegretto* à 3/4, *Scherzo Presto* à 2/4, *Menuetto Allegretto* à 3/4, *Scherzo Presto* à 3/8 et *Menuetto Allegretto* à 3/4.

La principale innovation romantique apportée à l'histoire de la forme du scherzo est due à Schumann : il introduit la possibilité de présenter deux trios distincts dans ses scherzos. Parmi les nombreuses occurrences de cette variante, on pourra se reporter, comme exemple de scherzo à deux trios, au 3e mouvement de sa 1re *Symphonie op. 38* (1841).

En pratique

La comparaison des deux allemandes suivantes de Rameau, permet de mettre en regard deux façons d'aborder la logique tonale et l'équilibre thématique d'une danse.

Les deux sont en mineur, la première module au ton de la dominante et la seconde au relatif. Les modulations de la première sont fluides, un premier volet de deux fois 6 mesures et demie présentant la tonalité de la tonique puis, sans rupture, celle de la dominante et un second volet qui retourne immédiatement au ton principal avant de faire une brève excursion à la sous-dominante ponctuée d'une cadence (m. 20). La seconde danse est plus nettement articulée, avec une demi-cadence (m. 5), une première cadence parfaite (m. 7) et la cadence définitive (m. 10). La richesse du second volet est encore plus grande avec la visite des tonalités de *sol* majeur, *ré* majeur, *si* mineur (ponctué par une cadence), *la* mineur, *sol* majeur. Le *mi* mineur initial ne revient que mesure 18 à l'occasion des 6 dernières mesures.

Sur le plan thématique, les deux danses sont également assez différentes. On peut immédiatement noter que la cellule caractéristique de l'allemande n'est présente que dans la seconde pièce. L'équilibre entre les deux volets est lui aussi spécifique. La première allemande utilise un matériau distinct pour les deux, écriture souple en marche et imitations pour le premier, apparition d'une cellule mélodique caractéristique pour le second (m. 14, 17 et 25). La seconde allemande est au contraire unifiée de façon plus intime, avec une même idée pour lancer les deux volets, et une seconde idée qui conclut le premier volet au ton relatif (m. 5 à 10), avant d'être reprise transposée à la dominante dans le second volet (m. 13 à 14), puis finalement de terminer la pièce au ton principal (m. 18 à 23). Même le traitement cadentiel est différent, la première allemande comportant deux formules distinctes alors que les six dernières mesures des deux volets de la seconde sont identiques.

En conclusion, la première allemande sonne comme une pièce proche d'une improvisation, tandis que la seconde paraît beaucoup plus construite et articulée, avec l'équivalent d'un thème nouveau pour affirmer la tonalité secondaire, d'un léger commentaire de ce thème dans le second volet, et enfin de sa reprise transposée au ton principal pour conclure la danse. Même le déroulement des 6 mesures du thème lui-même est marquant, avec deux mesures de présentation thématique ponctuées par une cadence, puis 4 mesures d'une reprise transposées à l'octave inférieure, lesquelles instaurent l'équivalent de la « petite reprise » caractéristique d'une fin de danse. La comparaison des deux allemandes illustre combien l'analyse d'une danse doit s'adapter souplement à la logique non prévisible *a priori* de son matériau.

Exemple 34 : Rameau,

2de Allemande du 1er Livre de pièces de clavecin (1706)

Exemple 35 : Rameau,
Allemande **du** *2ᵉ Livre de pièces de clavecin* **(1724)**

Les formes unitaires

L'expression forme unitaire, peu fréquente et assez ambiguë, est en fait dédiée à deux réalités. Elle concerne en effet :

1. Les œuvres privilégiant le souci d'unité et tendant vers la forme organique. Centrale pour les messes de la Renaissance où différentes prières peuvent partager *cantus firmus* et motifs de tête, cette notion concerne également de nombreuses œuvres de dimensions importantes, composées à partir de la fin du XIXᵉ siècle,

comme les sonates cycliques de l'école franckiste ou le *1ᵉʳ Quatuor* (1904-1905) de Schoenberg. Dans cette première acception, la forme unitaire s'oppose à la conception des grands genres instrumentaux en tant que succession de mouvements autonomes.

2. Les œuvres présentent une forme à partie unique, comme de nombreux préludes, des études, des inventions, etc. Dans cette acception, *forme unitaire* s'oppose à *forme binaire* ou *ternaire*.

La variation

L'ESPRIT DE LA VARIATION

Quoi de plus naturel que de transformer légèrement une idée musicale lors d'une seconde présentation ? Mozart procède ainsi pour sa *Sonate pour piano K 310* quand, reprenant sa mesure initiale en tant que troisième mesure, il enrichit les deux derniers temps.

Exemple 36 : début de la *Sonate K 310* de Mozart

On entre ainsi de plain pied dans l'univers de la variation, terme qui peut tout autant s'appliquer à une simple reprise variée de quelques mesures, que déboucher sur des genres musicaux à part entière, concernant alors la structure de mouvements entiers, comme un thème et variations, une chaconne, une passacaille, etc., voire même une œuvre entière, telle que la *Follia* de Corelli.

1. Varier une idée musicale nécessite la conjugaison raffinée d'une reprise musicale – le modèle doit pouvoir être identifié sous sa transformation – et d'une invention – au moins un aspect doit apporter de la nouveauté à la version variée. On se doute qu'une variation où tout serait transformé romprait le fil avec le modèle, empêchant du coup toute perception de la variation. La forme la plus simple de variation est illustrée par l'exemple précédent de Mozart, c'est-à-dire une reprise légèrement variée et ornée du point de vue mélodique, ce qu'on nomme une variation ornementale. La pratique de cette technique est probablement aussi ancienne que celle de la musique. On en trouve de très nombreuses occurrences dès le répertoire grégorien et, de façon générale, toute la psalmodie peut être ramenée à l'ornementation de quelques figures de base.

L'envie de varier et d'embellir le chant grégorien est aussi d'une certaine façon à l'origine de la polyphonie du ixᵉ siècle. Deux idées formidablement porteuses d'avenir ont présidé à sa naissance : enrichir la couleur de la mélodie par des doublures de quartes, de quintes ou d'octaves, c'est-à-dire faire un *organum parallèle* – technique qui est la préhistoire des variations par la couleur harmonique ou orchestrale – ou alors étirer (parfois prodigieusement) les durées des notes de la mélodie originelle et en faire un *cantus firmus* permettant d'improviser par dessus un contrepoint fleuri, c'est-à-dire faire un *organum à vocalises* – principe inaugurant l'histoire des variations rythmiques.

Quelques siècles plus tard, lorsque le contrepoint est devenu imitatif ou canonique, les techniques de variation se sont plus fortement diversifiées : l'imitation du modèle, la réponse, au lieu d'être une simple reprise, pouvait se pratiquer transposée, renversée (avec la direction des intervalles inversée), rétrogradée (à rebours de la fin au début), déformée, avec des transformations des valeurs rythmiques régulières ou irrégulières ou encore toute combinaison de ces différentes techniques.

Simultanément, un goût toujours plus prononcé pour la virtuosité a mené les compositeurs-interprètes à raffiner l'ornementation, parfois à outrance, l'aria *Possente spirto* de l'*Orfeo* de Monteverdi incarnant *a contrario* un idéal insurpassable de luxuriance artistique. Si l'ornementation pouvait être notée, comme dans ce dernier cas, elle était le plus souvent improvisée, la mélodie de référence n'étant généralement qu'un simple canevas de notes plus ou moins longues, prétexte à déployer l'inventivité de l'interprète, qu'il soit chanteur, cornettiste, violoniste, luthiste, organiste, etc. Cette pratique disparaît progressivement à partir de la fin de l'ère baroque, les ornements commençant à être systématiquement notés. Par ailleurs, les thèmes très richement ornés sont devenus de plus en plus rares au sein des œuvres importantes, réservés à quelques pièces plutôt galantes et décoratives, du type des variations sur «Ah! vous dirai-je, Maman». Comme par une métaphore de cette évolution historique, Vincent d'Indy a justement fait remarquer combien les thèmes de Beethoven se sont épurés au fil de ses 32 Sonates pour piano, une comparaison entre l'*Adagio* de la première et l'*Arietta* de la dernière étant particulièrement révélatrice.

2. Un type de variation d'une nature assez différente parcourt également l'histoire de la musique. Dans les exemples de ce type, une cellule génératrice semble être à l'œuvre : bien qu'elle ne soit pas forcément exprimée directement, la plupart des figures mélodiques semblent naître de sa variation. Nous avons déjà abordé ce point à propos des sonates de Gabrieli ou de Corelli (section sur les *formes sonate baroques*) et il peut également être rencontré dans l'*Offrande musicale* de Bach, où tout semble découler du thème royal. Quelques compositeurs du XIXe siècle ont conféré une importance renouvelée à cette idée. On pense, bien sûr, en premier à Schumann et à son *Carnaval* (1834). Après la huitième pièce du cycle, il expose à nu (mais faut-il les jouer?) trois cellules qu'il intitule *Sphinxes*, petits cryptogrammes réalisés à partir des lettres du nom de la ville de Asch. Pour qui mémorise ces cellules, elles semblent comme hanter de façon subliminale toutes les idées mélodiques du cycle. Cette technique peut également être essentielle dans l'élaboration de grandes formes. Chez Liszt, notamment, des thèmes parfois très différents proviennent d'une même cellule mère, comme le montre une comparaison entre le thème du désir (m. 4) et le thème d'amour (lettre K) de la *Faust Symphonie* (1854-1857). C'est probablement Brahms qui confère la dimension la plus importante à cette technique. Par exemple, le profil des quatre notes qui ouvrent sa *2e Symphonie* (1877) – une broderie et un saut de quarte (parfois un saut de tierce) – lui permet d'unifier d'innombrables figures contrastantes, comme le thème romantique initial, le gracieux *Allegretto* du 3e mouvement (par mouvement contraire) ou encore le gai refrain du *finale*.

**Exemple 37 : trois extraits
de la *2ᵉ Symphonie* de Brahms**

Un motif ou un thème agissant sans être directement présent trouve sa forme ultime au sein de quelques œuvres emblématiques de la fin du XIXᵉ siècle. Dans ses variations symphoniques *Istar* (1896), Vincent d'Indy inverse le processus variationnel usuel où un thème se charge progressivement d'ornements. Au fur et à mesure des sept variations, le thème de cette œuvre se simplifie au contraire progressivement, pour n'être réellement perçu qu'à la fin, lorsqu'il est exposé par tout l'orchestre à l'unisson. Cette idée originale découle directement de l'argument du ballet qui indique que « pour obtenir la délivrance de son amant captif aux Enfers, la déesse Istar doit se dévêtir de l'une de ses parures ou de l'un de ses vêtements à chacune des sept portes du sombre séjour, puis elle franchit, triomphalement nue, la septième porte... ». Jean Barraqué, quant à lui, diffère l'exposition du matériau principal de sa *Sonate pour piano* (1952) jusqu'à son ultime section.

Les *Variations Enigma* (1899) d'Elgar sont encore plus exemplaires. La plupart de ses énigmes ont été percées à jour mais, hypothétique ou réel, le thème qui prévaut aux variations n'a jamais été dévoilé par Elgar et, bien que plusieurs hypothèses circulent, les musicologues ne sont jamais parvenus à l'identifier avec certitude.

Le riche héritage variationnel romantique constitue enfin la matière première du langage de la seconde école de Vienne. Pour son ultime œuvre tonale, le *2ᵉ Quatuor op. 10* (1908), Schoenberg unifie les mouvements par des motifs ainsi que le faisaient déjà Liszt ou Brahms. Et, dès sa période en tonalité suspendue, ce sont encore essentiellement les variations motiviques qui assurent la cohésion. En extrapolant, on peut avancer l'idée que la création en 1923 de la série dodécaphonique ne fut qu'un élargissement du motif générateur brahmsien, croisé avec le goût nouveau des compositeurs pour la complémentarité chromatique ! Métaphore ultime de la plante originelle goethéenne, c'est probablement aussi sous cet éclairage qu'il faut aborder le titre des *Variations op. 30* pour orchestre (1940) de Webern, nous y reviendrons.

3. Jusqu'ici, nous avons surtout abordé la variation d'une mélodie ou d'un motif. Quelques principes assez différents peuvent aussi présider à l'idée de variation. Que se passe-t-il, par exemple, quand des musiciens se réunissent pour improviser un *blues*? Leur point de départ est alors ce qu'on nomme une grille, 12 mesures d'enchaînements harmoniques prédéterminés, qu'ils font tourner «en boucle» aussi longtemps qu'ils ont envie d'improviser. Ici, c'est donc le cadre harmonique qui est invariable et non le cadre mélodique. Cette pratique est pourtant très ancienne. Elle est notamment liée à l'histoire de certaines danses qui furent associées à des schèmes harmoniques mémorisables comme la *Folia*. En élargissant cette idée, ce type de variation n'est pas lié à une mélodie mais à la répétition obstinée d'une ligne de basse. On le trouve également au sein de chaconnes, passacailles, grounds, passamezzos... Quelquefois, les variations sur basse obstinée peuvent aussi exister loin de toute idée de danse. Par exemple, elles sont notamment liées à l'idée de *Lamento*, comme pour le *Crucifixus* de la *Messe en si* de Bach ou le premier chœur de sa Cantate *Weinen, Klagen*. Certaines formes strophiques relèvent également d'une logique assez voisine : pour reprendre l'exemple de l'aria *Possente spirto* de l'*Orfeo* de Monteverdi, une comparaison entre ses strophes révèle que, si leur esprit mélodique est profondément renouvelé à chaque fois, bien sûr en premier lieu du fait de la spécificité des textes respectifs, leurs cheminements harmoniques, bien que variés rythmiquement, sont par contre identiques.

4. Même s'ils semblent plus rares, d'autres points peuvent encore être évoqués avant d'aborder les principaux genres musicaux liés à la variation. Par exemple, plutôt que l'harmonie ou la mélodie, c'est parfois simplement un schéma métrique qui semble être l'élément premier. De telles cellules rythmiques prédéterminées proviennent généralement de versifications référentielles de poèmes, ce qui explique pourquoi, à l'écoute de pièces parfois éloignées, on peut avoir la surprise de retrouver la même organisation rythmique. Par exemple, une formule identique de type hémiole se retrouve dans la frottola *Io non compro più speranza* de Marco Cara, dans *Revecy venir du printemps* de Claude le Jeune ou encore dans l'aria du 2e acte de l'*Orfeo* de Monteverdi (*Ecco pur ch'a voi ritorno*).

5. Il n'est pas même le timbre qui ne puisse faire l'objet de variations, particulièrement depuis l'apparition de la musique électro-acoustique, comme nous le rappellent les *Variations pour une porte et un soupir* de Pierre Henry (1963).

PAIRES DE DANSES ET *CANZONES*

L'émergence d'un répertoire spécifiquement instrumental était la condition indispensable pour que naissent des genres liés à la variation. De fait, plusieurs aspects des premiers regroupements de danses à la Renaissance peuvent déjà être considérés comme déterminants pour l'expérimentation des techniques de la variation. Les danseurs de cette époque appréciaient particulièrement l'enchaînement de deux danses contrastantes, comme *Vortanz* et *Nachtanz* chez les Allemands, *Passamezzo-saltarello* chez les Italiens ou *Pavane-gaillarde* chez les Français. Plutôt que de simplement accoler deux danses différentes, l'idée est rapidement apparue d'utiliser un matériau unique et de l'adapter à chaque fois à la métrique particulière de la danse requise.

Exemple 38 : paire de danses publiée par Attaingnant (Paris, 1530)

Ce principe se retrouve au sein de nombreuses *canzoni* qui exposent initialement un matériau de type binaire, puis le reprennent dans une métrique ternaire, à l'instar de la plupart des *Canzoni francese* de Bernardo Pasquini (1637-1710).

Une autre idée, provenant plutôt de l'ornementation improvisée, apparaît au sein des suites de danses : le double. Il s'agit de proposer une seconde version d'une danse, généralement plus riche en ornements. Selon les cas, cette seconde version est une *ossia*, c'est-à-dire que l'on joue au choix la version simple ou la version complexe ; cependant il faut le plus souvent jouer successivement les deux versions, l'effet étant alors celui d'un thème suivi d'une variation, comme pour la *Sarabande* de la 6e *Suite anglaise* de Bach. Celles des 2e et 3e *Suites* ne comportent pas de doubles mais des reprises ornées (c'est-à-dire qu'on ne joue pas aa/bb, puis le double a'a'/b'b' mais aa'/bb'). Étape ultime, lorsque plusieurs doubles se succèdent, on ne peut plus faire la distinction entre une ornementation progressive et un authentique thème et variations, comme par exemple dans le cas de la *Gavotte* avec six doubles qui clôture la *Suite en la* des *Nouvelles suites de pièces de clavecin* de Rameau.

LE THÈME ET VARIATIONS

Le principal genre musical fondé sur l'idée d'une succession de plusieurs versions différentes d'une même idée musicale est bien sûr le *thème et variations*. Il s'agit là d'un véritable cycle de transformations thématiques qui est proposé, pouvant parfois être assez bref, mais atteignant quelquefois des dimensions tout à fait imposantes, comme pour les *Variations Goldberg* de Bach ou pour les 33 *Veränderungen* (« Transformations ») *Diabelli* de Beethoven. S'il peut s'agir d'œuvres en soi, comme dans le cas des variations sur la *Follia* de Corelli, qui tiennent lieu de sonate complète, les thèmes variés apparaissent souvent tout simplement en tant que mouvements au sein d'œuvres plus larges, comme les variations qui ouvrent la *Sonate en la majeur K 331* de Mozart, les variations sur l'*Hymne impérial* qui servent de mouvement lent au *Quatuor op. 76 n° 3* de Haydn, ou encore les variations qui concluent respectivement la 3e *Symphonie* de Beethoven et la 4e *Symphonie* de Brahms.

Le genre a pris son essor pendant le XVIe siècle, à partir des *diferencias* et des *glosas* espagnoles ainsi qu'avec l'école virginaliste anglaise, qui maniait si brillamment le *ground*. L'époque baroque voit ensuite se multiplier les thèmes et variations, comme en témoignent les *Goldberg* de Bach déjà signalées, mais aussi les variations sur *L'Harmonieux Forgeron* de Haendel. L'époque classique fait de la variation un véritable « objet de consommation ». À la fin du XVIIIe siècle, on ne compte plus les variations sur tel thème d'opéra, telle chanson populaire, les recueils étant parfois conçus pour être joués par des amateurs plutôt qu'entendus au concert. Bien sûr, lorsqu'elles sont écrites dans cette perspective, les variations privilégient généralement plutôt le brillant et le plaisant que la profondeur. C'est la raison pour laquelle cette façon d'aborder le genre disparaît pratiquement avec la naissance du romantisme, de nombreux compositeurs renouant alors plutôt avec les grands cycles « à la Bach », à l'instar de Mendelssohn et de ses *Variations sérieuses*, de Brahms et de ses *Variations sur un thème de Haendel*, ou plus tard encore de Schoenberg et de ses *Variations pour orchestre op. 31*. Les variations brillantes deviennent alors plutôt des paraphrases ou des pots-pourris concertants.

La constante de ce genre musical est que le thème, comme chacune de ses variations, constitue autant de petites formes closes et complètes – souvent de caractères contrastants – enchaînées après de brefs silences. Il ne faut donc pas confondre le thème et variations avec les variations sur basse obstinée où les sections s'articulent sans césures, suivant les cycles de la basse. De ce second genre relèvent par exemple la *Chaconne en ré mineur* de Bach qui conclut sa *Seconde Partita pour violon seul*, ou les *32 Variations en ut mineur WoO 80* de Beethoven – qui stylisent elles aussi une chaconne.

Qu'il s'agisse d'un thème varié ou d'une basse obstinée, les différentes techniques de variation peuvent généralement être ramenées à un petit nombre de types principaux. Vincent d'Indy, par exemple, dans son *Cours de composition musicale* de 1899-1900, a dégagé trois grandes familles de variation : 1) la *variation ornementale*, qui transforme essentiellement la mélodie ; 2) la *variation décorative*, qui s'intéresse plus au caractère et à l'accompagnement ; et enfin, 3) la *variation amplificatrice*, où la mélodie modèle ne constitue plus qu'un point de départ pour stimuler l'imagination du compositeur, avec comme exemples proposés pour ce dernier type, tant des *Chorals* pour orgue de Bach que les *Diabelli* de Beethoven ou les *Études symphoniques* pour piano de Schumann. Dans son ouvrage *Die Variation* de 1956, le musicologue Kurt von Fischer propose quant à lui six principes différents où le thème et variations est envisagé sur le même plan que les autres espèces de variations : 1) la variation sur cantus firmus, 2) la variation sur ostinato, 3) la variation à harmonie constante, 4) la variation mélodique avec harmonie constante, 5) la fantaisie-variation et enfin, 6) la variation sérielle. Ces principaux types de variation, ainsi que quelques autres, sont étudiés dans la section suivante.

Exemple 39 : thème et sa variation ornementale, 1er mouvement de la *Sonate K 331*, Mozart

LES PRINCIPALES FORMES DE VARIATION
La variation ornementale

Enrichir une mélodie par différentes ajouts ornementaux constitue la forme la plus fréquente de variation. Analyser ce type d'élaboration revient à retrouver les notes de la mélodie originelle au cœur de la version ornementée. Pour certaines variations, cela « saute » littéralement aux oreilles, comme dans l'exemple 39 de Mozart.

Il arrive aussi que la mélodie soit comme enfouie dans une phrase d'allure neuve, comme l'illustre le 4ᵉ mouvement du *14ᵉ Quatuor* de Beethoven, qui nous servira plusieurs fois de référence. Toutes les composantes du thème seront travaillées par Beethoven, que ce soient la mélodie présentée en relais entre les deux violons, la ligne de basse du violoncelle en pizzicatos, la broderie initiale de la mélodie ou encore la tenue de l'alto.

Exemple 40 : *Variations* du *14ᵉ Quatuor* de Beethoven, Thème

Dans le passage d'allure rhapsodique débutant mesure 232, la mélodie (signalée par des flèches dans l'exemple 41) articule simplement les grandes phrases en triolets, donnant le sentiment d'une conversation entre différents personnages musicaux, où quatre interlocuteurs prendraient successivement la parole.

LA VARIATION

LES FORMES DE LA MUSIQUE OCCIDENTALE

**Exemple 41 : mesures 232 à 238
des *Variations* du *14ᵉ Quatuor* de Beethoven**

L'enrichissement peut être parfois d'une subtilité telle que le lien semble rompu avec le modèle. Pour des cas aussi difficiles, il convient de procéder à un travail quasiment «archéologique» pour retrouver sa trace, comme le démontre l'exemple suivant, à nouveau tiré du 4ᵉ mouvement du *14ᵉ Quatuor* de Beethoven. On retrouve la ligne de basse du thème (signalée par des flèches ascendantes dans l'exemple 42), la mélodie principale disséminée, voire superposée, entre les instruments (flèches descendantes), ainsi qu'un motif expressif nouveau au violon, né de la tenue originale de l'alto enrichie du relais que les violons pratiquaient à la mesure 8 du thème.

Exemple 42 : 1re variations du *14e Quatuor* de Beethoven

La variation rythmique

Parfois, plutôt que d'ornementer la mélodie, la variation peut en transformer l'aspect rythmique. Ainsi, la 5e variation sur «Ah, vous dirai-je, Maman» de Mozart, bien que reprenant scrupuleusement les notes du thème original, semble, avec humour, s'ingénier à le dérythmer.

Exemple 43 : thème des *Variations sur «Ah, vous dirai-je, Maman»*, Mozart

Exemple 44 : 5e variation des *Variations sur «Ah, vous dirai-je, Maman»*, Mozart

La variation de caractère

La variation d'un thème peut aboutir à une réelle métamorphose de celui-ci. Tout en maintenant un lien, soit mélodique, soit harmonique avec le modèle, le nouveau climat introduit peut s'avérer en totale rupture avec lui. Les *Six Variations en fa majeur op. 34* de Beethoven renouvellent à chaque pièce l'esprit, le tempo, la métrique et même, de façon tout à fait exceptionnelle, la tonalité. À partir du 2/4 *cantabile* original, se déploient ainsi des caractères aussi contrastés qu'un 6/8 endiablé anticipant la *7ᵉ Symphonie*, un *Tempo di menuetto* ou même une *Marcia* d'esprit funèbre. Les *Études symphoniques* de Schumann sont encore plus exemplaires sur ce plan, tant le caractère de chacune des pièces qui composent le cycle est affirmé et inoubliable. Quant aux *Variations Goldberg* de Bach, elles enchaînent, par groupes de trois, des pièces canoniques, des études de mécanisme assez virtuoses et des variations de caractère fondées sur des allusions à différents genres baroques. Ainsi, à partir de l'*Aria* initiale :

Exemple 45 : thème initial des *Variations Goldberg* de Bach

La 1ʳᵉ variation est l'équivalent d'une invention à deux voix :

Exemple 46 : 1ʳᵉ variation des *Variations Goldberg* de Bach

La 16ᵉ variation recrée une ouverture à la française complète. Ses 16 premières mesures sont traitées dans l'esprit du lent pointé initial avec la signature caractéristique des fusées ascendantes, tandis que ses 16 dernières mesures (non reproduites dans l'exemple) évoquent le vif fugué conclusif.

Exemple 47 : 16ᵉ variation des *Variations Goldberg* de Bach

La 25ᵉ variation est une aria particulièrement expressive comme on en trouve dans les *Passions* ou au sein de quelques-unes des *Cantates* de Bach. La basse diatonique du modèle est devenue une basse chromatique descendante dans l'esprit d'un *Lamento*.

Exemple 48 : 25ᵉ variation des *Variations Goldberg* de Bach

La variation polyphonique

La notion de variation polyphonique recouvre deux réalités assez différentes. La première concerne les variations où ce n'est pas le thème qui est transformé, mais son environnement polyphonique. Les quatre variations sur l'Hymne impérial du *Quatuor op. 76 n° 3* de Haydn sont toutes de cette nature. Le thème impérial est successivement entonné par chacun des quatre instruments (violon 2, violoncelle, alto et violon 1) sans jamais être altéré, comme il convient pour un hymne. Toute l'invention de Haydn se concentre sur «l'habillage» polyphonique du thème, variant la densité (2, 4, 3 puis 4 voix), la vitesse (la 1ʳᵉ variation privilégie les doubles croches contrairement à la seconde qui recherche plutôt les syncopes) et le registre (le mouvement général mène vers l'aigu). Les pièces canoniques des *Variations Goldberg* de Bach sont d'une même nature. Placés toutes les trois variations, ce sont des canons qui explorent systématiquement tous les rapports d'intervalles, depuis l'unisson jusqu'à la neuvième. Le thème est à chaque fois présenté en tant que soubassement des deux voix canoniques. Enfin, les *Études symphoniques* de Schumann comportent une exceptionnelle variation de cette nature. Le thème de départ est une ample ligne soutenue par des accords, parfois arpégés.

Exemple 49 : thème des *Études symphoniques* de Schumann

La seconde étude propose, au-dessus d'une reprise du thème utilisée comme basse et surmontée d'un accompagnement martelé en sextolets, une nouvelle mélodie, emportée, justifiant indubitablement le qualificatif de *symphonique*. Pour cette étude, c'est bien le contexte polyphonique qui renouvelle le sens de la mélodie originale.

Exemple 50 : 2ᵉ étude des *Études symphoniques* de Schumann

Le second type de variation polyphonique est celui où le thème fait directement partie du matériau contrapuntique. La 7ᵉ variation sur «Ah, vous dirai-je, Maman», soudainement minorisée et écrite avec un sérieux de façade, traite le thème populaire comme l'antécédent d'un canon à l'allure «sévère», bien vite interrompu.

Exemple 51 : 7ᵉ variation sur «Ah, vous dirai-je, Maman» de Mozart

C'est au contraire un authentique canon à la seconde qui sous-tend l'étrange 3ᵉ variation, «andante moderato *en plaisantant*» du *14ᵉ Quatuor* de Beethoven. Le lien avec le thème y est subtil : les notes de la mélodie forment l'ossature du motif traité en canon (flèches descendantes), tandis que c'est une évocation des notes de la basse qui justifie l'intervalle de seconde entre l'antécédent et le conséquent (flèches ascendantes).

Exemple 52 : 3ᵉ variation du *14ᵉ Quatuor* de Beethoven

Les *Études symphoniques* de Schumann proposent quant à elles un assez stupéfiant canon d'accords construit sur la mélodie initiale, les entrées des différentes voix de ce mouvement perpétuel étant signalées par des *sforzandos* (4ᵉ étude).

La quintessence de la variation polyphonique peut être vue dans le cadre des variations fuguées. Elles sont parfois conçues comme de simples variations parmi d'autres (la 10ᵉ des *Variations sérieuses* de Mendelssohn ou la 24ᵉ des *Variations Diabelli* de Beethoven, intitulée *Fughetta*), mais les variations fuguées constituent le plus souvent l'apothéose d'un cycle, comme lors des *Variations Eroica* ou encore des *Variations Diabelli* de Beethoven, ou même des *Variations sur un thème de Haendel* de Brahms. Placées comme conclusions, ces variations très spectaculaires suivent généralement la logique interne propre à la fugue, et font donc fréquemment exploser le cadre général du thème de référence. Elles sonnent de ce fait vraiment comme un finale, éventuellement suivi d'une «coda épilogue», comme pour les Diabelli.

La variation de l'accompagnement

Ce sont quelquefois les formules d'accompagnement qui focalisent l'imagination du compositeur. Par exemple, la seconde des variations qui constituent le finale du *Quatuor en ré mineur K 421* de Mozart démontre le génie de ce compositeur concernant les polyrythmies complexes, superposant des formules aux mètres indépendants. À nouveau, c'est Beethoven qui propose les exemples les plus frappants de ce type d'écriture, et l'indépendance des voix de l'exemple 53 constitue probablement un des modèles de l'écriture de Messiaen qui peut superposer des chants d'oiseaux à des formules rythmiques obstinées, éventuellement originaires de l'Inde.

Exemple 53 : m. 255 à 258 des variations du *14ᵉ Quatuor* de Beethoven

La variation amplificatrice

La passionnante notion de variation amplificatrice a été dégagée par Vincent d'Indy. Il la présente comme une variation dans laquelle « la *lettre*, ou si l'on préfère la *note* est à peu près absente, tandis que l'*esprit*, l'*expression* demeure. On se trouve alors en présence d'une véritable interprétation, d'une *amplification* du thème ». En résumé, dans ce type assez rare de variation, le compositeur est tellement imprégné de l'esprit de son thème qu'il peut donner naissance à une phrase apparentée selon un lien qui conserve un certain mystère. Cette sorte de variation se rencontre souvent dans le cadre de la variation de choral que nous abordons plus loin et où la musique est en quelque sorte l'exégèse de la mélodie religieuse. Elle est par contre absente du premier style classique, pour ne redevenir centrale qu'à partir du XIXe siècle (essentiellement de Beethoven à Franck). De nombreuses variations parmi les *Diabelli* sont de cette nature, comme la 8e et surtout la 20e, et cette idée imprègne également les *Variations symphoniques* et les *Trois chorals d'orgue* de Franck. La 11e *Étude symphonique* de Schumann en fournit à son tour un exemple parlant. Sa mélodie est clairement déduite du thème d'accords que nous avons présenté plus haut, on retrouve le profil descendant suivi du saut de sixte ascendant, mais elle possède une personnalité propre, particulièrement dans son articulation séquentielle. La suite de la phrase est du même ordre. Le plan général, les modulations et les cadences dérivent toujours du modèle, mais selon une logique qui lui est irréductible.

Exemple 54 : 11e étude des *Études symphoniques* de Schumann

La variation éliminatrice

L'ultime aspect technique des variations que nous abordons ici est encore plus rare. Il s'agit d'une variation qui est en quelque sorte l'analyse du thème : elle en supprime tous les aspects ornementaux pour ne présenter que la quintessence, les notes essentielles. C'est d'une certaine façon le contraire d'une variation ornementale. Cela ressemble un peu aux analyses schenkeriennes qui remontent de l'«avant-plan» de la musique jusqu'à son «arrière-plan», en passant par les «plans-moyens», partant donc de la musique réelle pour finalement ne présenter de la partition que son ossature la plus essentielle, l'*Ursatz*. La 5e des variations du *14e Quatuor* de Beethoven est de cette nature. Une comparaison entre l'exemple suivant et le thème présenté précédemment montre que la ravissante mélodie devient, dans cette perspective, une simple texture fantomatique, la chute de tierces des mesures 5 à 8, par exemple, matérialisant exclusivement les notes réelles du relais pourtant si charmant des deux violons.

Exemple 55 : 5e variation du *14e Quatuor* de Beethoven

La variation sur cantus firmus

Étudier les variations sur cantus firmus consiste un peu à présenter toute l'histoire du contrepoint, tant ces deux domaines sont imbriqués à travers les genres de l'organum, du déchant, du conduit, du hoquet, du motet et de la messe. La notice sur les *formes contrapuntiques* permet un tour d'horizon de cette dimension essentielle de la musique.

Pour pointer l'aspect le plus saillant des variations sur cantus firmus, il suffit de noter qu'un élément de la polyphonie doit être préexistant à celle-ci, par exemple sous la forme d'une mélodie grégorienne ou d'une chanson, comme *L'Homme armé*. Pour l'auditeur connaissant la mélodie, la musique possède une saveur particulière, mélange de reconnaissance d'un élément connu et découverte d'inventions inattendues.

Il faut toutefois faire attention à ne pas confondre une simple citation avec un cantus firmus : ce dernier doit présenter une continuité suffisante pour que la musique se développe autour de son ossature ; ainsi, si *Nous n'irons plus au bois parce qu'il fait un temps épouvantable* est une espiègle citation placée au sein des *Jardins sous la pluie* (1903) de

Debussy, la mélodie du *Dies irae* constitue, quant à elle, un authentique cantus firmus dans le finale de la *Symphonie fantastique* (1830) de Berlioz.

La variation de choral

Les mélodies de choral sont fréquemment traitées à la manière d'un cantus firmus. Ainsi s'est forgé un important répertoire de variations orchestrales et vocales, particulièrement au sein des cantates, mais également une tradition de la variation pour orgue. Une étude du recueil central de la production pour orgue de Bach, l'*Orgel-Büchlein*, regroupement de 45 chorals, permet d'appréhender la diversité et l'esprit d'un genre qui fixe une méditation autour de textes sacrés associés à des mélodies simples. Relevant de la catégorie générale des variations polyphoniques, les chorals de l'*Orgel-Büchlein* sont le plus souvent traités à quatre voix (hormis le n° 40 à trois voix et les n°^{os} 1, 21 et 35 à cinq voix), la mélodie de choral étant systématiquement présentée à la voix supérieure (les n°^{os} 13 et 20, avec la mélodie à l'alto, constituent les seules exceptions).

Les différentes formes de variation pratiquées peuvent se ramener à cinq grandes catégories :

- ▶ Les variations les plus fréquentes sont celles d'esprit «fleuri», les voix de la polyphonie contrepointant le soprano par des rythmes libres et indépendants aux imitations non strictes, et on peut remarquer une tendance à la complémentarité rythmique conduisant à un *perpetuum mobile* – expression de toutes les subdivisions du temps (n°^{os} 1, 3, 5, 6, 8, 9, etc.).

- ▶ Une seconde catégorie remarquable est celle des variations de l'ordre du «grand mélange», chaque voix développant une ligne autonome à la valeur rythmique obligée, comme par exemple la n° 19, qui combine une guirlande de sextolets de doubles croches avec une basse en croches parfois syncopées.

- ▶ Assez nombreuses sont également les variations développant des cellules rythmiques en ostinato, comme la lumineuse n° 7 ou la 33, quelques variations ne développant l'ostinato qu'à la basse, telles les variations n°^{os} 17 ou 38.

- ▶ Les variations canoniques sont assez fréquentes, que le canon concerne le choral seul (n°^{os} 2, 20, 22, 26 et le 35 aux harmonies étonnantes) ou qu'il soit double (n° 10 et le complexe 21). Le canon est parfois indépendant de la mélodie de choral, mais il est alors généralement peu strict (n° 15), et s'apparente plutôt à des imitations prolongées.

- ▶ La mélodie de choral est le plus souvent clairement exprimée, s'adaptant simplement à la métrique de la pièce. Mais certains chorals pratiquent une variation ornementale de celui-ci, comme dans les n°^{os} 16 et 42, tandis que le n° 40 se présente comme une aria très expressive.

- ▶ Bien entendu, toutes les combinaisons possibles entre ces cinq catégories sont envisageables ; le n° 2, par exemple, présente l'imbrication d'une variation canonique sur le choral avec une variation «grand mélange», comportant deux lignes qui déroulent respectivement des croches et des noires.

Il est à noter que les points d'orgue qui figurent presque systématiquement au-dessus de la partie de choral ne sont pas ici des indications d'ordre rythmique, mais servent à rappeler les cadences présentes lorsque le choral est chanté avec son texte original. Il ne faut en effet jamais oublier cette dimension essentielle de ce répertoire, chaque choral évoquant un épisode bien précis des Écritures, la dimension expressive pouvant même être saisissante, comme pour le célèbre n° 33, *Durch Adams Fall*, déjà évoqué à propos de la *9ᵉ Sinfonia* (p. 77).

Les variations sur basse obstinée ou sur ostinato

À la différence du *thème et variations*, au sein duquel chaque section possède une certaine autonomie, les variations sur basse obstinée ou sur ostinato présentent de leur côté une grande continuité, rythmée par les cycles de l'élément en ostinato. Le plus souvent, les différentes variations respectent le cycle et changent d'écriture pour chaque phase de celui-ci, ou toutes les deux fois. Elles peuvent aussi chevaucher le cycle, gommant alors les articulations naturelles du discours, ce trait étant assez caractéristique des *grounds* anglais.

Sur le plan technique, les variations sur basse obstinée se rapprochent des autres formes de variation et sont traitées sur un même modèle. C'est donc plus particulièrement la dimension esthétique qui les caractérise, rattachant un volet, qui pourrait paraître exclusivement technique, à une histoire parfois très longue, et qui concerne des genres souvent majeurs comme la chaconne, la folia, le ground, le lamento, la passacaille, le passamezzo, la romanesca et le ruggiero.

Les variations fantaisie

Les cadences improvisées des concertos ont permis d'expérimenter une section conçue comme un traitement libre, rhapsodique et souvent brillant de différents thèmes. L'attrait de nombreux compositeurs du XIXᵉ siècle – également interprètes virtuoses – pour des paraphrases autour de thèmes célèbres ou de mélodies extraites d'opéras en vogue, devait encore renforcer cette nouvelle acception de l'idée de variation. À lui seul, Franz Liszt permet d'illustrer toute la variété offerte par cette pratique, depuis des pièces brillantes, telle sa *Grande Fantaisie de bravoure sur la clochette de Paganini* (1834), jusqu'au chef-d'œuvre que constitue sa *Totentanz*, aux nombreuses versions (1848, 1849, 1853 et 1864). Concerto pour piano à la virtuosité débridée et musique à programme morbide et quasi maléfique, cette pièce en un seul grand mouvement est inspirée à la fois d'une série de gravures sur bois d'Holbein sur l'idée de l'égalité de tous devant la mort, et d'une fresque visible à Pise intitulée *Trionfo della Morte*. Liszt avait déjà écrit une œuvre concertante inspirée de Berlioz, sa *Grande Fantaisie symphonique* (1935) variant plusieurs thèmes de *Lélio, ou le retour à la vie*, mais il s'agit cette fois de paraphrases sur le thème du *Dies irae* grégorien – celui-là même que Berlioz avait utilisé pour le dernier mouvement de sa *Symphonie fantastique*. Une seconde section de la *Totentanz* est constituée de variations dans l'esprit d'une *Folia* autour d'un bref motif de 8 notes extrait du *Requiem* de Mozart. Œuvre au matériau multiple, elle alterne des variations numérotées comme pour un thème et variations traditionnel – la 4ᵉ étant une variation canonique de caractère intime et la 5ᵉ un fugato en notes répétées à la virtuosité vraiment «diabolique» – avec des cadences libres et des instants d'esprit improvisé. Franck se situe délibérément dans une perspective similaire lorsqu'il écrit en 1886 ses *Variations symphoniques*.

La variation sérielle

Qu'on l'appelle *Veränderungen* («transformations», Beethoven), *Métamorphoses* (Strauss) ou *Métaboles* (Dutilleux), la variation est souvent prise au sens le plus large. Dans cette perspective, la notion de variation est également essentielle au sein de la pensée sérielle, au même titre qu'elle l'était déjà pendant la période de libre atonalité. C'est de façon très générique que le qualificatif de *variation* est appliqué à quelques partitions telles que les *Variations pour piano op. 27* (1936) ou les *Variations pour orchestre op. 30* (1940) de Webern. Si la dimension de thème varié n'y est pas totalement absente, la spécification de variation doit tout de même être prise en son sens le plus général. Un simple regard sur les 10 premières mesures de l'*op. 30* peut permettre de le comprendre. Une voix principale s'y déroule (la portée supérieure de l'exemple) articulée par cellules de quatre notes. Une seconde voix lui fait un effet d'écho rythmique, une cellule sur deux.

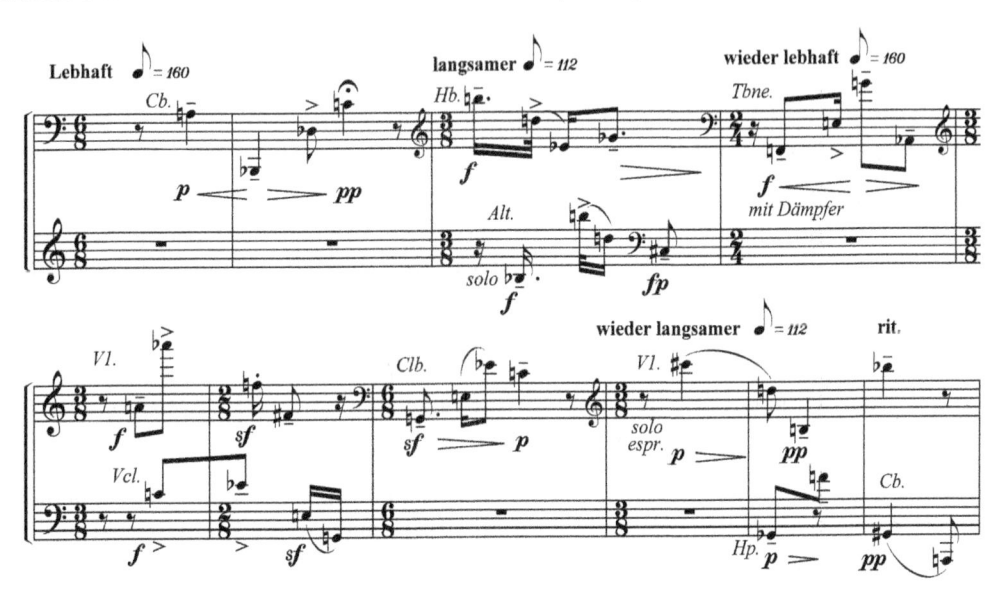

Exemple 56 : début des *Variations op. 30* de Webern

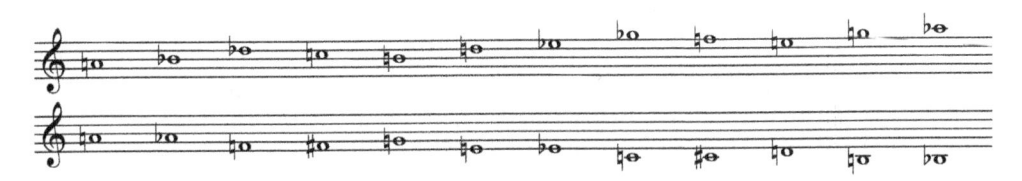

Exemple 57 : matériau sériel des *Variations op. 30* de Webern

L'analyse sérielle en est assez simple : la voix supérieure enchaîne la série principale et la série en miroir (cf. l'exemple 57), tandis que la voix inférieure déroule la série en miroir rétrogradée. Toutefois, la perception, dans un contexte d'aussi extraordinaire renouvellement permanent des événements, tant du timbre que de la métrique, des nuances, des attaques ou même du tempo, est à mille lieues d'une telle écoute linéaire. Au contraire, un sentiment de transformation presque kaléidoscopique de quelques cellules fondamentales est omniprésent. Le dessin de la cellule initiale exposée par la contrebasse est présenté de façon rétrograde au hautbois, en miroir rétrogradé, y compris rythmique, au trombone, puis en miroir simple au violon, à nouveau en miroir rétrogradé à la clarinette basse, et enfin en rétrograde simple au violon. Mesure 3, le canon de l'alto fait ressortir la cellule de sixte du motif du hautbois. Mais ce dernier constitue une variation en lui-même, cette fois par cellules de deux notes : à la sixte majeure descendante répond en effet une tierce mineure ascendante avec une cellule rythmique qui constitue le rétrograde augmenté par deux de la cellule de la sixte! Et les exemples pourraient être multipliés presque à l'infini.

On se doute qu'on ne peut exiger d'un auditeur qu'il suive auditivement une telle démarche. Cela n'exclut pas que l'effet perceptif découle directement de la démarche compositionnelle, avec une combinaison extrêmement raffinée de *cohérence* – les cellules par quatre, notamment, s'entendent très aisément –, et de *fantaisie* – leurs variations sont toujours imprévisibles, semblant rattachées au modèle par quelque lien subtil et mystérieux.

PLAN À GRANDE ÉCHELLE

S'ils n'étaient que rythmés par la carrure du thème – souvent de deux fois huit mesures –, celle-ci étant habituellement respectée par chacune des variations ou, second cas, par le déroulement d'une basse en ostinato – à nouveau fréquemment de huit, douze ou seize mesures –, les genres nés de la variation pourraient se présenter comme de fastidieuses énumérations cloisonnées. C'est pourquoi les compositeurs opèrent fréquemment des regroupements internes au sein des cycles de variations de dimension importante.

L'idée la plus simple découle de la logique instrumentale. Dans ses *32 Variations en do mineur* (1806), par exemple, Beethoven présente souvent les mêmes idées successivement aux deux mains, à l'image de la variation XI où la main droite reprend les triples croches de la main gauche de la variation X, et où la seconde main procède symétriquement avec un élément descendant. Son cycle de répartition pianistique occupe aussi parfois trois variations, comme pour les variations 1 à 3, où un élément en doubles croches est successivement présenté à la main droite, à la main gauche, puis aux deux mains réunies. La lecture instrumentale peut parfois être prise de façon encore plus large, tenant alors compte d'une fréquente évolution vers la virtuosité, par l'utilisation de valeurs de notes de plus en plus brèves. Dans ses *Variations sérieuses* (1841), Mendelssohn planifie ainsi une évolution qui mène du thème jusqu'à la 9e variation, au sein d'un mouvement en deux phases qui conduit progressivement vers la virtuosité ; une diminution des valeurs s'y double de plus d'une accélération progressive des tempos. À l'époque de Sweelinck (1562-1621, Variations sur *Soll es sein*) ou de Frescobaldi (1583-1643, *Capriccio sopra la Girolmeta*), de telles évolutions se déroulaient fréquemment à l'échelle de pièces entières.

Une seconde forme de répartition découle du plan tonal. Si des changements de tonalité proprement dits sont rares au sein de cycles de variations (Beethoven, *Six Variations en fa majeur op. 34*, 1802), les alternances de mode sont par contre légion. Pour sa *Chaconne en ré mineur* pour violon seul (1720), J.-S. Bach, après une première partie en mineur, passe en *ré* majeur (du milieu de la variation 17 jusqu'à la variation 26), puis retourne en *ré* mineur jusqu'à la fin (variations 27 à 32). La perception d'ensemble de cet immense cycle devient donc clairement ternaire, formée de parties de plus en plus brèves : 16,5 variations en mineur, 9,5 variations en majeur et enfin 6 variations en mineur.

Une troisième idée, raffinée, est un peu plus rare. Il s'agit d'un éloignement progressif par rapport au thème qui, très reconnaissable dans les premières variations, devient de plus en plus lointain et insaisissable. L'expression la plus saisissante de cette idée a été atteinte par Beethoven dans ses *33 Transformations Diabelli op. 120* (1819-1823). Quand le travail de la très simple valse de Diabelli (décrite par Beethoven comme un *Schusterfleck*, une «pièce de cordonnier») atteint un degré où elle cesse d'être reconnaissable, c'est un thème du *Don Juan* de Mozart qui surgit (Variation XXII, *Allegro molto alla «Notte e giorno faticar» di Mozart*) : l'éloignement ultime n'est-il pas atteint quand le thème initial s'est transformé en un autre, explication plausible du terme de «transformation» préféré par Beethoven à celui de «variation»?

Un cycle de variations peut aussi revêtir quelques aspects du style sonate. Le finale de la *4ᵉ Symphonie* (1884-1885) de Brahms est un bon représentant de cette tendance. Parti d'une basse de J.-S. Bach (*Cantate BWV 150, Nach dir, Herr*) légèrement transformée, et conçu comme un hommage, tant au finale de la *3ᵉ Symphonie* de Beethoven qu'à la *Chaconne pour violon* de Bach, cet ample mouvement, au-delà du cycle des huit mesures du thème, laisse clairement percevoir cinq parties principales. Une exposition en *mi* mineur achevée par un délicat solo de flûte (du thème jusqu'à la variation 12), une partie contrastante en *mi* majeur, d'esprit choral, presque wagnérienne (variations 13 à 15), un développement central lancé par un retour du thème en *mi* mineur (variations 16 à 22) puis, après le point culminant (var. 21) et une retransition (var. 22), intervient la réexposition variée (les variations 23 à 26 correspondent assez clairement aux mesures 1 à 32 et les variations 27 à 30 effectuent la cadence conclusive, la 30ᵉ étant la première à élargir le cycle de 8 mesures à 12), et enfin une coda développante *più allegro* (variations 31 à 36). Brahms a, de plus, tissé des liens subtils entre ce mouvement et le premier, rappelant fréquemment le cycle de tierce qui constitue le premier thème de l'*Allegro* initial (variations 22 et 30) et même son accompagnement (variations 14-15). Berg se situe dans une même logique lorsqu'il compose son *Kammerkonzert* (1925). Son 1ᵉʳ mouvement est en effet un *Thème et variations* qui s'apparente à une grande forme sonate : le thème, suivi de la 1ʳᵉ variation, forme l'exposition et sa reprise, les variations 2 à 4 constituent le développement, tandis que la 5ᵉ variation est dévolue à la réexposition.

Les variations doubles proposent une autre solution pour éviter la monotonie. Les œuvres de ce type alternent deux cycles de variations, comme cela se passe par exemple au sein du 1ᵉʳ mouvement du *Quatuor op. 55 n° 2* (1788) de Haydn. Un thème en *fa* mineur, puis un thème en *fa* majeur, y disposent chacun de variations selon le plan : A B A' B' A" B" coda. Dans son *Manuel d'analyse musicale* (Minerve, 1996, 2000), la musicologue Ivanka Stoïanova présente une autre forme de variation double sous le terme de variations «à la russe». Chacun des deux thèmes est cette fois suivi directement de ses propres variations. L'*Ouverture fantaisie Kamarinskaïa* (*ca* 1848) de Glinka en fournit un bon exemple : elle débute par un chant de noce, *Commodo* en *ré* mineur suivi de quatre variations puis, après une transition, expose un chant russe dansé, le *Kamarinskaïa*, qui donne son nom à l'ouverture, *Allegro moderato* en *ré* majeur, lui-même suivi d'une variation développante et d'une coda.

Si, comme nous l'avons vu, le 1ᵉʳ mouvement du *Kammerkonzert* de Berg est un thème varié, son finale présente une forme de variation double d'une originalité absolue. Ce *rondo ritmico* est en fait la variation simultanée des deux mouvements précédents ! Berg a lui-même rendu explicites les trois formes que pouvait prendre cette simultanéité : 1) traitement contrapuntique libre de mélodies mutuellement correspondantes ; 2) opposition en quasi-duo, par juxtaposition de phrases et de fragments textuels particuliers ; 3) addition exacte de morceaux entiers des deux mouvements.

Remarques : il est important de faire la distinction entre *variation*, qui désigne une reprise transformée, mais complète, d'un élément thématique, et *développement*, qui signale au contraire qu'un thème est généralement fragmenté, éliminé, traité par marches ou séquences, etc., avec comme résultante la plus fréquente, une perte du sentiment de la continuité musicale. La notion de *variation développante* dégagée par Schoenberg constitue un cas tout à fait original, où variation et développement se combinent. Assez caractéristique de la façon de procéder de Brahms, il s'agit d'élaborer des phrases musicales combinant des variations de motifs, le plus souvent asymétriques ; se trouvent ainsi intimement associées des répétitions, garantes de cohérence et de compréhensibilité, et une imprévisibilité, à son tour garante d'originalité de la pensée.

Il est également important, en présence d'œuvres telles que le *Concerto pour piano* (1845) de Schumann, où, dans le 1ᵉʳ mouvement des motifs générateurs réapparaissent obstinément sous des aspects chaque fois renouvelés et au sein de thèmes bien distincts, de ne pas confondre cette forme d'engendrement thématique, ici au cœur d'une forme sonate de concerto de type fantaisie, avec un thème et variations, genre musical relevant d'une esthétique différente, où c'est cette fois la variation répétée d'un thème entier qui engendre la forme.

Annexes

Bibliographie

OUVRAGES GÉNÉRAUX SUR LA MUSIQUE

ABROMONT, Claude, MONTALEMBERT, Eugène de, *Guide de la théorie de la musique*, Les Indispensables de la musique, Paris, Fayard/Lemoine, 2001.
ARNOLD, Denis (sous la direction de), *Dictionnaire Oxford de la musique*, 2 volumes, collection Bouquins, Paris, Robert Laffont, 1988.
BAKER, Théodore, SLONIMSKY, Nicolas, *Dictionnaire biographique des Musiciens*, 3 volumes, collection Bouquins, Paris, Robert Laffont, 1995.
BONNARD, Alain, *Le Lexique*, BG Éditions, 1993.
BOUCOURECHLIEV, André, *Le Langage musical*, Les chemins de la musique, Paris, Fayard, 1993.
CŒURDEVEY, Annie, *Histoire du langage musical occidental*, collection Que-sais-je?, n° 3391, Paris, Presses universitaires de France, 1998.
COOK, Nicholas, *Musique, une très brève introduction*, 1998, traduit par Nathalie Gantili, Éditions Allia, 2006 [2000].
HONEGGER, Marc (sous la direction de), *Dictionnaire usuel de la musique*, Les Savoirs, Paris, Bordas, 1995.
– *Connaissance de la musique*, Les Savoirs, Paris, Bordas, 1996.
MICHEL, François (sous la direction de), *Encyclopédie de la Musique*, Paris, Fasquelle, Paris, 3 volumes, 1958, 1959, 1961.
MICHELS, Ulrich, *Guide illustré de la musique*, traduit de l'allemand par Jean Gribenski et Gilles Léothaud, Les indispensables de la musique, 2 volumes, Paris, Fayard, 1988, 1990.
MONTALEMBERT, Eugène de, ABROMONT, Claude, *Guide des genres de la musique occidentale*, Les Indispensables de la musique, Paris, Fayard/Lemoine, 2010.
NATTIEZ, Jean-Jacques (sous la direction de), *Musiques, une encyclopédie pour le XXIe siècle*, 5 volumes, Actes Sud, 2003, 2004, 2005, 2006, 2007.
ROUSSEAU, Jean-Jacques, *Dictionnaire de musique*, publié en fac-similé, Actes Sud, 2007 [1768].
– *Dictionnaire de musique*, édition critique par Jean-Jacques Eigeldinger, in *Œuvres complètes*, vol. 5 dirigé par Bernard Gagnebin et Marcel Raymond, Encyclopédie de la Pléiade, Paris, NRF-Gallimard, 1995.
SADIE, Stanley (sous la direction de), *The New Grove Dictionary of Music and Musicians*, 1re édition, London, Macmillan Publishers Limited, 1980.
SADIE, Stanley, TYRREL, John, *The New Grove Dictionary of Music and Musicians*, 2e édition, London, Macmillan Publishers Limited/Oxford University Press, 2001.
VIGNAL, Marc (sous la direction de), *Dictionnaire de la musique*, Paris, Larousse-Bordas, 2 volumes, 1996.

OUVRAGES GÉNÉRAUX SUR L'ANALYSE MUSICALE

ABROMONT, Claude, *Petit précis du commentaire d'écoute*, Paris, Éditions du Panama, 2008, repris sous le même titre, Fayard, 2010.

BENT, Ian, DRABKIN, William, *L'Analyse musicale, Histoire et Méthodes*, traduit de l'anglais par Annie Cœurdevey et Jean Tabouret, Paris, Éditions Main d'Œuvre, 1998.
BÉRARD, Sabine, *Musique, langage vivant*, 1. *Analyses d'œuvres musicales des XVIIe et XVIIIe siècles* ; 2. *Analyses d'œuvres musicales du XIXe siècle*, Sceaux, Zurfluh, 1989.
BÉRARD, Sabine, CASTÉRÈDE, Jacques, HOLSTEIN, Jean-Paul, LOUVIER, Alain, ZBAR, Michel, *Musique, langage vivant* : 3. *Analyses d'œuvres musicales du XXe siècle*, Sceaux, Zurfluh, 1998.
CAMPOS, Rémy, DONIN, Nicolas, *L'Analyse musicale, une pratique et son histoire*, Droz, 2009.
COOK, Nicholas, *A Guide to musical analysis*, Oxford University Press, 1987.
GERVAIS, Françoise, *Précis d'Analyse musicale*, Collection Musique-Musicologie, Paris, Librairie Honoré Champion, 1988.
GIRARD, Anthony, *Analyse du langage musical*, 2 volumes : 1. *De Corelli à Debussy*, 2001 ; 2. *De Debussy à nos jours*, 2005, Paris, éditions Billaudot.
– *Le langage musical*, série d'études portant sur une œuvre d'un compositeur : Debussy, 2007 ; J. Haydn, 2007 ; Chopin, 2007, J.-S. Bach, 2008 ; Schubert, 2008 ; Bartók, 2009, Paris, Éditions Billaudot.
GOUTTENOIRE, Philippe, GUYE, Jean-Philippe, *Vocabulaire pratique d'analyse musicale*, Éditions Delatour, 2006.
GRABÓCZ, Márta, *Musique, narrativité, signification*, Paris, L'Harmattan, 2009.
HAKIM, Naji, DUFOURCET, Marie-Bernadette, *Guide pratique d'analyse musicale*, Éditions Combre, 1991.
– *Anthologie musicale pour l'analyse de la forme*, Éditions Combre, 1995.
INDY, Vincent d', *Cours de composition musicale*, 3 volumes, 1903, 1909, 1933, Paris, Durand.
MEEÙS, Nicolas, *Heinrich Schenker, une introduction*, Sprimont (Belgique), Mardaga, 1993.
MESSIAEN, Olivier, *Traité de rythme, de couleur, et d'ornithologie*, Paris, Alfonse Leduc, 7 tomes, 1994 [1949-1992].

OUVRAGES GÉNÉRAUX SUR LES FORMES MUSICALES

ADORNO, Theodor Wiesengrund, *Quasi una fantasia*, traduit de l'allemand par Jean-Louis Leleu, Éditions Gallimard, 1982, [1963], chapitre « Vers une musique informelle », p. 289 à 340.
AGNEL, Aimé (sous la direction de), *La Musique à travers ses formes*, Paris, Larousse, 1978.
Analyse musicale, « La Forme : unité et multiplicité », n° 20, Paris, juin 1990.
BOULEZ, Pierre, *Points de repère*, Paris, Christian Bourgois, 1981, 1985.
ECO, Umberto, *L'œuvre ouverte*, Seuil, 1979.
HODEIR, André, *Les Formes de la musique*, collection Que-sais-je ?, n° 478, Paris, Presses universitaires de France, 1951.
La Recherche, numéro spécial, « L'origine des formes », n° 305, janvier 1998.
MARX, Adolf Bernhard, *Die Lehre von der musikalischen Komposition, praktisch-theorisch*, Leipzig, 1837-1847.
MOTTE, Diether de la, *Musik Formen*, Wißner Lehrbuch, 1999.
Musurgia, « Radiographie de la forme : la segmentation », volume 1, n° 1, 1994.
REICHA, Anton, *Traité de haute composition musicale*, Paris, Zetter, 1824-1826.
RIGAUDIÈRE, Marc, *La Théorie musicale germanique du XIXe siècle et l'idée de cohérence*, Paris, Société française de musicologie, 2009.
SCHOENBERG, Arnold, *Les Fondements de la composition musicale*, Paris, Jean-Claude Lattès, 1987 [1967].

STEIN, Leon, *Anthology of musical Forms*, Summy-Birchard Inc., 1962.
STOÏANOVA, Ivanka, *Manuel d'analyse musicale*, 1. *Les formes classiques simples et complexes*, 1996 ; 2. *Variations, sonates, formes cycliques*, 2000, collection Musique ouverte, s. l., Minerve.
WEBERN, Anton, *Über musikalische Formen*, Schott, 2002.
WHITALL, Arnold, article « Form », *New Grove Dictionary of Music & Musicians*, 1980, volume 6, p. 709-710, repris avec modifications dans la 2ᵉ édition de 2001.

ÉTUDES CONCERNANT LES FORMES MUSICALES

BERG, Alban, *Écrits*, traductions de Henri Pousseur, Gisela Tillier et Dennis Collins, Christian Bourgois, 1999.
BERLIOZ, Hector, *À travers chants*, Paris, Michel Lévy Frères, 1862.
BITSCH, Marcel, BONFILS, Jean, *La Fugue*, Que-sais-je?, n° 1849, Paris, Presses universitaires de France, 1981.
BIZZI, Giancarlo, *Miroirs invisibles des sons, La construction des canons : réponse à une énigme*, traduit de l'italien par Anne-Lise Debellemanière, Tavaux, Les Belles-Lettres, 1986 [1982].
BOUKOBZA, Jean-François, *Bartók et le folklore imaginaire*, collection Analyse et Esthétique, Paris, Éditions de la Cité de la Musique, 2005.
BRISSON, Élisabeth, *Guide de la musique de Beethoven*, Les indispensables de la musique, Paris, Fayard, 2005.
CANTAGREL, Gilles (sous la direction de), *Guide de la musique d'orgue*, Les indispensables de la musique, Paris, Fayard, 1991.
CELLETTI, Rodolfo, *Histoire du Bel Canto*, Les chemins de la musique, Paris, Fayard, 1987.
CHION, Michel, *Le Poème symphonique et la musique à programme*, Les chemins de la musique, Paris, Fayard, 1993.
DAVENSON, Henri [Henri-Irénée MARROU], *Le Livre des chansons, ou introduction à la chanson populaire française*, Les Cahiers du Rhône, Neuchatel, Éditions de la Baconnière, 1944.
DENNERY, Annie, *Le Chant postgrégorien, Tropes, Séquences et Prosules*, Collection Musique-Musicologie, Paris, Librairie Honoré Champion, 1989.
DORIVAL, Jérome, DUBREUIL, Dominique, GAUDET, Daniel, *Le Concerto pour piano*, Lyon, Aléas, 1990.
FAVIER, Thierry, *Le Motet à grand chœur, Gloria in Gallia Deo*, Les chemins de la musique, Paris, Fayard, 2009.
FERRETTI, dom Paolo, *Esthétique grégorienne, ou traité des formes musicales du chant grégorien*, Solesmes, 1938.
FRANÇOIS-SAPPEY, Brigitte, CANTAGREL, Gilles (sous la direction de), *Guide de la mélodie et du lied*, Les indispensables de la musique, Paris, Fayard, 1994.
GUT, Serge, PISTONE, Danièle, *Le Commentaire musicologique du grégorien à 1700*, Musique, Musicologie, Paris, Librairie Honoré Champion, 1985.
HONEGGER, Marc, PRÉVOST, Paul (sous la direction de), *Dictionnaire des œuvres de l'art vocal*, 3 volumes, Paris, Bordas, 1991.
JARMAN, Douglas, *The Music of Alban Berg*, London, Faber & Faber, 1979.
JOOS, Maxime (sous la direction de), *Claude Debussy, jeux de formes*, Paris, Éditions rue d'Ulm, 2004.
KAMINSKI, Piotr, *Mille et un opéras*, Paris, Fayard, 2003.

KELKEL, Manfred, *Alexandre Scriabine, sa vie, l'ésotérisme et le langage musical dans son œuvre*, Paris, Librairie Honoré Champion, 1978.

KIRKPATRICK, Ralph, *Domenico Scarlatti*, traduit par Dennis Collins, Paris, Jean-Claude Lattès, 1982.

LECOMPTE, Michel, *Guide illustré de la musique symphonique de Beethoven*, Les indispensables de la musique, Paris, Fayard, 1995.

LEMAÎTRE, Edmond (sous la direction de), *Guide de la musique sacrée et chorale profane*, Les indispensables de la musique, Paris, Fayard, 1992.

LUSSATO, Bruno, *Voyage au cœur du Ring : Encyclopédie*, Paris, Fayard, 2005.

MADRIGNAC, André, PISTONE, Danièle, *Le Chant grégorien, historique et pratique*, Musique, Musicologie, Paris, Librairie Honoré Champion, 1984.

MASSIN, Brigitte (sous la direction de), *Guide des opéras de Mozart*, Les indispensables de la musique, Paris, Fayard, 1991.

MOINDROT, Isabelle, *L'Opéra seria ou le règne des castrats*, Les chemins de la musique, Paris, Fayard, 1993.

MONTU-BERTHON, Suzanne, *La Suite instrumentale des origines à nos jours*, Paris, Champion, 1987.

OUVRARD, Jean-Pierre, *La Chanson polyphonique française du XVIe siècle*, collection Guide pratique, Tours, Centre de musique ancienne, 1997.

RAMEAU, Jean-Philippe, *Musique raisonnée*, Paris, Stock musique, 1980.

ROSEN, Charles, *Formes sonate*, traduit de l'anglais par Alain et Marie-Stella Pâris, Actes Sud, 1993 [1988].

– *Les sonates pour piano de Beethoven*, traduit de l'anglais par Anne Chapoutot et Georges Bloch, Paris, Gallimard, 2007 [2002].

ROSENTHAL, Harold, WARRACK, John (sous la direction de), *Guide de l'Opéra*, édition française réalisée par Roland MANCINI et Jean-Jacques ROUVEROUX, Les indispensables de la musique, Paris, Fayard, 1974, 1986, 1995.

ROUSSEAU, Jean-Jacques, *Écrits sur la musique*, Paris, Stock Musique, 1979.

SABY, Pierre, *Vocabulaire de l'opéra*, Collection Musique Ouverte, s. l., Minerve, 1999.

SCHNAPPER, Laure, *L'Ostinato, procédé musical universel*, Musique, Musicologie, Paris, Librairie Honoré Champion, 1998.

SCHUMANN, Robert, *Sur les musiciens*, traduction de Henry de Curzon, Stock Musique, 1979.

THOMPSON, D'Arcy [Wentworth], *On Growth and Form*, 1917, nouvelle édition en 1942, traduction française sous le titre *Forme et croissance*, Paris, Le Seuil, 1994.

TELLART, Roger, *Le Madrigal en son jardin* Les chemins de la musique, Paris, Fayard, 2004.

TRANCHEFORT, François-René (sous la direction de), *Guide de la musique de chambre*, Les indispensables de la musique, Paris, Fayard, 1986.

– *Guide de la musique symphonique*, Les indispensables de la musique, Paris, Fayard, 1986.

– *Guide de la musique de piano et de clavecin*, Les indispensables de la musique, Paris, Fayard, 1987.

– *Guide de la musique sacrée de 1750 à nos jours*, Les indispensables de la musique, Paris, Fayard, 1993.

VINAY, Gianfranco, «L'Interprétation comme analyse : les *Variations Goldberg*», Revue de Musicologie, 81/1, 1995, p. 65-74.

WUIDAR, Laurence, *Canons énigmes et hiéroglyphes musicaux dans l'Italie du XVIIe siècle*, Bruxelles, P.I.E. Peter Lang, 2008

VOCABULAIRES, CLASSÉS CHRONOLOGIQUEMENT

Le Vot, Gérard, *Vocabulaire de la musique médiévale*, Collection Musique ouverte, s. l., Minerve, 1993.
Vendrix, Philippe, *Vocabulaire de la musique de la Renaissance*, Collection Musique ouverte, s. l., Minerve, 1994.
Bouissou, Sylvie, *Vocabulaire de la musique baroque*, Collection Musique ouverte, s. l., Minerve, 1996.
Doussot, Joëlle-Elmyre, *Vocabulaire de l'ornementation baroque*, Collection Musique ouverte, s. l., Minerve, 2007.
Noiray, Michel, *Vocabulaire de la musique de l'époque classique*, Collection Musique ouverte, s. l., Minerve, 2005.
Goubault, Christian, *Vocabulaire de la musique romantique*, Collection Musique ouverte, s. l., Minerve, 1997.
Goubault, Christian, *Vocabulaire de la musique à l'aube du xxe siècle*, Collection Musique ouverte, s. l., Minerve, 2000.
Bosseur, Jean-Yves, *Vocabulaire de la musique contemporaine*, Collection Musique ouverte, s. l., Minerve, 1992.
Fatus, Claude, *Vocabulaire des nouvelles technologies musicales*, Collection Musique ouverte, s. l., Minerve, 1994.

REPÈRES GÉNÉRAUX D'HISTOIRE DE LA MUSIQUE

Beltrando-Patier, Marie-Claire (sous la direction de), *Histoire de la Musique*, Paris, Larousse-Bordas, 1998.
Chailley, Jacques, *Cours d'histoire de la musique*, Paris, Éditions Leduc, tome 1, 5 volumes, 1967, 1972 et 1973.
Chailley, Jacques, Maurice-Amour, Lila, *Cours d'histoire de la musique, 1700-1791*, Paris, Éditions Leduc, tome 2, 5 volumes, 1978, 1980 et 1982.
Chailley, Jacques, Maillard, Jean, *Cours d'histoire de la musique, xixe siècle*, Paris, Éditions Leduc, tome 3, 3 volumes, 1983 et 1987.
Combarieu, Jules, Dumesnil, René, *Histoire de la Musique des origines à nos jours*, 5 volumes : 1-3, 1913-1919 (Combarieu) ; 4-5, 1958-1960 (Dumesnil), Paris, Librairie Armand Colin.
Davison, Archibald Thompson, Apel, Willi, *Historical Anthology of Music*, Cambridge, Mass., 1949.
Lescat, Philippe, Saint-Arroman, Jean, *La Musique occidentale du chant grégorien à Bartók*, collection Mnémosis, Courlay, Fuzeau, 1996.
Massin, Jean et Brigitte (sous la direction de), *Histoire de la Musique*, Les indispensables de la musique, Paris, Fayard, 1987.
Roland-Manuel (sous la direction de), *Histoire de la Musique*, Encyclopédie de la Pléiade, 2 volumes : 1, *Des origines à Jean-Sébastien Bach*, 1960 ; 2, *Du xviiie siècle à nos jours*, 1963, Paris, Gallimard.
François-Sappey, Brigitte, *Histoire de la musique en Europe*, collection Que-sais-je ?, Paris, Presses Universitaires de France, 1992.

REPÈRES D'HISTOIRE DE LA MUSIQUE PAR PÉRIODES

Période de l'antiquité

BÉLIS, Annie, *Les Musiciens dans l'antiquité*, Hachette littérature, 1999.
LANDELS, John G., *Music in ancient Greece and Rome*, Routledge, 1999.

Période médiévale

CULLIN, Olivier, *Brève histoire de la musique au Moyen Âge*, Les chemins de la musique, Paris, Fayard, 2002.
— *Laborintus, essais sur la musique au Moyen Âge*, Les chemins de la musique, Paris, Fayard, 2004.
FERRAND, Françoise (sous la direction de), *Guide de la musique du Moyen Âge*, Les indispensables de la musique, Paris, Fayard, 1999.
HOPPIN, Richard H., *La Musique au Moyen Âge*, traduit de l'anglais par Nicolas Meeùs et Malou Haine, 2 volumes, Sprimont (Belgique), Mardaga, 1991 [1978].
SEAY, Albert, *la musique du Moyen Âge*, traduit de l'américain par Philippe Sieca, Actes Sud, 1988 [1975].

Période de la Renaissance

CŒURDEVEY, Annie, *Roland de Lassus*, Paris, Fayard, 2003
TRACHIER, Olivier, *Aide-mémoire du contrepoint du xvie siècle*, Paris, Durand, 1999

Période baroque

BENOIT, Marcelle (sous la direction de), *Dictionnaire de la musique en France aux xviie et xviiie siècles*, Paris, Fayard, 1992.
FICHET, Laurent, *Le Langage musical baroque, éléments et structures*, Sceaux, Zurfluh, 2000.
LEGRAND, Raphaëlle, *Comprendre la musique baroque à travers ses formes*, collection Passerelles 1 livre + 2 CD, Arles, Harmonia Mundi, 1997
PALISCA, Claude V., *La Musique baroque*, traduit de l'anglais (États-Unis) par Dennis Collins, Actes Sud, 1994 [1991].
SADIE, Julie Anne (sous la direction de), *Guide de la musique baroque*, Les indispensables de la musique, Paris, Fayard, 1995.

Période classique

ROSEN, Charles, *Le Style classique*, Paris, Gallimard, traduit de l'anglais par Marc Vignal, 1978 [1971].

Période romantique

FAUQUET, Joël-Marie (sous la direction de), *Dictionnaire de la musique en France au xixe siècle*, Paris, Fayard, 2003.
ROSEN, Charles, *La Génération romantique*, traduit de l'anglais par Georges Bloch, Paris, Gallimard, 2002 [1995].

Période contemporaine

ARFOUILLOUX, Sébastien, *Que la nuit tombe sur l'orchestre : surréalisme et musique*, Les chemins de la musique, Paris, Fayard, 2009.

Delume, Caroline, Merlet, Ann-Dominique, *La Musique du xxe siècle de Arnold Schoenberg à nos jours*, collection Mnémosis, Courlay, Fuzeau, 2001.
Fleury, Michel, *L'Impressionnisme et la musique*, Les chemins de la musique, Paris, Fayard, 1996.
Giner, Bruno, *Aide-mémoire de la musique contemporaine*, collection Musique pratique, Paris, Éditions Durand, 1995.
Griffiths, Paul, *Brève histoire de la musique moderne, de Debussy à Boulez*, Les chemins de la musique, Paris, Fayard, 1978, 1992.
Mussat, Marie-Claire, *Trajectoires de la musique au xxe siècle*, Études, Paris, Klincksieck, 1995.
Poirier, Alain, *L'expressionisme et la musique*, Les chemins de la musique, Paris, Fayard, 1995.

REVUES MUSICALES

Analyse musicale, La Musique et Nous, fondée en 1985, 60 numéros en 2010. Chaque volume comporte un index recensant toutes les œuvres analysées depuis la création de la revue.
Cahiers de musiques traditionnelles, fondée en 1988, un numéro thématique par an (23 numéros en 2010), ateliers d'ethnomusicologie, Genève, Georg éditeur (n° 1-18), Genève, puis éditions In folio (n° 19 et suivants).
Contrechamps, revue suisse tournée vers la musique contemporaine, fondée en 1983, à peu près 2 numéros par an jusqu'au début des années 1990, époque à laquelle *Contrechamps* devient une maison d'édition.
Entretemps, Musique contemporaine, fondée en 1986, 10 numéros jusqu'en 1992.
L'Avant-scène opéra, revue bimestrielle créée en 1976, publiée depuis 1989 par les éditions Premières loges, qui offre les livrets commentés et analysés des opéras et opérettes, accompagnés de nombreux articles. Plus de 250 numéros ont été publiés entre 1976 et 2010.
La Revue musicale, fondée en 1920, principalement axée vers la musique de son temps, près de 9 numéros par an (le numéro 272 paraît en 1971), Paris, Richard-Masse éditeurs (reprise par Hermann).
L'Éducation musicale, «Revue bimestrielle pour l'enseignement de la musique en collèges, lycées & universités, écoles de musique & conservatoires. Avec un supplément annuel comprenant l'analyse des œuvres au programme de l'*Option facultative* (toutes séries) & de l'*Enseignement de spécialité* (série L) du baccalauréat».
Musique en jeu, tournée vers la musique contemporaine, fondée en 1971, 33 numéros jusqu'en 1978, Le Seuil, Paris.
Musurgia, analyse et pratique musicale, fondée en 1994, 44 numéros jusqu'en 2007, classés en 14 «volumes» (4 numéros annuels), éditions Eska, Paris.
Ostinato rigore, fondée en 1993, chaque numéro est en général constitué d'articles consacrés à un compositeur, parution irrégulière, 24 numéros à ce jour, éditions Jean-Michel Place, Paris.
Revue belge de musicologie, fondée en 1946, publiée par la *Société belge de musicologie*, à raison d'un numéro par an (le volume 63 est paru en 2010).
Revue française de musicologie, fondée en 1917, publication bisannuelle de la *Société française de musicologie*.
Revue grégorienne, à partir de 1911 et jusque dans les années 1960.

Renvois des formes aux genres

Pour les formes suivantes :	Quelques notices du *Guide des genres* :
Les formes A B A	Antienne, barcarolle, danses, impromptu, intermezzo, nocturne, répons
La forme aria da capo (ou dal segno)	Air, aria, cantate, opéra, oratorio
La forme Bar	Chanson, choral, opéra
Les formes binaires	Aria, danses, ouverture, suite, thème et variations
Les formes des chansons, des mélodies et des Lieder	Alba, ballade, ballata, bergerette, brunette, canso, chanson, descort, enueg, lai, frottola, *Lied*, mélodie, pastourelle, rondeau, rotrouenge, séquence, trobar, virelai
La forme concerto à ritournelles	Aria, concerto, prélude, sonate
Les formes continues	Étude, fantaisie, invention, prélude, rhapsodie
Les formes contrapuntiques	Anthem, bicinium, caccia, canon, canzona, chanson, chœur, choral, conduit, déchant, faux-bourdon, fugue, hoquet, invention, *Lied*, madrigal, messe, organum, ricercare, tiento
Les formes cycliques	Messe, sonate, suite, symphonie
Les formes durchkomponiert	Lied, mélodie, poème symphonique
Les formes en arche	Musique de chambre, rondeau, poème symphonique
Les formes différées et les formes kaléidoscopiques	Musique de chambre, opéra
La forme lied	Concerto, *Lied*, mélodie, romance, sonate, symphonie
Les formes madrigalesques	Chanson, madrigal, motet
La forme menuet	Cassation, divertimento, menuet, sonate, suite, symphonie
Les formes narratives	Allemande, concerto, poème symphonique, symphonie
Les formes ouvertes et les formes à processus	Musique électro-acoustique, sonate
Les formes rhapsodiques	Capriccio, fantaisie, rhapsodie, thème et variations, toccata
La forme rondo	Concerto, rondeau, sonate, suite, symphonie
La forme rondo-sonate	Concerto, sonate, symphonie
La forme scherzo	Musique de chambre, scherzo, sonate, symphonie
Les formes sonates baroque	Canzone, concerto, sonate, suite
La forme sonate classique	Cassation, divertimento, musique de chambre, ouverture, sonate, symphonie
La forme sonate de concerto	Concerto
Les formes sonates monothématiques	Concerto, sonate, symphonie
La forme sonate-rondo	Concerto, sonate, symphonie
La forme sonate de Scarlatti	Étude, sonate
Les formes de la suite	Allemande, bourrée, branle, carole, chaconne, courante, danses, double, écossaise, folia, forlane, gaillarde, gavotte, gigue, habanera, hornpipe, loure, mauresque, mazurka, partita, passacaille, pavane, polonaise, sarabande, siciliana, suite, valse
La variation	Ostinato, chaconne, diferencia, double, folia, glosa, ground, passacaille, thème et variations, tiento

Remarques sur l'utilisation de lettres dans l'analyse musicale

Il est de pratique courante d'utiliser des lettres dans le cadre de l'analyse formelle. Quand il s'agit des parties d'un mouvement, on utilise des majuscules comme A B C, pour des sections, plutôt des minuscules comme a b c, pour les thèmes on utilise à nouveau des majuscules, sous la forme thème A et thème B, souvent abrégé en θA et θB ; pour les motifs et cellules, ce sont plutôt les lettres x y z ou α β γ qui sont privilégiées. Cette codification peut encore présenter quelques enrichissements, par exemple numéroter les lettres lorsque des sections appartiennent à un même groupe thématique sur le modèle a_1, a_2, a_3, utiliser le prime pour indiquer qu'une partie est variée, par exemple A A', ou encore, bien que cela se pratique surtout pour la musique médiévale, A_o et A_c afin d'indiquer une fin ouverte (o) ou close (c).

Nous nous sommes efforcés de ne pas abuser de telles abréviations et, quand nous les avons utilisées, cela a toujours été de la façon la plus usuelle. Nous pensons toutefois que ce système peut, dans certains cas, être source de confusion et nécessiterait de légères adaptations, comme cela s'est déjà fait pour le chiffrage harmonique qui a, par exemple, vu ces dernières années l'adoption quasi générale des dominantes secondaires (V/V, etc.).

Un cas concret permettra d'illustrer notre propos. La forme de la première grande partie d'un menuet (sans le trio, donc) est généralement abrégée de la façon suivante :

$$\|: a :\|: b\ a' :\|$$

Par rapport à la plupart des menuets, cette notation comporte deux approximations : la section centrale d'une telle danse est généralement un commentaire du début et non une section contrastante b, et la reprise conclusive de la première section n'est pas une variation de celle-ci, comme le prime du a' pourrait le laisser croire ; habituellement, seul le trajet modulant est revu : a module la première fois et la seconde fois reste à la tonique. En proposant le soulignement en vagues pour indiquer un commentaire/développement, et en indiquant par deux chiffres romains reliés par une flèche le trajet modulant (par exemple de la tonique à la dominante la première fois, et avec maintien à la tonique la seconde fois), il devient assez aisé de rendre la notation proche de la réalité musicale :

$$\|: a_{\,I \to V} :\|: \underset{\sim}{a}\ a_{\,I \to I} :\|$$

Index des principales formes

Principes formels	Pages	Caractéristiques, genres possibles, variantes
A (continu)	72-84 129-141	Mouvement de sonate baroque Forme improvisée, comme un prélude
A (a, b, c, etc.)	43-57, 92, 102-113	Forme rhapsodique Forme madrigalesque Forme durchkomponiert
A (contrapuntique)	64-89	Invention, sinfonia Articulé en exposition, divertissement, strettes, etc. : ricercare, fugue
A A A A etc.	43-45	Forme strophique dans un *Lied*, une mélodie
A A'	34, 190-191	Danse et son double
A A A' A etc.	43-45	Forme strophique variée dans un *Lied*, une mélodie
A A' A" A'", etc.	196-218	Si continu, variations sur basse obstinée, folias, etc. Si articulé, thème et variations, danse et plusieurs doubles
$A_1 \, A_2$	22-30, 34, 188-189	Forme sonate sans développement
A B	35, 199	Paire de danses Prélude et fugue Aria in rondò
‖: A :‖: B :‖	35, 190-194	Grande danse, type allemande, courante, sarabande, gigue Thème de thème et variations Si lent-vif, ouverture à la française
A B A	21, 22-30, 97-101, 190-194	aria da capo dans l'opéra, la cantate, etc. forme lied pour un mouvement lent instrumental, un *Lied*, une mélodie Petite pièce romantique Danse 1 – Danse 2 – Danse 1 Menuet – trio – menuet Scherzo – trio – scherzo
A A B Variante A B B Variante A A B A	31-33	Forme bar Forme bar inversée Forme bar à reprises
‖: A :‖: B A' :‖	35, 119-124, 125-127, 190-194	Petites danse, type gavotte, bourrée, menuet Scherzo Refrain ou couplet d'un rondo Si lent – vif – lent, ouverture à la française
‖: Exposition :‖ ‖: Développement Réexposition :‖	142-173, 179-180	Forme sonate Nombreuses variantes ; peut comporter une introduction lente, un développement terminal et une coda
A B A B A	97-98, 190-191	Forme lied double Forme scherzo avec redite du trio
A B A C A	97-98, 119-124, 190-191	Petit rondo (deux couplets) Forme lied à deux parties contrastantes, romance Scherzo à deux trios

INDEX DES PRINCIPALES FORMES

Principes formels	Pages	Caractéristiques, genres possibles, variantes
A B C B A ou A B C D C B A	92	Forme en arche
A B A C A D A, etc.	58-63, 119-124	Si refrain-couplets, forme rondo Si ritournelle-solos, forme concerto à ritournelles
A B_2 A C A B_1 A	125-127	Forme rondo-sonate
Rit A_1 Rit A_2 Rit (fine), B, da capo	22-30	Forme aria da capo à ritournelles
Couplet – couplet – refrain – couplet – refrain, etc.	40-42	Forme d'une chanson, type variété
Verse – chorus – middle-eight – chorus, etc.	40-42	Forme d'une chanson, type comédie musicale
ABaAabAB	37-38	Rondeau médiéval
A_{ouvert} A_{clos} B	39	Ballade médiévale, madrigal du trecento, estampie, etc.
A bba bba bba A	39	Virelai

Index des œuvres commentées ou analysées

Les œuvres analysées ou comportant des exemples sont en gras.

Albinoni, Tomaso
   Concertos op. 5, 59
Amiens, Guillaume d'
   Prendés i garde, **38**
Anonymes
   A l'entrada del tens clar, **39**
   Comptines, 42
   Danses, **200**
Aperghis, Georges
   Quatorze Jactations, 115
   Récitations, 115

Bach, Johann Sebastian
   L'Art de la fugue, 45, 84
   Cantates, 26, 76, 206, 217
   Clavier bien tempéré, 23, 35, 65, 72, 74, **78-84**, 136
   Chorals pour orgue, 68, 72, 77-78, 201, **213-214**
   Concertos Brandebourgeois, 59
   Concerto Italien, 23, 59
   Inventions, 59, 70, **72-75**, 178
   Messe en *si,* 59, **60**, 199
   Offrande musicale, 78, 84, 197
   Partitas pour violon seul, 201, 216-217
   Passion selon saint Jean, 26
   Passion selon saint Matthieu, 25, 26, 32, 65, 135
   Pièces pour orgue, 81, 118
   Sinfonias, **13**, **72-78**, 81, 214
   Sonates pour flûte, 23
   Sonates pour violon et clavecin, 135-136, **139-142**, 178
   Sonates en trio pour orgue, **136**
   Suites anglaises, 34, 36, 59, 70, 191, 200
   Suites pour orchestre, 35, 119
   Variations Goldberg, 35, 72, 200-201, **206-207**
Bartók, Béla
   Musique pour cordes, percussion et célesta, 70, 80, **93**
   Quatuors, 95, 157
   Sonate pour 2 pianos et percussion, 128, 155
Beatles, Les
   A day in the life, 41, 42
   Glass Onion, 41
   Good Morning, 41
   Her Majesty, 41
   Hey Jude, 41
   Let it be, 40
   Ob-La-Di, Ob-La-Da, 41
   While My Guitar Gently Weeps, 41
Beethoven, Ludwig van
   Concertos pour piano, 126, 174-175, 177
   Octuor, 121, 147
   Quatuors, 79, 86, 91, 93, **126**, 132, 147-148, **202-205**, **209-210**, **212**
   Romances pour violon et orchestre, 121
   Sonates, 97-98, 120-121, 126-127, 146, 148-151, 153, 155, 180, 188-189, 197
   Symphonies, 13, 91, 93, 95, **98-99**, 144, 147-148, **150-153**, 188-189, 200, 217
   Variations pour piano, 34, 200-201, 205, 209, 216
Berg, Alban
   Kammerkonzert, **217-218**

Lulu, 94, 96
Lulu (suite), 90
Suite Lyrique, 93, 189

Berio, Luciano
Sequenze, 115

Berlioz, Hector
Harold en Italie, 91, 94
Requiem, **80-81**
Roméo et Juliette, 71, 91, 95, 192
Symphonie fantastique, 13, 67, 71, 91, 93-94, 98, **156**, 213, 214

Bizet, Georges
Jeux d'enfants, 34
L'Arlésienne, 90

Boccherini, Luigi
Quatuors, 154
Quintettes, **154-155**

Boucourechliev, André
Archipels, 116-117

Boulez, Pierre
Anthèmes II, 117
Domaines, 116
Éclat, 93, 116
Le Marteau sans maître, **96**, 116
Sonates, 115-116, 154
Structures pour 2 pianos, 71

Brahms, Johannes
Concertos pour piano, 177
Quintettes, 70
Sonates pour piano, 151
Sonates violon et piano, 34, 94, 128, 147, 152, 156
Symphonies, 149, 151, 192, **197-198**, 200, **217**
Variations sur un thème de Haendel, 201, 209

Brassens, Georges
Gare au gorille, 41
Les copains d'abord, 41

Bruckner, Anton
Symphonies, 12, 98, 100, 147, 155

Cage, John
Études australes, 117
Music of changes, 117

Cara, Marco
Io non compro più speranza, 199

Carissimi, Giacomo
Jephté, 23

Cavalli, Francesco
Egisto, 24
La Calisto, 24

Chopin, Frédéric
Mazurkas, 32
Nocturnes, 21
Préludes, 32, 34, 70
Sonates, 132, 154-155, 189

Clementi, Muzio
Sonates, 153

Couperin, François
Ordres, 119

Corelli, Arcangelo
Sonates, **129-135**, 136, 137-139, 141, 178, 196-197, 200
Concertos grossos op. 6, 58-59, 86

Dalbavie, Marc-André
Diadèmes, 118

Debussy, Claude
Children's Corner, 22, 92
Jardins sous la pluie, 212-213
La Mer, 92, 94, 128
Nocturnes pour orchestre, 21, 22, 94
Pour le piano, 118
Prélude à l'après-midi d'un faune, 93-94
Quatuor à cordes, 91, 94

D'Indy, Vincent
Istar, 198

Dutilleux, Henry
Métaboles, 215

Dvořák, Anton
Symphonie du Nouveau Monde, 149

Elgar, Edward
Variations Enigma, 198

Franck, César
Prélude, choral et fugue, 91

233

Quintette, 146
Symphonie en ré mineur, 91
Trois chorals d'orgue, 211
Variations symphoniques, 211, 214

Frescobaldi, Girolamo
Capriccio sopra la Girolmeta, 216

Froberger, Johann Jacob
Allemande, faite en passant le Rhin dans une barque en grand péril, 114
Wasserfall, 114

Gabrieli, Giovanni
Sonates, **129-130**

Gainsbourg, Serge
Initials B. B., 42

Gershwin, George
I got rhythm, 41
The man I love, 41

Glinka, Mikhaïl
Kamarinskaïa, 217

Grieg, Edvard
Peer Gynt, 90

Grisey, Gérard
Espaces acoustiques, 72

Grand Corps Malade
Comme une évidence, 42

Haendel, Georg Friedrich
Concertos grossos, 59
L'Harmonieux forgeron, 200
Serse, 31
Suites, 23, **85-86**

Hasse, Johann Adolf
Cleofide, **25-30**

Haydn, Joseph
La Création, 27
Quatuors, 17, 121, 192, 200, 207, 217
Sonates, 36, **121-124**, 144, 149, **157-159**, 179
Symphonies, 36, 151, 179
Trios, **178-180**

Henry, Pierre
Variations pour une porte et un soupir, 199

Jacopo da Bologna
Fenice fù, 32

Kagel, Mauricio
Diaphonie, 117

Kosma/Prévert
Les Feuilles mortes, 40, 42

LaBostrie/Lubin/Penniman
Tutti frutti, 42

Lapointe, Bobby
La Maman des poissons, 42

Le Jeune, Claude
Revecy venir du printemps, 199

Lennon, John
Imagine, 41

Léonin
Organum Viderunt omnes, **86-90**

Ligeti, György
Études, 70
Kammerkonzert, 71, 116

Lincoln/Simone
Blues for Mama, 42

Liszt, Franz
Concertos pour piano, 177
Faust Symphonie, 57, 94, 197
Fantasia quasi una sonata d'après une lecture de Dante, 118
Grande Fantaisie de bravoure sur la clochette de Paganini, 214
Grande Fantaisie symphonique, 214
Mephisto-Walz n° 1, 114
Sonate en si mineur, 12, 91, 94, 157
Totentanz, 214

Lully, Jean-Baptiste
Armide, 35

Lutoslawski, Witold
Jeux vénitiens, 116

Machaut, Guillaume de
De bonté, de valour, **39-40**
Ma fin est mon commencement, 92-93
Rose, liz printemps, verdure, **38**

INDEX DES ŒUVRES COMMENTÉES OU ANALYSÉES

Mackichan, Amel Bent
  Ma philosophie, 40

Mahler, Gustav
  Kindertotenlieder, 45
  Symphonies, 32, 71, 96, 156

Manoury, Philippe
  Neptune, 117

Mendelssohn, Felix
  Octuor, 15
  5ᵉ Quatuor op. 44 n° 3, 150
  Songe d'une nuit d'été, 192
  Variations sérieuses, 201, 209, 216

Messiaen, Olivier
  Mode de valeurs et d'intensité, 77

Milhaud, Darius
  Le Bœuf sur le toit, 128

Miereanu, Costin
  Dans la nuit des temps, 117

Monteverdi, Claudio
  Ah, dolente partita!, **104-113**
  Lamento d'Arianna, **68-69**
  Lamento della Ninfa, 23
  Missa in illo tempore, **68-69**
  Orfeo, 23, 92, 197, 199

Moussorgski, Modeste
  Les Tableaux d'une exposition, 90

Mozart, Wolfgang Amadeus
  Adagio et fugue, **35**, **80-81**, 84
  Concertos pour piano, **175-177**
  Così fan tutte, 121
  Idomeneo, 27
  La Clemenza di Tito, 27, 35, 121
  Mitridate, re di ponto, 31
  Quatuors, 17, 120, 148, 153, 155, 189, 192, 210
  Quintettes, **127**
  Requiem, 70, 214
  Sonates, 13, 34, 92, **99-102**, 146, 150-151, **160-173**, 179, 196, 200, **201**
  Symphonies, 147, 149, 152
  Variations pour piano, 34, 202, **205, 209**

Murail, Tristan
  Gondwana, 72, 118

Offenbach, Jacques
  Les Contes d'Hoffmann, 95

Pasquini, Bernardo
  Canzoni francese, 200

Porter, Cole
  Love for sale, 41

Pousseur, Henry
  Scampi, 115

Purcell, Henry
  Didon et Énée, 23
  Sonates en trio, 132

Prokofiev, Serge
  Sonates, 154-155
  Symphonie classique, 22

Radulescu, Horatio
  Capricorn's nostalgic crickets, 72

Rameau, Jean Philippe
  Castor et Pollux, 26, 35
  Suites de pièces de clavecin, 34, **192-195**, 200

Reich, Steve
  Piano phase, 71

Reichardt, Johann Friedrich
  Erlkönig, 43

Sachs, Hans
  Nachdem David war redlich, **32-33**

Scarlatti, Alessandro
  Eraclea, 26
  La Griselda, 31

Scarlatti, Domenico
  Sonates, **181-188**

Scelsi, Giacinto
  Quatro pezzi su una nota sola, 72

Schoenberg, Arnold
  Quatuors, 12, 91, **95-96**, 128, 154, 157, 196, 198
  Farben, 70, 71, 117
  Pierrot lunaire, 96

Suite op. 29, 192
Variations pour orchestre op. 31, 201
Schubert, Franz
Der Lindenbaum, 45
Erlkönig, **13**, 43, **45-58**, 92
Fantaisie à 4 mains en fa mineur, 118
La Belle meunière, 90
Sonates, 151
Suleika I, 92
Symphonie n° 4, 98
Trios, 128, 147, 180, 189
Wanderer-Fantasie, 91, 94, 157
Schumann, Robert
Album à la jeunesse, 97
Carnaval, 197
Concerto pour piano, 91, 128, 178, 218
Études symphoniques, 201, **206-211**
Frauenliebe und leben, 43
Liederkreis op. 39, 90
Quintette avec piano, **99**
Myrten, **43-45**
Scènes d'enfants, 21-22
Sonates, 153
Symphonies, 91, 192
Scriabine, Alexandre
Sonates, 157
Stockhausen, Karlheinz
Klavierstück XI, 115-116
Plus Minus, 117
Zyklus, 117
Strauss, Richard
Also sprach Zarathustra, 80, 114
Métamorphoses, 215
Stravinsky, Igor
Capriccio pour piano et orchestre, 60, 157
Le Sacre du printemps, 71, 94
Œdipus Rex, 23
Rake's Progress, 16, 23
Sugarhill, Gang
Rapper's Delight, 42

Sweelinck, Jan Pieterszoon
Variations sur *Soll es sein*, 216

Tchaïkovski, Piotr Ilyitch
Casse-noisette, 90
Torelli, Giuseppe
Concertos op. 8, 59

Vivaldi, Antonio
Concertos grossos, **59-64**, 134, 136
Concertos pour basson, 24
Concertos pour flûte, 59
Griselda, 24

Wagner, Richard
Die Meistersinger von Nürnberg, 32
Die Walküre, 57
La Tétralogie, 91, 94
Wesendonck Lieder, 45
Webern, Anton
Cinq pièces pour orchestre op. 10, 90
Symphonie op. 21, 71
Variations pour piano op. 27, 215
Variations pour orchestre op. 30, **157**, 198, **215-216**
Willemetz/Fernandel
Félicie aussi, 42
Wolf, Hugo
Kennst du das Land, 45

Xenakis, Iannis
Metastaseis, 72
Nuits, 72
Pithoprakta, 72
Psappha, 72

Zemlinsky, Alexander von
Symphonie Lyrique, 157

Table des matières

Préambule..........................11

Présentation 15

Lexique 19
Les formes A B A 21
La forme aria da capo 22
   Présentation générale 22
   La forme aria da capo en détails........... 23
   La forme aria da capo modifiée 26
   En pratique............................. 27
La forme aria dal segno 31
La forme bar 31
   Présentation générale 31
   En pratique............................. 32
Les formes binaires 34
   Le type A A'................................... 34
   Le type $A_1 A_2$ 34
   Le type A B 35
   Les formes binaires comportant des reprises... 35
   Principes d'équilibre et de symétrie 36
Les formes des chansons,
des mélodies et des Lieder..............37
   La chanson médiévale 37
      Le rondeau 37
      La ballade 39
      Le virelai 39
   La chanson populaire 40
   Le *Lied* et la mélodie 43
   En pratique............................. 43
La forme concerto à ritournelles 58
   Présentation générale 58
   En pratique............................. 60
Les formes continues
Voir les formes *durchkomponiert* 64
Les formes contrapuntiques 64
   Présentation générale 64
   Les différentes logiques de contrepoint 65
   Contrepoint et harmonie 68
   Vers un élargissement du contrepoint ... 71
   En pratique............................. 72
      Inventions et sinfonias...................... 72
      Fugues 78
      Genres apparemment non contrapuntiques... 85
      Analyse d'un organum 86
Les formes cycliques..........................90

Les formes durchkomponiert 92
Les formes en arche........................92
Les formes différées
et les formes kaléidoscopiques.........93
   Présentation................................ 93
   La forme différée 95
   La forme kaléidoscopique 96
La forme lied 97
   Présentation................................ 97
   Variantes de la forme lied 97
   En pratique............................. 99
Les formes madrigalesques 102
   Présentation................................ 102
   En pratique............................. 104
La forme menuet
Voir les formes de la suite 114
Les formes narratives 114
Les formes ouvertes......................115
Les formes à processus 117
Les formes rhapsodiques 118
La forme rondo.............................119
   Le rondeau baroque 119
   Le rondo classique....................... 120
   En pratique............................. 121
La forme rondo-sonate 125
La forme scherzo
Voir les formes de la suite 128
Les formes sonate baroques.........129
   La sonate en un mouvement
   du début baroque 129
   La sonata da chiesa corellienne 130
   La sonata da camera corellienne...... 133
   La sonate de type *da chiesa* de Bach 135
   La sonate de type *concerto italien* de Bach... 136
   En pratique............................. 137
La forme sonate classique 142
   Présentation générale 142
   La forme *Allegro* de sonate en détail... 144
      L'exposition 145
      Le développement....................... 147
      La réexposition 150
      La coda 151
      L'introduction lente 153
      Schéma récapitulatif 153
      Mutations de la forme sonate........ 154
   En pratique............................. 157
      Une forme sonate en miniature 157
      La notion de groupe thématique...... 160

Face à la complexité de la forme sonate...... *164*
La forme sonate de concerto **174**
Les formes sonate monothématiques..........**178**
La forme sonate-rondo **179**
La forme sonate de Scarlatti.......................**181**
   Présentation générale 181
   En pratique.. 182
La forme sonate sans développement..........**188**
**Les formes de la suite de danses,
le menuet et le scherzo** **190**
   Présentation générale 190
   En pratique.. 192
Les formes unitaires **195**
La variation...**196**
   L'esprit de la variation.. 196
   Paires de danses et *canzones*........................... *199*
   Le thème et variations....................................... 200
   Les principales formes de variation................ 202
      La variation ornementale............................. *202*
      La variation rythmique *205*
      La variation de caractère *205*
      La variation polyphonique *207*
      La variation de l'accompagnement *210*
      La variation amplificatrice........................... *210*
      La variation éliminatrice.............................. *212*
      La variation sur cantus firmus.................... *212*
      La variation de choral................................. *213*
   Les variations sur basse obstinée
   ou sur ostinato *214*

   Les variations fantaisie *214*
   La variation sérielle...................................... *215*
Plan à grande échelle.. 216

Annexes 219
Bibliographie..**221**
   Ouvrages généraux sur la musique................. 221
   Ouvrages généraux sur l'analyse musicale 221
   Ouvrages généraux sur les formes musicales 222
   Études concernant les formes musicales........ 223
   Vocabulaires, classés chronologiquement...... 225
   Repères généraux d'histoire de la musique..... 225
   Repères d'histoire de la musique
   par périodes.. 226
      Période de l'antiquité *226*
      Période médiévale....................................... *226*
      Période de la Renaissance........................... *226*
      Période baroque.. *226*
      Période classique... *226*
      Période romantique..................................... *226*
      Période contemporaine *226*
   Revues musicales... 227
Renvois des formes aux genres...................**228**
**Remarques sur l'utilisation
de lettres dans l'analyse musicale** **229**
Index des principales formes **230**
**Index des œuvres commentées
ou analysées** **232**

Conception graphique
Philippe Fourquet

*Composé par Nord Compo Multimédia
7, rue de Fives, 59650 Villeneuve-d'Ascq*

*Achevé d'imprimer en juillet 2022
sur les presses numériques de l'Imprimerie Maury S.A.S.
Z.I. des Ondes – 12100 Millau
pour le compte des Éditions Fayard
13 rue du Montparnasse, 75006 Paris*

Fayard s'engage pour l'environnement en réduisant l'empreinte carbone de ses livres. Celle de cet exemplaire est de : 1,700 kg éq. CO_2
Rendez-vous sur www.fayard-durable.fr

PAPIER À BASE DE FIBRES CERTIFIÉES

36-0787-6/13

N° d'impression : G22/71398G
Dépôt légal : septembre 2010

Imprimé en France